県警外事課　クルス機関

柏木伸介

宝島社
文庫

宝島社

目次

県警外事課　クルス機関

第一章　一〇月一二日——月曜日

1

来客を告げるベルが、軽やかに鳴り響いた。

来栖《くるす》惟臣《これおみ》は、オーク材のドアから身を滑り込ませた。細長い店だった。カウンターと、ストゥールが十数脚。蝶《ちょう》ネクタイをした初老のバーテンダーが、グラスを磨いている。

三連休の最終日。午後七時。バー《白夜《びゃくや》》は、元町外れの老舗ホテル一階にあった。客層は外国人が多く、日本人は滅多に訪れない。今も、スラブ系の白人が一人居るだけだった。古き良き港町の面影。薄暗い照明の下、来栖は男に近付いて行った。

「コニャックを、《ペリエ》で割ってくれ」

バーテンダーは、黙って頷《うなず》いた。

スラブ系の男は長身で、ダーク・ブロンドの髪を短く刈り込んでいた。グレーのスーツに包まれた身体《からだ》も逞《たくま》しい。年齢は四〇代前半。カクテル・グラスを口に運んでいる。来栖の声にも、顔を振り向ける気配はなかった。

来栖は黒の上下に、極薄い黄色のシャツ。タイはない。隣に、腰を下ろした。

「ヘミングウェイの酒か」日本語で話し掛ける。「ウォッカに、ドストエフスキーじやないのか」

「アメリカ流に馴染《なじ》もうと思ってね」男は、フローズン・ダイキリのグラスをカウンターに置いた。流暢《りゅうちょう》な日本語で答える。「だが、これはホントに酒なのか？　まるで、子供のおやつだ」

「子供がそんなモン呑《の》んだら、月までぶっ飛ぶ」

来栖惟臣——神奈川県警警備部外事課警部補は、男と握手した。ユーリ・ネクラーソフ。GRU——ロシア連邦軍参謀本部情報総局大佐。公安の《スパイ・ハンター》にとっては、宿敵の一人だった。


発端は、半年前に遡る。

チャーリー・ベンソンなるアメリカ人が五月中旬、ロシアに亡命した。NSA——国家安全保障局の職員だった。NSAは、《エシュロン》という世界規模の諜報《ちょうほう》システムを運用している。携帯／メール等あらゆる通信の傍受・分析が可能。各国の協力で成立し、日本も加盟国の一つだ。

ベンソンは亡命直前、《エシュロン》の運営状況をネットに流出させた。主な内容は、極東における情報収集活動。日中露韓朝の指導者層に対し、アメリカが盗聴等を行っている証左となった。

いわゆる《ベンソン事件》だ。

亡命先のロシアは、別の極秘情報を入手したとの説もある。多大な打撃を被ることとなったアメリカは、すぐさま反撃に出た。ウィリアム・クルーニーから連絡があったのは、その頃だ。

「アメリカで長期休暇を過ごしたいなんてロシア人、知りませんかね？」

ウィリアム・クルーニーは表向き、在日アメリカ大使館の職員だ。いつも温厚な笑みを浮かべた初老の白人。実体は、CIA——中央情報局所属のCO／工作担当官《ケース・オフィサー》。日本国内で、何名もの現地人エージェントを操っている。《ビル爺《じい》》と言えば、極東の諜報界で知らぬ者はない。小太りで、薄い頭は白い。二〇年以上日本で過ごし、流暢な日本語を操る。

「亡命ですか？」来栖は答えた。「《狸穴《まみあな》》が黙ってないでしょう、そんな真似《まね》」

《狸穴》とは、在日ロシア連邦大使館を指す。所在する地名から、そう呼ばれていた。ロシアのスパイは、大使館勤務の書記官や駐在武官等を装っていることが多い。CIAは、やはり大使館の所在地から《赤坂》と呼ばれることもある。「そこを、《クルス機関》のお力で一つ」

「……ユーリ・ネクラーソフ辺りで、足りますか？」

バー《白夜》。隣の《ビル爺》から、喜悦の声。「……お釣りが出ますねえ」

長い付き合いだ。相手の考えは読める。アメリカ——CIA。恩を売っておいて損もない。《ベンソン事件》の顚末《てんまつ》から判断し、ロシア事情に詳しい情報筋を当たっていた。ユーリ・ネクラーソフが、本国の権力闘争に巻き込まれた。数カ月以内に、聞いたこともない国へ飛ばされる。

ネクラーソフとは、以前から面識があった。二年前のことだ。影山《かげやま》という防衛省職員がいた。北欧の幼女を愛好する性癖から、ロシアン・マフィアが密造したソフトを違法に入手していた。チャイルド・ポルノ——ネクラーソフが察知し、協力者獲得工作《リクルート》を行った。自ら調教師《ハンドラー》となり、機密事項を流出させるつもりだった。影山は、籠絡寸前となっていた。

先刻の情報筋から、来栖はネクラーソフの工作を知った。影山とネクラーソフの密会現場を秘撮し、大使館駐在武官宛てに送付した。会いたい旨のメモを添えて。

防諜——カウンター・インテリジェンスは、公安外事部門の最も重要な任務だ。携わる職員を、《スパイ・ハンター》とも呼ぶ。外国人によるスパイ行為が発覚しても、相手が外交官である場合、不逮捕特権を行使される。受入国ができる唯一の対抗策は、外務省を通してPNG通告を行うこと。《ペルソナ・ノン・グラータ》——歓迎すべからざる人物。外交官待遇拒否を意味する。来栖は、それを行わなかった。影山から手を引かせる代わりに、ネクラーソフを泳がせることにした。自分の情報源とするために。影山の変態趣味も、恫喝《どうかつ》のうえで見逃した。

情報は、情報と引き換えに入手する。金銭を代価とした場合、重要度も確度も保証できない。いかにカスネタを摑《つか》ませ、価値ある情報を引き出すか――そこに掛かっている。

外国人スパイは排除せず、泳がせて情報源に／日本人協力者も同様。より深刻な事態に備えるためだ。意見を異にする者もいる。事案ごと立件し、潰す。正論だろう。《スパイ天国》と揶揄《やゆ》される日本。法整備も遅れ、大勢の外国人スパイが闊歩《かっぽ》している。特殊な環境には、特殊な対応。より効果的かつ効率的な――法や、通常の捜査手法から逸脱《いつだつ》していたとしても。

ネクラーソフが、亡命を希望している。来栖は、手練《てだ》れのロシア人スパイに接触を図った。

情報は事実だった。ネクラーソフは、アメリカへの亡命を申し出た。《ベンソン事件》の影響も、視野に入れての選択だったろう。来栖は、県警警備部長に報告した。日本の警察は、自治体警察だ。東京警視庁なら警視総監、各道府県警察なら各本部長がトップ。実態は警察庁の厳しい管理下に置かれていても、建前上は独立したヒエラルキーがある。

公安警備部門では、ヒエラルキーによる管理は更に徹底される。全国の公安捜査員は警察庁警備局長を頂点に、一括管理されている。時には本部長さえスルーして、指示が下りて来る。

今回の亡命事案も、県警本部長より先に警察庁警備局長に伝えられた。そして、警察庁長官から首相官邸へ。本部長に情報伝達がなされたのは、全ての方針が決定した後だった。

〝当該事案に対し、日本政府は静観する。アメリカ及びロシアが、どんな動向を示しても妨害も援助もしない。関係各員は一切動くな〟――官邸の決定した方針だった。

無視することにした。命令違反――いつものことだ。

《ビル爺》は、即座に亡命の段取りを決めた。デリケートな取引だ。途中で人員が抜ければ、まとまらなくなる。命令を無視した理由だった。

赤坂の米大使館までは、来栖が車で送ることとなった。待ち合わせには、バー《白夜》を使った。監視をチェックしながら、裏口から街路へ。付近に駐《と》めた《メルセデス・ベンツ》に、ネクラーソフを連れて行った。外見は普通だが、内部に改造が施してある。ガソリン・タンクの側部に、人間一人が横たわれるスペースが設置されていた。《赤坂》から提供された車だった。

ネクラーソフを隠しスペースに押し込み、運転席に乗った。アメリカ大使館までの道程は、スムーズに進んだ。車には、青いライセンス・プレート――《外ナンバー》。

滅多なことでは、警察に停《と》められることもない。外交官特権を振り翳《かざ》されるのが、オチだからだ。

《狸穴》からの妨害もなかった。今回の亡命を察知できていなかったとは思わない。ロシア国内における権力闘争が、事を容易にした。複雑なせめぎ合いが、曖昧な落としどころを望んだ。ネクラーソフは、大手を振って米大使館の門を潜《くぐ》った。三週間前のことだ。


「とっくに、ワシントンかヴァージニア辺りだと思っていたが？」

磨き上げられたカウンター。バーテンダーが紙のコースターを敷き、グラスを置いた。薄い琥珀《こはく》色の液体に、炭酸の泡が浮かぶ。続けて、胡桃《くるみ》の入った皿。

「借りを返そうと思ってね」

「亡命の件なら、貸しでも何でもない。アメリカに恩を売るのが目的だからな。それとも、何か？　人気の最新スウィーツでもくれるのか？」

「あんたが喜ぶ物と言ったら、情報だけだろう」

来栖は、視線だけ上げた。ネクラーソフの表情に、変化はない。亡命者は、そのまま続ける。

「日本に潜伏している北朝鮮の工作員が、大規模なテロを画策している」

口に運び掛けたグラスを止めた。「……長い夜になりそうだな」

「心中お察しするよ」

「確度は？」

「相当に高い」

「証拠はあるのか？」

「私が、ここに足を運んだことは証拠にならないかね？」

ネクラーソフ亡命を、アメリカは大いに吹聴《ふいちょう》した。当然、《狸穴》も指を銜《くわ》えて見てはいない。やられたら、やり返す。複雑な諜報の世界も、一面では単純な理屈で動く。《赤坂》も、黙って返す訳にはいかないだろう。互いに、国の威信が掛かっている。

店に入る前、それぞれのエージェントを五人ずつは確認していた。《狸穴》に捕まれば、ネクラーソフもただでは済まない。危険を冒して提供する情報——信憑《しんぴょう》性はある。しかし、自ら進んで借りを返す。そんな甘い世界ではなかった。「どこから入手した？」

「答えないのは知ってるはずだ」

「北朝鮮は、元々あんた達が作った国だ。捨てた祖国が関わってるんじゃないのか？」

「いつの時代だと思ってる？　冷戦が終結して二十数年。黴《かび》どころか、朽ち果てたような昔話だ。とっくに縁は切れてる。北朝鮮が何をしようが、現在のロシア政府は気にも掛けないさ」

第二次大戦後、米ソ冷戦下で北朝鮮――朝鮮民主主義人民共和国は生まれた。その誕生に、旧ソ連は大きく関与した。冷戦終結から旧ソ連の崩壊を経て、両国の関係は変化した。縁が切れた――ネクラーソフは正しい。今のロシア連邦と北朝鮮は、ほぼ赤の他人だ。現在、北朝鮮の後ろ盾は中国と言われているが、影響のほどは諸説入り乱れている。「黒幕は、中国か？」

「分からん。その可能性も否定はできない」

「工作員の素性や所在は、どこまで摑んでる？」

「何も」フローズン・ダイキリを呑み干し、再び注文する。〝子供のおやつ〟が気に入ったようだ。「工作員が何者で、どこにいるか見当も付かんね」

「テロの内容は？」

「それも不明だ。ただし、相当に大掛かりなものであることは間違いない」

「実行までに、どれくらいの猶予《ゆうよ》がある？」

「長く見積もっても、一週間」

一週間以内に工作員を特定し、テロを阻止しなければならない。

店内には、バーテンダーがアイス・ピックで氷を砕く音だけ。音楽もなし。バー《白夜》は、常に無音だった。

カクテル・グラスに、フローズン・ダイキリが注がれた。無言のまま恭しく差し出される。

枯れて見えるバーテンダーも、元は日本共産党の党員だった。同時に、県警公安の協力者でもあった。運営していた捜査員は退職したが、現在も密談場として利用している。

「曖昧だが、ガセではない」ネクラーソフは、グラスを掲げた。「健闘を祈るよ」

来栖も、グラスを上げた。一気に呷《あお》る。葡萄《ぶどう》の蒸留酒と天然の炭酸水。

「いいのか？」ネクラーソフが、微笑を浮かべる。「長い夜になるんだろう？」

「だからさ」来栖も、微笑み返した。「思った以上に、長い夜になりそうだからな」

2

「生中、追加オーダーいただきました！」

「ありがとうございます！」

威勢はいいが、機械的な響きの声。マニュアル通りだからか。

「尾崎《おざき》さんの日本語って、綺麗《きれい》よねえ」

中年女の言葉に、尾崎陽一《よういち》は視線を上げた。表情を窺《うかが》う。他意は感じられなかった。

「訛《なま》りもないし、はきはきしてて。澄んだ声で、よく通るし。皆に、そう言われるでしょ？」

「そうですかあ？」尾崎は、笑みを浮かべた。「何か照れますね」

「お生まれは、どちらだっけ？」

「相模原です」ニセ経歴《レジエンド》と、照らし合わせながら答える。「でも、父が転勤族だったものですから。日本中あちこち移り住んだので、特定の土地の言葉が身に付かなかったのかも」

なるほどねえ、と女は呟《つぶや》いた。生まれ故郷の訛りがあったりしたら、面倒なことになる。

居酒屋《石清水《いわしみず》・桜木町店》内の廊下。午後九時近く。一次会の客が捌《は》けて、二次会目当ての客が入りつつある。生ビール片手の店員が、急いで廊下を進む。

店は、桜木町駅の真向かい。立地が良く、売り上げはチェーン内でも上位だ。

女は、渡瀬《わたせ》秋子《あきこ》と言った。同じ居酒屋のバイトだった。今年四〇歳。シングル・マザーで、中学二年と小学四年の息子がいる。他にパートを二つ掛け持ちしているが、生活は苦しいそうだ。

この国でも、生活苦から働くのは女か——故郷の市場を思い出す。

二人は、揃《そろ》いの制服を着ていた。和洋折衷——法被風の上着に、黒いスラックス。

頭には白い頭巾。居酒屋《石清水》――急成長した全国チェーンだ。売りは安さと手軽さで、味は二の次。同時に、日本有数のブラック企業としても知られている。社員には厳しく、長時間労働やサービス残業は当たり前だった。先月も、他県の支店長が自殺した。過労から、鬱病を発症したと言われていた。バイトであっても、労働環境が過酷であることに変わりはない。

「尾崎さん。今日は、もう上がりなの？」

「ええ。ちょっと野暮用がありまして」渡瀬秋子の問いに、尾崎は軽く頭を下げた。

「すみません。また、忙しくなる時間帯なのに」

「いいのよ。お互い様だから。気にしないで」

渡瀬秋子が、肩に手を置いた。一八〇センチを超える尾崎より、頭一つ分は背が低い。

「尾崎、もう帰りだっけ？」

奥の座敷から、若い男が現れた。同じ制服を着て、両手には空の皿を積み上げている。

「そう。悪いんだけど」

「そっか」男は、小さく頷いた。「明日は、予定通りでＯＫなんだろ？」

ＯＫだよ、と答えた。男の名は、沢野《さわの》健太《けんた》。年齢は二三歳。同い年だった。

「じゃあ、よろしく」沢野は、渡瀬秋子に視線を向けた。「おばさん。若いイケメン口説いてないで、働けよ。支店長にチクるぞ」

「はーい」渡瀬秋子は呟き、口を尖《とが》らせる——〝誰がおばさんよ〟。沢野が消えるのを待つように、口を開いた。「……沢野君と仲良いの？」

動き掛けた尾崎は、背後からの声に振り返った。「ええ、まあ……」

「あんまり、いい噂《うわさ》聞かないわよ」渡瀬秋子は、顔を顰《しか》めていた。「《ネット右翼》だっけ？　ネットで、外国人への過激な書き込みとかしてるって。後、大声張り上げて行進したり。知ってた？」

知っている——でなければ、付き合う意味がない。「そうなんですか？　いい人ですけどね」

「気を付けた方がいいわよ。尾崎さん、初心《うぶ》そうだから」

尾崎は微笑《わら》った。作り笑いではなかった。

「一二番さん、お帰りです」

「ありがとうございます！」

支店長の声——反射的に声を出す。

「ちょっと、ちゃんと働いてる？」廊下の向こうから、支店長が顔を出した。寺井《てらい》という小柄な三〇男だった。背丈は、尾崎の肩までしかない。目も顔も細い。舐《な》めるような視線を向けてきた。「……尾崎くん、今日もう上がりだっけ？」

「すみません」こういうとき、日本人は謝るものだ。自分に、非があるかどうかは関係ない。本国での教えは、身に沁《し》み込んでいる。「御迷惑、お掛けします」

「明日から、一週間近くもシフト外れるそうじゃない」寺井は、あからさまに不快な表情を見せた。「困るんだよね、この忙しいときにさあ。そんな勝手な真似されると。やる気ないいんだったら、辞めて貰《もら》ってもいいんだよ。代わりは、いくらでもいるんだからさあ……」

すみません、と再び頭を下げた。寺井は、鼻抓《つま》み者だ。男のバイトにはパワハラ／女にはセクハラ。本社に従順で、上役には平身低頭。相手が強いと見れば媚《こ》びへつらい、弱いと見ると威圧的に出る。どこの国にでもいるんだな、こんな奴——内心、苦笑した。

「最近の若い人は、好き勝手できていいよねえ。おれ等《ら》なんか、そんな真似したら即クビだよ。厳しい時代を生きてきたからさあ、《ロス・ジェネ》は。いいよねえ、《ゆとり世代》の皆さんは」

《ゆとり世代》——尾崎と同年代の人間を、日本ではそう呼ぶという。その上の世代が、《ロス・ジェネ》。失われた世代を意味するらしい。

渡瀬秋子は、下を向いたままだった。寺井と、視線を合わせたくないようだ。

「支店長」奥から、沢野が現れた。「厨房《ちゅうぼう》で、板長が呼んでますよ」

「あ、そう」寺井は、沢野に目を向けた。軽く上気した顔――弱者をいたぶる生理的快感。

「それと」沢野は続けた。「おれも明日からシフト外れるんスけど。会のイベントがあるんで。尾崎も、それ手伝ってくれるんスよね」

「そうなんだ」寺井の頰が、小刻みに痙攣《けいれん》した。「……そ、それは、大変だねえ」

寺井は、歯向かえない者には従順だ。《ネット右翼》も、その一つ。尾崎の横を擦《す》り抜け、厨房へと向かう。消え入りそうな声で呟いた――〝《ネトウヨ》が調子に乗りやがって〟。

「バカ支店長が」寺井の姿が消えてから、沢野が吐き捨てた。「ったく、あいつも自殺すりゃあいいんだよ。じゃ、オバサン。一二番よろしく」

「だから、オバサンじゃないって」渡瀬秋子は頰を膨らませた。

廊下を曲がり、尾崎は一二番の部屋に入った。無人の部屋。呑み、喰《く》い散らかされた残骸が散乱している。大半の皿に、食い残しがあった。全て、残飯として処分される。先月死んだという支店長を思い出す。有り余る食料と残飯に振り回され、自殺した。食い物がなくて、餓死《がし》する国／大量の食料によって、死に至る国。どちらが幸せなのか――くだらない。絵に描いたような地獄／天国のフリをした地獄。それだけだ。

どちらも、本当の天国には程遠い。

「勿体《もったい》ないわねえ、全く」渡瀬秋子が入って来た。顔を顰め、片付けを始める。「世界には、食べ物がなくて困っている人達もいるって言うのに。子供が餓死しちゃうトコロだってあるのよ。なのに、この国ときたら。困ったものよねえ」

困ったような顔の裏で、豊かさと幸せを嚙《か》み締めている。優秀な民族による、民主的かつ平和な先進国。どこかの馬鹿な独裁国家とは違う。そう信じて、疑ったことなどないだろう。

「そうですね」爽やかな微笑――いくらでも作り出すことができる。「本当に、その通りですよ」


午後九時三〇分。尾崎は、横浜駅西口に居た。

九時過ぎには、バイトを上がった。デニム地のシャツとジーンズに着替えた。全てバーゲン品。見苦しくはないが、目立たない。そんな服装を心掛けている。

尾崎は、あるカフェに入った。どの駅前にもあるチェーン店。アイス・コーヒーを手に、店の隅へと向かう。指定された席。腰を下ろし、右手を椅子の下へ。指示に変更があった場合は、何もない。

――あった。鍵がテープで貼り付けられている。手探りで外し、掌《てのひら》の中に握り込む。

周囲に視線を巡らせた。こちらへ注意を向けている者は、見当たらない。

カフェを出て、西口と東口の中間にあるコイン・ロッカーへと向かう。所定のロッカーを開けた。中には、スポーツ・バッグが一つ入っていた。ファスナーを少しだけ開いて、中を覗《のぞ》く。変更点なし。

バッグを担いで、尾崎は東急東横線に乗った。ドアの傍《そば》に立ち、夜景に目を向ける。電車にも慣れた。日吉駅で降りた。午後一〇時三〇分を回っている。慶應義塾大学のキャンパスが近くにある。日本有数の名門私大であることぐらいは知っていた。構内には、学生風の男女が目立った。

キャンパスの反対側に出た。数本の通りが、放射線状に延びている。一番右端を選んだ。人通りは少ない。街灯は、極力避けて歩く。顔を覚えられないためだ。

五分程進む。七階建てのマンション／築二〇年。くすんだクリーム色の外壁。デザイン自体も、若干古びて見える。最新式のセキュリティや、守衛は見当たらない。建物の間に、スペースがあった。人一人入れる程度の広さ。街灯その他、灯《あか》りは一切当たっていなかった。身を潜める。

数分後。尾崎は、マンション五階の廊下を歩いていた。エレベータは使わなかった——監視カメラが設置されている。視線を巡らせながら進む。階段にも廊下にも、カメラ類はない。

制服に着替えている——有名なピザのデリバリー・サービス。箱を抱え、帽子は目深に被る。目的の部屋まで、誰とも会わなかった。半透明で、使い捨てのビニール製手袋を嵌《は》めている。五〇六号室——午後一〇時五三分。表札に、名前はない。インタ・フォンを押す。

「はい」少しだけ、訛りのある声が答える。懐かしいイントネーションだった。

「ピザの《イタリアン・デリバリー》ですけど」

「……ピザ?」困惑したような答え。「何かの間違いだろう。そんな物、注文した覚えはない」

「崔国泰《チェ・グクテ》同志?」朝鮮語に切り替えた。声のトーンを落とす。

数秒の沈黙。回答も朝鮮語だった。「……誰だ?」

「おれだ。呉宗秀《オ・ジョンス》だよ」

「《光明《クワンミョン》》?」訝《いぶか》しげな声音。「こんな時間に何だ?　その格好は、どうした?」

「緊急の用件だ。開けてくれ」

少しの間。チェーンが外れる。開錠音。廊下を確認する。人影はない。尾崎は、右側に身体を移した。ピザの箱を、床に置いた。玄関が開く。ドアの縁を引き寄せた。ノブを摑んだまま、崔が現れた。中肉中背の中年男。細い目が、限界まで開かれる。

尾崎は、崔の背後に回った。左の前腕を首に回し、右の肘を握る。右掌を相手の後頭部に当てた。腕に力を込める。頸骨《けいこつ》の砕ける感触が、全身を震わせた。梃子《てこ》の原理を応用した技術だ。人間の首くらい簡単に折れる。何度も訓練し、習得した。一連の動作は、身体が覚えている。

　絶命した崔国泰の身体を、室内に運び入れる。三和土《たたき》に横たえ、ピザの箱も室内へ。ドアを閉めた。玄関の右、靴箱の上にプラスティック製の籠があった。マンションの鍵が入っている。

　死体を抱え上げた。三和土の奥には廊下が延び、右にキッチン／左にトイレと浴室。突き当たりに、二部屋。どちらも床はフローリング。八畳程度の広さ――書斎と寝室。

　書斎の左側。木製のデスク上で、ノート・パソコンが起動していた。画面は暗い。死体を下ろす。マウスに手を触れると、ネットのニュース・サイトが開いた。尾崎は、ＰＣをシャット・ダウンした。傍らに置いたピザの箱を開く。中には、ＰＣのハード・ディスクと携帯のＳＩＭカード。信憑性のある情報類が入っている――在日のジャーナリストらしく見えるような。作業に掛かる。

　セッティングが完了した。ＰＣのハード・ディスクも、携帯のＳＩＭカードも交換した。崔の物はピザの箱へ。携帯電話は旧式のガラケー。《トバシ》だろう。最初からＯＦＦになっていたので、そのまま充電器に戻す。

　ＰＣも携帯も、新品に交換したのでは不自然だ。使い込んだ跡が付いていない。

デスクの右サイド、一番上の引き出しを開けた。天板の裏を手で探る。六四GBのUSBメモリが、貼り付けられていた。規定通りだ。引き剝《は》がして、箱の中へ。

崔の死体を、寝室へと運び入れた。カーテンを開くと、ベランダがあった。ネオンに染まる夜空。ガラス窓を開け、死体を引き摺《ず》り出す。コンクリート製の柵は、胸までである。両脇を抱え上げ、柵へ。両脚を持ち、一気に引き上げた。

崔国泰が、宙に舞った。そのまま、階下へと落下していく。

想像以上に大きな音。部屋の下を覗き込む。煉瓦《れんが》で囲まれた植込みに、灌木《かんぼく》が植えられていた。傍に、崔の死体が横たわる。前頭部が砕け、煉瓦も欠けている。

階下の部屋に、灯《つ》りが点き始める——〝何だ、何があった？〟。尾崎は、寝室に戻った。ガラス窓は、開けたままにしておいた。ピザの箱を手に取った。玄関に歩を進める。ドア・ノブに手を掛け、動きを止めた。外の廊下を走り去る気配。野次馬だろう。通り過ぎるのを待ち、覗き窓から様子を窺う。誰も居ない。外に出た。ピザの箱を抱えたまま歩き出す。

任務は成功した。尾崎陽一こと呉宗秀——朝鮮人民軍総参謀部偵察総局工作員。コードネーム《光明》は、一人ほくそ笑んだ。

第二章　一〇月一三日——火曜日

3

「崔国泰が死んだ」

《カモメ第三ビル》最上の一二階。会議室の窓からは、港の風景。午前九時。快晴。厚川聡史《あつかわさとし》——神奈川県警警備部長と今田宏《いまだひろし》——同部外事課長代理。口を開いたのは、厚川だった。

「一時間ほど前に聞きました」

来栖惟臣は、両目の瞼《まぶた》を揉《も》んだ。昨夜は、ほぼ徹夜になった。ユーリ・ネクラーソフに別れを告げ、バー《白夜》を出た。入れ違いに、白人と黒人の男が入って来た。《赤坂》——CIA。《セーフ・ハウス》に連れ帰るのだろう。今田課長代理に、電話で一報。厚川部長には、課長代理から連絡。県警本部に戻り、報告書を作成。警察も役所だ。基本、書類で動く。登庁して来た課長代理に提出。続いて部長。本部長は後回しにして、警察庁警備局へ。後は、指示待ちだった。警備局長から警察庁長官、首相官邸へと情報が上がる。

その間に、《カモメ第三ビル》の家主を電話で叩《たた》き起こした。元々は資産家の長男だったが、某新左翼セクトに所属。協力者として、獲得・運営された。今も、ビルの一角を自由に使わせて貰っている。保秘等のため、県警庁舎内に本部を設置できない場合の緊急拠点。その一つだった。

「どう思う？」

厚川は五〇代半ば、恰幅《かっぷく》も威勢もいい。鋭い目でこちらを見ている。

「崔は、言うなれば北とのパイプ役でした」

「それを、向こうから潰してきやがった。北朝鮮は、本気ってことか」

「崔の死を、刑事部《ジ》は何と？」

公安は、刑事部を《ジ》と略して呼ぶ。逆に、刑事部は公安を《ハム》と呼んだ。公の字を捩《もじ》ったものだ。互いに、侮蔑《ぶべつ》の意味が込められている。両者の関係は、決して良好とは言えない。

厚川が答えた。「事故、自殺両方の面から当たっているようだが、帳場が立つかどうかも分からねえ」

重要事案の場合、捜査本部が所轄署に設置される。刑事部も、事件性を疑ってはいる。自宅マンションからの転落死——事故か／自殺か。殺しだ——来栖は断じた。頸骨が綺麗に折られている。

「ネクラーソフと会った後、すぐに連絡は取らなかったのかね？」

課長代理の今田が、粘着質な視線を向けてくる。痩せて、しょぼくれたイエスマン。

自分の保身しか考えていない。交通畑一筋。何故か、春から外事課長代理になった。誰に、どんなゴマを擂《す》ったのか。

外事課長は、課室で待機している。入庁一〇年足らずの警察庁キャリア組。故に、課長代理が実質的に取り仕切るのが慣例だった。課長の興味も、己の出世のみ。不確かなテロ情報など、深入りしないに限る。〝お任せします〟の一言だったそうだ。

今田は、射撃の腕だけは確かだった。ライフル射撃は、県警内でも五本の指に入ると評判だ。オリンピックの強化選手だったが、事故で肘を痛めて断念したと言う。

「取りました」畑違いの身内と、単なる《お客さん》。お飾りなら、身内の方がマシだ。

「死亡時刻よりも前です。しかし、崔は携帯を切っていました。何か察していたのかも知れません」

「崔の自宅を訪れるなり、何らかの方策は取れたんじゃないのかい?」

今田は、こちらを向いていなかった。厚川の顔色を窺っては、点数計算に余念がない。

「今更、そんな話しても時間の無駄じゃねえか」厚川の一喝で、今田の顔に失望の色が広がった。無視して、警備部長は続けた。「崔は、《背《はい》乗り》じゃなかったよな」

買収/拉致《らち》/殺害等により、他人の戸籍や身分証明を入手。成りすます手法。「違います。奴は、崔国泰《さいくにやす》という本名の日本語読みで、在日コリアンに偽装していました。職業はフリー・ライター。《背乗り》ではなく、一から作り上げた身分です」

言葉を切った。崔の顔を思い出す。「崔は、当初から堂々と工作を行っていました。神奈川県内の在日コリアン社会から、《補助工作員》をリクルートし、ネットワークを作るのが目的でした」

「《補助工作員》？」今田が目を丸くした。

「日本に居住して、北朝鮮工作員を支援する協力者ですよ。旅券や免許証の調達、住居の手配等を手掛けます。一連の拉致事件では対象者の選択や、現場への誘い出しまで手助けしたとの説もあります」

勿論《もちろん》知ってるよ、と今田は慌てて付け足した。

「《土台人》を狙い撃ちか」北朝鮮在住の身内が、事実上人質となっている在日コリアン。故に、協力者となり易い。「で、お前の協力者《タマ》が、崔の所業を御注進に及んだ」

「で、また取引か」今田が吐き捨てた。

来栖は、交通畑の課長代理に視線を向けた。「それが、何か？」

「我々は警察官なんだよ、来栖くん」今田の視線は、来栖と部長を往復していた。「何でも取引で片付けるというのは、如何《いかが》なものかねえ」

「その取引のお陰で、今回の情報も入手できた訳ですが」

「……まあ、それはそうだがね」来栖の発言に、今田は腕を組んだ。椅子に反《そ》り返る。

今田は、以前から来栖を嫌っていた。目の仇《かたき》にしている、と言ってもいい。

来栖は言った。「結果としては取引に見えますが、崔自身が初めから、そうなることを望んでいた節もあります。奴の狙いは《補助工作員》ネットワーク自体ではなく、自身が情報のバイパス役となることでした」

視察を開始すると、崔から接触が図られた。《補助工作員》のネットワークは破棄。リクルートも中止する。代わりに日本への在住を認め、必要に応じて情報交換等も行いたい。

来栖は、県警上層部と警察庁に報告した。結果——崔のパイプは温存。必要に応じて、調整弁として活用する。国交がない以上、非公式なルートが必要になる。利害関係を調整し、時には火消し役となる存在。それを排除した。テロ情報は、確度を増したと言える。

「……崔が他殺だというのは、間違いないんだろうね？」

課長代理の呟きが聞こえた。今田の顔は、若干蒼褪《あおざ》めて見えた。

「北朝鮮の工作員は、自殺などしません。ましてや、ベランダから事故で転落なんて有り得ません」

「人間なんだから。悩みぐらいあっても不思議じゃないさ。女、金、仕事上のあれこれとか……」

「奴が死を選ぶとしたら、自分が生きていることで、本国に損害を与えるような場合のみです」

「まあ。そんなヤワな人間送ってくるほど、北は甘い国じゃねえよな」

厚川が割り込んだ。今田は何か言いたそうだったが、とりあえず黙った。

「崔の遺留品から、工作員の身元を割り出すことはできねえか？」

厚川の問いを検討した。刑事部の捜査状況が、公安に伝えられることはない。来栖は、独自のルートを持っていた。「室内に、荒らされた形跡はないそうです。ですが、多分何も出て来ないでしょう」

厚川が怪訝《けげん》な顔をした。「どういうことだ？」

「愛用のパソコンや携帯が残っていたそうだよ？」今田も、訝しげに言う。

「崔のPCも携帯も、中身はすり替えられているでしょう。当たり障りのない情報に。機器ごと持ち去る、破壊する、新品と交換する。どれも、〝口封じに殺しました〟と書いて残すようなものです。恐らく、USBメモリのような外部記録媒体は消えているはずです。本国の規定で、そういった代物の設置場所は決まっていたと思われます。何かあった場合、間違いなく回収するために」

今田が、不服そうな声を上げる。「電話の通話記録は、どうなんだい？」

「固定電話があったという報告は受けていません。携帯電話は、不法に購入した《トバシ》でしょう。中身を替えられたら、記録を追っても無駄です」

「崔が、情報を隠してるって線はどうだ？　本国にも内緒で」と厚川。

「保険としてなら、あるでしょう。その場合、目的は自分の生命を守ることです。殺されてしまえば、元も子もありません。そうした隠し場所があったとしても、鍵の在り処《か》は一箇所です」

「どこだ？」

「崔の頭の中です。全ては、奴が握っていました」

そうか、と嘆息するように厚川が呟いた。「……まあ、物は考えようさ。刑事部《ジ》に崔の正体がバレねえってことだからな。連中に、引っ掻《か》き回されずに済む」

崔の素性を、刑事部に告げることはない――情報の提供は、一切行われないだろう。公安サイドが、事案の主導権を掌握するまでは。

「ところで」厚川が続けた。「今朝、警察庁《サッチョウ》の警備《ビ》局長から電話があってな」

「神奈川には、来栖がいたな」

光井賢治《みついけんじ》――警察庁警備局長。日本の警備／公安ヒエラルキーにおける実質上のトップ。

「はい。御存知ですか？」と厚川。

「……《クルス機関》か。どういった組織なんだ？」

「《クルス機関》は、県警の組織ではありません。奴は《作業員》、つまり《講習済》のエース級です。基本、単独で動きます」

《警察大学校警備専科教養講習》。全国都道府県警に所属する公安捜査員の中から、選び抜かれた者だけが受講を許される。そこで行われるのは、追尾／張り込み／秘撮／秘聴等——特殊技術の習得だ。中でも重要視されているのが、協力者の獲得・運営工作だった。そうした活動は《作業》と呼ばれ、従事する捜査員は《作業員》と称された。

主に、公安捜査員は《オモテ》と《ウラ》に分けられる。姿を隠すことなく、公然と顔を晒《さら》して活動を行う《オモテ》。《ウラ》は、存在自体を秘匿して行動する。《作業員》は、《ウラ》の中でもエース級に当たる。集団捜査が原則の日本警察にあって、例外的に単独行動も認められている。

講習を終えた《作業員》は中枢組織——《四係》の一員となり、指揮・管理される。昔は、《サクラ》の符牒《ふちょう》で呼ばれていた。東京・中野の警察大学校《さくら寮》に本部事務所があったからだ。八〇年代後半、《サクラ》は壊滅の危機に瀕《ひん》する。神奈川県警による日本共産党幹部宅の秘聴が、発覚したためだ。非合法な盗聴事件として問題化。処分は、幹部クラスにまで及んだ。

復活するのは、九一年の春。警察庁警備局の組織改革が行われ、《四係》は公安一課から警備企画課に移される。所在地の地名から《チヨダ》と呼称された。オウム真理教事件時の不手際等により、一部マスコミに暴露されてしまうまで。

現在、隠語としての組織名称は《ゼロ》とされていた。建前上、存在しない組織という意味だ。

非公然部隊《ゼロ》に所属する《ウラ》の《作業員》。その一人が、来栖だった。

「手っ取り早く言えば、奴の渾名《あだな》です」厚川は、音を立てずに短く笑った。「単独行動で、どんな情報でも集めちまいますからね。それが戦前の特務機関みたいだと言うんで、来栖個人をそう呼ぶようになった、と。〝歩く一人諜報組織〟とでも言いますか。やっかみ半分なんでしょうが」

「組織内で浮いた存在なのか？」

「奴が、誰かとツルんでるって話は聞いたことがないですね。県警で交流している人間は、ほとんど居ないんじゃないでしょうか。一人で動いて、一人で情報収集し、一人で抱え込む。孤独な異端者ってトコです。そんな通り名を貰うことからして、一種の変人扱いされてる証拠ですし」

「いわゆる一匹狼《おおかみ》か」

「そんな格好いいモンには見えませんがね。独断専行の気があるのは否定しませんが。ですから、お世辞にも人気があるとは言えません。いつか、あいつを潰してやろうって奴も多いですよ」

「今回の事案から、来栖を外すとどうなる？」

「一人で、勝手に動くでしょうね」光井の質問に、厚川は即座に答えた。「自分が拾って来たネタですから。完全に外すのは、却《かえ》って危険です」

「なるほど」光井は少し考えた。「……いいだろう。この件は《国テロ》主導で当たるが、神奈川も後方支援として情報収集。保秘を徹底させ、報告も君から私へ。直接に頼む」

「《国テロ》」厚川は繰り返した。警察庁警備局外事情報部国際テロリズム対策課。「確かに。後は同じ部の外事課か、どちらかの主導となるのが本筋でしょうね。しかし、後方支援ですか……」

「そうだ。ただし、来栖に単独で当たらせろ。好きにさせていいが、報告は厳守でな。補助が必要な場合も最小限とし、要員は厳選してくれ。何か問題があるか？」

「いえ」厚川は答えた。「了解しました」

「以上だ」

「……って訳でな」厚川は、薄く微笑った。

「後方支援、ですか」来栖は、独りごちた。

「不満か？」

いいえ、と来栖は答えた。今田が、口を挟んできた。「光栄で、名誉なことさ。我が県警に対する信頼の現れだよ」

君の独断専行まで許した訳ではないよ――無言の嫌味も、顔に現れていた。

「報告は、おれに直で上げてくれ」

厚川の言葉。今田が安堵《あんど》したような、馬鹿にされたような複雑な顔をした。〝外事課長代理は無視しろ〟と言ったも同然だった。来栖は訊《き》いた。「《ゼロ》の理事官も飛ばすんですか？」

《ゼロ》にはキャップ――裏理事官が存在する。キャリア官僚で、四〇前後の警視正。入庁から、一五年程度の働き盛りが就任する。「そういう指示だからな」

《ゼロ》さえ飛ばして、警察庁警備局長に直接報告する。異例の措置だ。県警への信頼云々《うんぬん》は、冗談にもならない。「保秘徹底のためとは言え、対応が薄過ぎませんか？」

「警備局長の考えまで、おれには分からん。……後な、最高責任者は関本《せきもと》官房長官に決まった」

「《セキセイ・インコ》ですか」

「頼むから上の耳に入るところで、そんな言葉使わねえでくれよ」

関本光照《みつてる》――内閣官房長官兼国家安全保障相。与党総裁イコール次期総理候補の筆頭と言われている。旧華族の家系で、明治から続く政治家一族の出身だった。年齢は五〇歳になったばかり。中肉中背。顔立ちも野暮ったい。見るからにボンボン・タイプだ。

有権者からの評判は悪くない。男女を問わず、広い世代から支持されていた。日本の再軍備／核武装推進派の最右翼。〝正式な軍隊及び核兵器を持つべき〟——タカ派の典型だが、別の面もある。アメリカ辺りから横槍《よこやり》が入ると、すぐ折れる。国内世論に迎合する。そんな弱腰から付いた渾名が、《タカの真似をするセキセイ・インコ》。

「大丈夫ですかね。肝心なところで腰を引かれたら、面倒なことになります」

「しょうがねえだろ」少し伸びをして、厚川が答えた。「官房長官は、首相官邸内にある《国際組織犯罪等・国際テロ対策推進本部》の本部長だ。北朝鮮のテロともなれば、責任者になるのは当然さ。外務省に最近設置された《国際テロ情報収集ユニット》との調整もある。そいつは、閣僚レベルでないと難しい。それより、誰か付けて欲しいメンバーはいるか？　厳選しろって命令だが」

「熊川《くまかわ》をお願いします」

熊川亘《わたる》——神奈川県警警備部公安第一課巡査部長。神奈川県警が、初めて雇った攻撃型のハッカー。天才肌として有名だ。サイバー分野において、攻撃は最大の防御と言われている。だが、日本ではハッカー＝犯罪者というイメージが強い。故に防衛一辺倒となり、世界からの批判に晒されていた。国内でも、改善を求める声は大きかった。熊川採用には、そうした背景もある。

厚川が呟いた。「サイバー戦になる可能性もあるってことか」

「相手が北朝鮮なら、有り得ます」

「北朝鮮に、パソコンなんかないだろう」

今田が、嘲《あざけ》るような声を出した。反射的に答えた。「北のサイバー戦能力は、先進国に引けを取らないと言われています。アメリカの国防総省は、同国のハッキング能力が〝CIAの水準に到達した〟と分析しました。平壌には、国家の威信をかけた《朝鮮コンピューターセンター》もあります。ソフト・ウェア開発や、海外のIT関連技術を収集している拠点だそうです。国を挙げてサイバー戦に備えているのは、周知の事実ですよ」

今田の顔が、屈辱《くつじょく》に歪《ゆが》んだ。また嫌われたな――来栖は苦笑した。

厚川が言った。「分かった。熊川を付けよう。当面、どうする？」

「北の兄弟分に当たってみます」

「……韓国か」厚川が、小さく息を吐いた。

「協力するかねえ」今田が、口を曲げた。「最近は、口を開けば《反日》だろう。あの国ときたら。どうも好きになれないんだよ、私は。日本を馬鹿にしてるよ。そうは思わんかね？」

　居酒屋でクダ巻くオヤジのような口振りだ。「まあ、何とかしてみます」

「一週間で北朝鮮の工作員を炙《あぶ》り出して、テロを阻止できると思うか？」

　警備部長の問い。窓外の景色に、目を転じた。青い空と港の風景。微《かす》かに、汽笛も聞こえる。日本有数の港町――国際都市でもある。故に、水面下の諜報戦は激しい。日々、その度合いも増している。日中韓朝――四国間の緊張と関係悪化。《東アジア冷戦》と呼ぶ者もいる。

「……さあ」来栖は答えた。「どうですかね」

「さあって、君……」今田の顔が、情けなく歪んだ。非難にも、困惑しているようにも見えた。

　日本国内に潜伏している北朝鮮工作員は、特殊部隊だけで五〇〇人前後との説もある。日本文化に精通し、流暢な日本語も操る。外見上は、日本人と見分けさえつかない。《背乗り》等により、偽装身分《カヴァー》も完璧だろう。通常の手段で、炙り出すことは不可能だった。

「情報収集には、励んで貰うとして」厚川は釘《くぎ》を刺す。「あくまでも、《国テロ》の捜査に対するバック・アップを第一としてくれ」

全国で、《ゼロ》の《作業員》が動き出す。テロ事案に対処するために。極秘に／隠密裏に。後方支援――何をしているか分からないなら、後方も前方もない。

「失礼します」来栖は立ち上がった。「例の兄弟分と約束があるので」

4

関内駅までは、徒歩で移動した。午前一〇時を回ったところだった。秋晴れと言うよりは、初夏の空に近い。来栖惟臣は、目指す場所に着いた。駅前にあるファースト・フード店。全国数キロおきに店舗がある。相手が、ここを指定してきた。

店内に入った。客の入りは、三割程度。客層は学生か、子連れの主婦が中心だった。昼食どきには間がある。コーヒーだけ注文し、来栖は指定された席に着いた。二階席の一番隅。室内の灯りに加え、外光も差し込んでいる。

「どうも、来栖さん」

前に、男が一人立った。小太り／銀縁眼鏡／薄いグレーのスーツ。髪は、七三分けにしている。顔を始め、全身が丸い印象だった。眼鏡の奥、目付きだけが異様に鋭い。手にしたトレイには、ハンバーガー二個にポテトと紙コップ。全てLサイズだ。

「それ、全部食うのか?」来栖は訊いた。

「忙しくて」男が、前の席に腰を下ろした。「朝食も、まだでしてね。〝宮仕えの辛いところ〟ですよ。間違ってないですよね、日本語？」

合ってるよ、と答えた。CMに出てくる韓流スターのようなイントネーション。朴《パク》慶星《ギョンソン》。NIS——大韓民国国家情報院の工作担当官《ケース・オフィサー》。表向きは、在日韓国大使館の駐在武官だ。

「その訛り」来栖は、コーヒーを啜《すす》った。「いつまで残しとく気だ？ あんたなら、すぐ消せるだろ」

「この方がモテるんですよ」朴が、ニヤリとした。「御婦人達にね。〝あら、韓国の方。日本語お上手ねえ〟なあんてね」

「悪い癖が直ってないな」中年で、串に刺した団子のような体型。女好きが、朴の弱点だった。故に、窮地に陥った。「韓国人が全員、モテる訳じゃない。韓流ファンにも、選ぶ権利はあるんだぞ」

「で、今日の御用件は？」朴が、ストローを銜えた。

「北だ」単刀直入に切り出した。周りの席に客は居ない。一番近くて、三席以上向こうだ。

ああ、と曖昧な返事が来た。ポテトを口に放り込み、特大ハンバーガーの包みを剝がす。「北の、何が訊きたいんです？」

「最近の動向。NISで、何か特別な動きを摑んでないか?」

「特にないですねえ」ハンバーガーを頰張りながら、答える。咀嚼《そしやく》する音が、口から漏れた。「TVや、新聞に出てる程度のことですよ。誰も居ない海にミサイルぶち込んだ、とか。別に、害はないでしょう。本国でも、全く問題にしていませんよ」

昨日も、北朝鮮は日本海に向けてミサイル三基を発射していた。被害は出ていない。

「そんなことじゃない。欲しいのは、表に出ていない情報だ」

「例えば、どんな?」

「日本に対する大規模テロ」

朴は、小さく吹き出した。ハンバーガーは、飲み込んだ後だった。「……はは。有り得ないですよ。我が祖国に対してなら、まだしも。南飛ばして日本ってのは、順番がおかしくないですか?」

「北朝鮮が、何考えてるかなんて知らん。とにかく、その線で何か聞いてないか?」

「ないですねえ」にべもなく答え、二個目のハンバーガーを手にした。「あ、ポテト食べます?」

「《GSOMIA》は、ガン無視か?」

「日韓秘密軍事情報保護協定」ハンバーガーを、トレイに戻した。「締結したからって、守ると思いますか? ウチの政治屋は、何を措《お》いても《反日》。でないと、国民から反感を買っちまう。下手すりゃ、クビが飛びます。日本の政治家が農家や土建屋、年寄りの御機嫌取るのと同じです」

「政治家は関係ない」来栖は言い切った。「これは、おれとお前の問題だ」

「そんな訳にいきませんよ。公務員じゃないですか、お互い。政治家の顔色は、大事です」

朴は、二個目のハンバーガーを食べ始めた。

「朴」声は荒らげない。「お前には、貸しがあったな」

朴の手が止まった。ハンバーガーも三分の一残して、トレイに戻された。「今、それを言う？」

「今言わなくて、いつ言うんだ？」来栖は、口元を歪めた。「あのときは苦労したよ」

二年前。朴慶星は、横浜・福富町にあるチャイナ・パブに入った。一人の中国人ホステスと関係を持ち、現場を撮影された。中国情報機関による《ハニー・トラップ》。パブに誘った人間も、ホステス自身もエージェント。女好きという性癖を利用され、罠《わな》に掛けられた形だった。朴には本国に、妻と二人の娘がいる。中国は脅迫し、取り込みに掛かった。

ＮＩＳには頼れなかった。中国の《ハニー・トラップ》に掛かったとなれば追放か、少なくとも将来は絶望的だ。来栖は《トラップ》の情報を入手し、朴に接近した。日韓関係が良好だった頃から、面識はあった。〝中国サイドと話を付けてやる〟――そう持ち掛けた。朴は、すぐさま乗ってきた。来栖は、中国側に接触を図った。丁々発止の末、撮影データを奪還した。朴の妻子は勿論、NISも事の顛末は知らない。朴と中国当局、来栖だけの秘密だった。

「どうした？」来栖は、朴に視線を据えた。「食べないのか？」

朴が睨《にら》み返す。「日本人、汚いね」

「あんたが言えた義理か。同じ穴の貉《むじな》さ」

「貉って何？」

「何でもいい」来栖は、眉を寄せた。「早く、北の情報を寄越せ」

舌打ちし、朴は周囲に視線を巡らせた。一拍置いて、口を開く。「……徐大淳《ソ・デスン》」

「徐大淳？」来栖は、視線を上げた。

「知ってるでしょう？」朴は、吐き捨てるように続ける。「有名人ですから」

「《コリアン・マフィア》。《補助工作員》なのか？　新手の暴力団程度にしか考えてなかったが」

「表向きは、ね」椅子の上で、腰の位置を直す。「彼等に当たってみるといい。何か出て来るはずです。私が申し上げられるのは、ここまでですよ。さあ、これで貸し借りなしです」

「そいつは、当たってみての都合だな。結果次第では、チャラにできない場合もある」

「これだから、日本人は」朴は息を吐いた。

「そっちこそ、どうなんだ？　韓国サイドは」

「静観せよ。それが本国の決定です」

やはり、何らかの動向は摑んでいたか。「漁夫の利を狙うつもりか？」

日本と北朝鮮を争わせ、絶妙のタイミングで韓国が介入する。国益の観点から見れば、千載一遇のチャンスではあるだろう。

「どうとでも取って下さい。私は、この辺で」

朴が腰を上げかけた。来栖は、トレイを指差した。「食って行けよ。勿体ない」

座り直し、朴はハンバーガーとポテトを一気に頰張った。紙コップの中身で流し込む。「もう、これ以上お話しすることはできません。本当は、この件で貴男方《あなた》とお会いすることさえ禁じられているんです。組織内での立場が危うくなります」

「じゃあ、どうしてこんな日立つ場所を指定した？」

「まさか諜報員が情報交換してるとは、夢にも思わないでしょ？　こんなトコロで」

振り返らず、去って行く。丸い背中を見送り、冷めたコーヒーを飲んだ。

徐大淳。日本における通名は、達川淳《たつかわじゅん》。年齢は、五三歳。元は朝鮮総聯《そうれん》——在日本朝鮮人総聯合会に所属。熱心に活動し、若くして幹部にまで上り詰めた。

現在は朝鮮総聯を離れ、《コリアン・マフィア》を自称する独自の組織を持っていた。従来の総聯方針を否定し、裏社会からの影響力増大を目的とする。そのためには、覚醒剤密輸その他各種非合法活動も辞さない。犯罪行為に手を染めているのは、資金集めと組織力強化のためだ。少なくとも、連中の主張では。

組織の規模自体は大きくない。在日コリアンの生活安定と地位向上が第一だ。故に《ネット右翼》等、在日を標的としている日本人集団とは対立している。日本の極道や、韓国マフィアとも一線を画していた。今まで、公安が視察対象とすることはなかった。《補助工作員》と見るには、犯罪組織としての側面が強過ぎた。余りにも目立つからだ。

来栖は、《カモメ第三ビル》に戻った。最上階の一つ下、一一階までエレベータで上がった。降りてすぐ隣、小会議室のドアを開ける。

「来栖さん」室内には、各種ＯＡ機器が搬入されていた。広い部屋ではない。コピー機やプリンタ複合機が入れば、人が通るだけのスペースしか残されていなかった。数台置かれたＰＣの向こう側で、男が一人立ち上がっている。熊川亘だった。

「呼んでいただいて、光栄です」

近付いて来て、熊川は右手を差し出した。芝居がかった真似が、嫌味に見えない。

その手を握った。「忙しいところ、悪いな」

「とんでもありません」熊川が、右手を握り返す。「大変なことになりましたね」

熊川は長身だった。一九〇センチ近くある。来栖も、背はある方だ。見上げることはないが、威圧感はあった。肩幅も広く、胸板も厚い。高校、大学ではラグビー部に所属していた体育会系。世間一般が抱くハッカーのイメージとは、掛け離れている。

「いつ見ても、らしくないな」

「痩せてひょろりとした眼鏡や、スナックばかり食ってる太っちょですか」声に出して笑った。豪快とか、粗雑とは違う笑いだった。体格に反して、どこか品がある。「よく言われますよ」

面識は、以前からあった。熊川の方から接近してきた。県警初の攻撃型ハッカーと、《クルス機関》の異名を取る《スパイ・ハンター》。組織から浮き上がった異分子同士。相通じるものがあったのかも知れない。何度か誘われて、呑みに行ったこともある。

神奈川県警には従来、生活安全部にサイバー犯罪対策課が設置されていた。優秀なサイバー関連の専門家が揃っている。攻撃専門である熊川の採用は、組織内に様々な軋轢《あつれき》を生んだ。紆余《うよ》曲折を経て、公安／警備部が引き取ることとなった。他に行き場がなかったと言う方が、正しいかも知れない。一緒に仕事をするのは、これが初めてだった。

熊川が訊いた。「北朝鮮のサイバー攻撃対策ですか？　僕が呼ばれたのは」

「どうなるか分からないんだ」正直に話させる雰囲気がある。生粋の嘘《うそつ》吐きを自認する来栖にも。「仰せ付かったのは、後方支援の情報収集のみだからな。《デスク》ばかりさせることになるかも知れない」

「構いませんよ。事務仕事だけでも」爽やかに微笑う。「来栖さんのお役に立てるんなら」

来栖は、目で頷いた。向かい合って、椅子に腰を下ろした。間には、ノートＰＣが一台。

「そう言えば、崔国泰のＰＣですが」

「ハード・ディスクが交換されてたろ？」

「よく御存知で」熊川が、ニヤリとした。「捜査第一課《ソウイチ》に頼み込んで調べさせて貰ったんですが、ハード・ディスクのみ新品。中身こそ入ってますが、どうせカスネタでしょう」

公安からの協力要請など普通、刑事部は固辞する。県警唯一の攻撃型ハッカー。一部で忌み嫌われているとは言え、貴重な人材であることは間違いない。捜査一課も断り切れなかったのだろう。

「工作員が、すり替えたんでしょうね。これで、他殺の線間違いなし。来栖さんの説が裏付けされたことになります。刑事部《ジ》には、何て言っときましょうか？」

「正直に言っとけ」他殺となれば、刑事部も動き出す。熊川の行動は、公安が崔の死に着目している証左となるだろう。「工作員云々《うんぬん》は伏せて。おれの説など、どうでもいい。誤魔化すと却って面倒だ。崔の素性は知られてない。ハード・ディスクの件が分かったところで、何もできはしないさ」

熊川は腰を下ろし、ノートPCに向かった。頼もしい援軍。

情報収集のためには、手段を選ばない。右左翼や外国人諜報員は、簡単に扱える連中ではなかった。裏取引／脅迫／恫喝《どうかつ》ｅｔｃ．何でもやる。違法捜査でも、だ。やらないのは、身体的拷問《ごうもん》くらいだった。良心からではない。拷問によって引き出される情報は、確度が低い。苦痛から逃れるため、拷問者の気を惹《ひ》こうとしたり、朦《もう》朧《ろう》としていい加減な回答をする傾向がある。もう一つは人間関係が破壊されるので、運営継続が困難になる。一回だけ徹底的に締め上げるより、何度も絞り出した方が有効だ。

《クルス機関》――来栖の情報網を指す場合もある。極右／極左／カルト教団等――各種視察対象団体において、協力者を獲得・運営。そのネットワークには、諸外国諜報員との情報交換も含まれる。

《ヒューミント》と《シギント》。どちらが欠けても、現代の諜報活動は成り立たない。

《ヒューミント》――《HUMINT》は、《Human Intelligence》の略で、対人諜報若しくは人的諜報と訳される。対して、各種通信等の情報収集を《シギント》――《SIGINT》、《Signals Intelligence》と呼ぶ。《ベンソン事件》で有名になった《エシュロン》は、その最たるものだった。

来栖は、《ヒューミント》のプロだと自覚している。対して、熊川は《シギント》の専門家だった。

「……ちょっと、出掛けて来る」来栖は、ドアに向かった。「上には報告してあるから」

「どちらへ？」

「会ってみようと思ってな」振り返り、口元を歪める。「日朝の懸け橋となった先達に」

5

尾崎陽一――呉宗秀は、横浜駅西口に立っていた。地下街への入口近くだ。待ち合わせの時刻は、午後一時。まだ数分ある。

昨夜は崔国泰を殺害した後、別の工作員と接触した。ハード・ディスクを始め、奪って来た物は全て渡してあった。残らず始末するだろう。跡形もなく。

昼食どきの終わりだからだろうか。サラリーマン／ＯＬ／子連れの主婦ｅｔｃ．

様々な階層の人間が溢《あふ》れている。この中に、日本人以外の者は何人いるだろう。

「よう、尾崎」背後から声を掛けられ、宗秀は振り返った。沢野健太が立っていた。着古した革ジャンに、所々破れたジーンズ。どちらも高級品には見えない。「早いじゃん。随分待った？」

沢野は、額に汗を浮かべていた。息は切れていない。今日は、初夏の陽気に近い。革ジャンでは暑いだろう。「……それ、脱いだら？」

「え、これ？　ダメダメ。おれのポリシーだから。それにさ――」革ジャンの襟を抓み、在日コリアンに対する蔑称《べっしょう》を口にした。「――と戦おうと思ったら、これくらい丈夫な服じゃないとね」

宗秀は、昨日と同じようなTシャツとジーンズ姿だった。「この格好じゃ、まずかったかな？」

「君ノ宮《きみのみや》先生は、そんなこと気にされる方じゃないし。他の会員達も、いい奴ばっかだからさ」

君ノ宮――宗秀の顔が一瞬強張《こわば》る。

「もしかして、緊張してる？」沢野に肩を叩かれた。「おれも、最初の内はそうだったな。でも、すぐに慣れるさ。リラックス、リラックス」

緊張はしている――沢野が考えているのとは、別の意味で。

「じゃあ、行こうか」沢野に続いて、宗秀も歩き出した。ダイヤモンド地下街に下りて行く。店が尽きる辺りまで歩き、再度地上に上がる。眩《まぶ》しい陽光の中、オフィス街を進んだ。

五階建てビルの前で、沢野は足を止めた。周辺の建物と比較しても、若干新しい。二人で、エントランスへと向かう。自動ドアの横、右側の壁に案内表示が掛けられている。会計士や税理士の事務所が並んでいた。目指す名称は、三階にあった――《日出《い》ずる黄金の国を守る会》。

先に、沢野が自動ドアを潜った。受付に座る守衛に、右手を挙げて挨拶する。

宗秀も一礼して、後に続いた。「顔パス？」

「毎日のように来てるからね」エレベータの前で止まり、ボタンを押す。「三階くらい、歩いた方が早そうだけど。階段使うと却って遠回りなんだよ、このビル」

沢野の言った通りだった。エレベータを降りると、すぐに受付があった。痩せて、長身の男が雑誌を読んでいた。「あれ、宮脇《みやわき》さん。何やってるんスか？」

「見て分かンだろ、受付だよ」宮脇と呼ばれた男が、顔を上げた。三〇代前半か。デザイナーズ・ブランドらしい眼鏡が、少しずり落ちている。「受付嬢が風邪でさ。……彼が例の新入会員？」

「そうなんスよ。今日から、ここに入りたいって」

「尾崎陽一です」尾崎／宗秀は、頭を下げた。「よろしくお願いします」

「宮脇晴久《はるひさ》です。よろしく」

宮脇は立ち上がり、近付いて右手を差し出した。宗秀は、その手を握った。

「宮脇さんは、横浜支部の小隊長なんだ」沢野が説明した。「あ、でも、会の本部は横浜にあるんだからあ。実際、宮脇さんってどの辺の地位なんスかね」

「どうでもいいよ、そんなこと」宗秀に向き直る。「これから、共に頑張ろう」

はい、と宗秀は答えた。見た目が細い割に、宮脇は芯の通った声をしていた。

「それに、君はツイてる。今日は、君ノ宮先生がいらしてるんだ」

「え、先生が来てるんスか」沢野が、先に答えた。

「そう」宮脇は沢野を一瞥《いちべつ》し、視線を戻す。「君のことを話したら、ぜひ会ってみたいと仰《おっしゃ》ってね。奥の部屋で待っておられる。案内するよ」

歩き出した宮脇を二人で追う。部屋は三つ並んでいた。一番奥まで進む。現代風な金属製のドアを、ノックして言った。「宮脇です。例の新入会員が見えました」

「どうぞお」若干、間の抜けた声が返ってきた。

失礼します、と宮脇がドアを開く。一二畳ほどの広さだろうか。書斎にも、応接間にも見える部屋だった。奥の棚には、書籍が所狭しと詰め込まれている。宗秀の視力は、二・〇ある。本の背表紙は、全て読めた。歴史／国防／国際関係ｅｔｃ．共通しているのは、日本を褒め称《たた》える内容らしい点。

中央のソファに、男が一人腰を下ろしていた。三〇代後半／中肉中背。これと言って特徴のない男だった。髪は短く刈り込み、眼鏡はなし。服装も、粗末ではないが高級でもないスーツだ。静かに立ち上がる。「君ノ宮です。よろしく」

知っている――君ノ宮隼人《はやと》。《日出ずる黄金の国を守る会》主宰。

「尾崎陽一です」同じ挨拶を繰り返す。「よろしくお願いします」

《日出ずる黄金の国を守る会》――略称《日金会》。現在、最も活動を先鋭化させているナショナリスト集団の一つだ。元々は、気の合う《ネット右翼》が集まってできた組織だった。その中心にいたのが、君ノ宮隼人。仰々しい名前だが、本名だと言う。

組織における第一の主張は、日本の安定と国際的地位向上。そのための再軍備と核武装。第二は、在日外国人の排斥。特に、在日コリアンを目の仇にしていた。

世間の抱くイメージは、後者だ。

大規模なデモを行い、過激な《ヘイト・スピーチ》をがなり立てる。国内左派は勿論、右派からも忌み嫌われていた――相容れない下劣な差別主義者《レイシスト》集団。《日金会》サイドは反発した。日本と国民を不当に貶める輩《やから》に、正当な主張を行っているに過ぎない。そう言って憚《はばか》らなかった。

「《日金会》に、日本人として入り込め」全ては《父上《ブチン》》――太道春《テ・トチユン》の意志だった。

「組織に溶け込み、絶対に工作員だと悟らせるな。それが、《プランK》の要となる」

　君ノ宮は、中堅IT企業の社長だった。ITバブルの頃に起業。その後も、堅実な経営で切り抜けた。多くの私財を、活動のために投げ打った。宮脇も、市内に数店舗を持つ理容チェーンの二代目だ。

　世間では、《ネット右翼》は若年貧困層が中心だと考えられている。そういった者もいるが、中産階級の方が多い。沢野のようなフリーターの方が少ない。

おかしな話だ。フリーターやニートなら分かる。自分達の不遇や、貧困への捌《は》け口。君ノ宮等は違う。裕福な部類と言っていい。腹が膨れる訳でも、金になる訳でもない。私財を投じて、他民族への《ヘイト・スピーチ》に精を出す。何が楽しくて、やっているのか。

　年齢やニセ経歴《レジェンド》の入手難度から、宗秀が日本の中産階級に扮するのは無理があった。若年貧困層に紛れ込むしかなかった。

　尾崎陽一として、ネットに愛国的書き込みを続けた。心にもない日本賛美の繰り返し。結果、沢野と知り合えた。交流を重ね、バイト先も同じくし、入会を果たせた。《日金会》の内実／幹部の素性等——他の工作員によって、多くの情報がもたらされていた。

「よろしく頼むよ」目の前に、君ノ宮が立っていた。頭一つ分、背が低い。温和そうな微笑。極右活動家には見えない。差し出された手を握る。「明日、《イセザキ・モール》でデモを計画していてね。是非、君にも参加して欲しいんだけど」

「それは、いいですね」宮脇が引き取った。「他の会員とも、早く馴染んだ方が良いでしょうし」

「行きます」宗秀は答えた。

「よし決まり」君ノ宮の笑みが大きくなった。「明日の午後二時に、《イセザキ・モール》の入口に集合で。硬くなることはないよ。多少の《カウンター》はあるだろうけど、いつものことだからね」

「《カウンター》はね。我々に敵対する連中のデモのことだよ」

宮脇が、傍らから補足する。知っていたが、頷いて見せた。《ヘイト・スピーチ》VS《カウンター》。日本では、よくある風景。

話題が変わり、歓迎会が催されることとなった。懐から財布を取り出し、君ノ宮は数枚の万札を抜いた。「僕も参加したいんだが、人と会う約束があってね」

宮脇は固辞していたが、最後には受け取った。「尾崎くん、沢野くん。今晩空けておいてね」

「はい、分かりました」二人揃って、返事をした。

沢野の方が若干、声が大きかった。現金なモンだな——宗秀は、内心苦笑していた。

君ノ宮に挨拶し、三人は部屋を後にした。携帯の番号とアドレスを、宮脇と交換した。歓迎会の時間と場所は、後で連絡が入る。ビルを出ると、用があると言って沢野とも別れた。

地下鉄みなとみらい線に、宗秀は乗り込んだ。時刻は、午後三時に近い。日本大通り駅で下車し、地上へ。陽光に、目を細める。

不要な右左折／歩行停止。尾行を警戒してのことだ。

宗秀は、山下公園に着いた。園内に入り、腕時計を見る。人気ブランドに似せた安物。時刻は、午後四時まで数分になっていた。かなりの回り道をしたことになる。

横浜きっての名所の一つ。平日の夕刻近くでも、かなりの人出だ。観光客／子連れの主婦／学生らしきカップル。サボタージュだろうか、サラリーマン風の男もいる。ベンチに腰を下ろし、ぐったりとしていた。日本に来て一番印象的だったのが、疲れ切った労働者の顔。見覚えはある。疲労困憊《こんぱい》し、生気を失った目。子供の頃に見た——《管理所》の中で。

公園内には、等間隔にベンチが置かれていた。中央へと歩を進める。目指すベンチに、人の姿はなかった。端の方へ腰を下ろし、脚部へと手を伸ばした。数ミリ程度、飛び出た箇所を指で抓む。そのまま引き抜いた。直径数センチの穴が開く。その中に、指を入れた。

中は、さほど広くない。大人の指が二本入るほどだ。宗秀の指は、円形の金属を引っ張り出した。掌の中に握り込む。周囲に視線を走らせた。人通りは多いままだ。あらゆる人間が、目の前を通り過ぎて行く。こちらに注意を払う者はいない。

公園の向こうには、海が広がっている。太平洋——その果てにアメリカがある。日本同様、敵国と教え込まれた国。手を上げ、顔の前で開いた。パチスロ用のコインだった。親指と人差し指で挟み、回転させる。蓋《ふた》が開くように、二つに割れた。中は空洞になっている。

中空のコイン——折り畳まれた小さな紙片が入っていた。

《デッド・ドロップ》——古典的な情報伝達方法だった。一方が秘かにメッセージ等を隠し、もう一方が回収する。ベンチの穴は《DLB》——《Dead Letter Box》と呼ばれる。ありふれたスパイ技術の一つ。防諜意識が低い日本では、充分に効果的だった。

紙片を広げた。小さなハングルが並んでいる。簡単で、他愛のない文章——〝いいお天気ですね〟のような。実質は、規則性を持った暗号だった。一般の日本人に、内容を把握することは不可能だろう。

暗号は、ネットを通して伝えられる。主に使われるのは、《補助工作員》が経営するネット・カフェだ。

一つの方法として、北本国の公式サイトを使用することがある。世界へアピールするために作られ、好感度をアップさせるような内容となっている。そこへ、高度に暗号化された指令が載せられる。工作員以外の者には、単なる記事にしか見えない。

受け取った工作員は、指令を簡素な暗号へと翻訳する。宗秀のような現地工作員の手に届くまでには、複数の《カット・アウト》——安全器を経由させる。彼等には、内容も宛先も知らされない。自分が、何を誰に届けているのか。全く知らないだろう。

紙片に目を落とす。宗秀は、素早く翻訳していった。暗号を解く公式は、叩き込まれている。

また、殺しか——宗秀は息を吐いた。

6

来栖惟臣は、県警本部の一階に居た。一人佇《たたず》みながら、外を眺める。秋の夕暮れが近付いていた。腕時計を見た。午後五時一〇分。遅刻だ。

神奈川県警。四七都道府県警の中でも、最大規模の部類に入る。行き交う人も多い。何人かの顔見知りとも擦れ違った。誰一人、視線を合わせようとはしなかった。こちらから声を掛けることもない。

「遅いぞ」振り返らなくても、足音で分かる。

「いいじゃない、一〇分くらい」男の声が答えた。「悪かったよ。忙しくてさ。来栖ちゃん」

男の方を向く。身長は同じくらい。痩せて、すっきりとした顔立ち。警官としては、優男の部類。学生時代からの剣道経験者だ。それなりの発条《ばね》は秘めている。赤木久也《あかぎひさや》
——神奈川県警刑事部捜査第一課警部補。来栖の同期だった。

「どうせ、例のミニスカ・ポリスとメールでもしてたんだろう」

「メールって、古いなあ。今はLINEだよ、LINE」

甘い顔が、ニヤケ面になる。バレたら、身の破滅だと分かっているのか。不倫癖——赤木の弱点。県警上層部の娘と結婚。勿論、出世のためだ。妻は、お世辞にも美人とは言えなかった。その反動か、浮気を繰り返し始めた。今は、交通部の女性巡査と不倫の真っ最中。黙っている代わりに、刑事部の情報を提供しろ——赤木は条件を呑んだ。刑事部で、唯一話ができる人物だった。

「どうして、こんなところに呼び出すんだよ？　皆に見られちゃうよ」

先に口を開いたのは、赤木だった。来栖は答えた。「誰もこんなところで、重要なやり取りをしてるとは思わないだろ？　世間話くらいにしか見えないさ」

誰かが同じようなことを言っていた――韓国NISの朴慶星。見習うべきは、誰からも見習え。

「世間話にしか見えなくても、公安《ハム》と仲良くしてるだけで、部内での立場がなくなっちゃうよ。頼むよ、マジで」赤木は、迷惑そうに顔を歪めた。「……崔の件？」

崔を、《サイ》と発音した。そうだ、と来栖は答えた。

崔国泰の死亡状況を伝えたのも、赤木だった。「あれなら、港北署に帳場が立ったよ。お前ントコの、熊川だっけ？　ハッカーの。あいつが、崔のPCはハード・ディスクが交換されてるって言ったんで、筋が一気に殺しへ傾いたって訳」

予想通りだ。初めは、別の線から始めるつもりだった。夜しかアポが取れなかったので、赤木を訪ねた。「お前も、帳場に？」

「おれは、当番が違うから」首を横に振った。「大丈夫。情報は、ちゃんと仕入れてるからさ」

「殺しで決まりなのか？」

「上は、そう考えてるみたいだね」

「《マル被》は特定したのか？」

「被疑者？　いや、全然。結構、苦労してるみたいよ」

「《紋》や《留》は？」

「指紋はなし。手袋でもしてたんだろうね。遺留品は、毛髪や繊維片がいくつか」

「《ゲソ》は?」

「足跡は、スニーカーのソールがくっきりと。土足で上がったみたい。でも、期待薄さ。メーカー名こそ国内だけど、中国産の安物でさ。高級ブランドのレア物とかじゃなくて。国内で、数万足は出回ってるって話。販売ルートから辿《たど》り着くのは、まず無理だね」

大量生産/大量消費時代。物的証拠が挙がるほど、捜査が混乱する。最近、そうした皮肉な状況が生まれている。繊維片も同様だろう。毛髪等のDNA鑑定は、被疑者が特定されなければ用を成さない。そこまで計算しているならば、当の工作員はかなり優秀と言えた。

「それに、何と言っても《鑑》がね」

「《鑑》がどうした?」分かってはいたが、惚《とぼ》けて見せた。

「《マル害》の崔国泰って在日。フリー・ライターって触れ込みだけど、実体が全く摑めない。身元はしっかりしてるのに、生活感がまるでないって言うか。《鑑取り》が全然進まないんだよ」

被害者の人間関係を洗い出し、動機を持つ者を捜し出す作業。崔も、工作員としては優秀な部類だ。簡単に足跡を辿らせはしない。

「公安にも照会掛けたけど、梨の礫《つぶて》さ。上は、相当カリカリ来てるよ。いつものことなのにね」

赤木が、顔を顰めた。北朝鮮による大規模テロ。情報提供など行うはずがなかった。

「……来栖ちゃんさあ」赤木が、下から顔を覗き込んでくる。「今回の件、何か知ってるんだろ？」

視線を向ける。赤木は少したじろいだ。「分かってますよ、自分の立場は。怖い顔すンなよ」

「手柄が欲しいとか、つまらない欲は出すな。若い愛人だけで、満足しとけ」

「はいはい。今の生活が安心して続けられれば、何の文句もないんでね。おれは」

自分の欲望に忠実な人間。出世のために結婚し、平然と不倫も行う。情報源として信用してはいるが、人として信頼はしていなかった。「また、何か分かったら連絡してくれ」

踵《きびす》を返した。背中に、赤木が声を掛けてくる。「これから、どちらへ？」

足を止め、視線だけ向けた。赤木が、引き攣《つ》った愛想笑いを浮かべる。「冗談ですよ、冗談」

短く鼻を鳴らして、来栖は歩き出した。海岸通は、宵闇に包まれ始めていた。微かに潮の香りがする。帰宅を急ぐ人の波も、増え始めているようだ。

港北署の捜査本部は、いずれ崔の正体に気付く。刑事部が介入する前に、道筋を付ける必要があった。

もう一人、先に会うことにしていた。関内駅にほど近い焼肉店に、来栖は足を向けた。小さい店だった。外観も古惚《ふるぼ》けている。煤《すす》けた看板には、《横浜ホルモン屋》。暖《の》簾《れん》を潜った。店内は、半分ほどの入り。四人掛けのテーブルが、左右に三脚ずつ。席はそれだけだ。

一番奥のテーブルに、若い男。生ビールのジョッキ片手に、次々と肉を頬張っていく。金雄治郎《キム・ウンチラン》――二三歳。在日コリアン四世のフリーター。在日社会に情報網を持つ。来栖の協力者だった。

通名は金田《かねだ》雄治《ゆうじ》郎《ろう》。通称は《キム》。中肉中背よりは、幾分小柄。天然パーマの癖毛を短く刈り込んでいた。いつもスカジャンにジーンズという格好だが、今はTシャツ一枚だ。スカジャンは、横の椅子に畳まれている。「遅いよ、先に始めちゃってるよ」

「好きにしろ」向かいの席に腰を下ろす。店員を呼び止めた。「烏龍茶《ウーロン》一つ」

「何？　食べないの？」

《キム》が、カルビを口に入れた。他には、ロースと塩タンの皿が並んでいる。肉が上質なことで、有名な店だった。昔ながらのガス製焼肉器を使う。昭和レトロの焼肉屋だ。時代の流れか、巨大な換気口がテーブルの直上に伸びている。そこだけが平成風。

強力な換気ファンは、有り難い。次の人間に、焼肉臭いまま会いたくなかった。

「どうせ、そっちの奢《おご》りなんだからさ」上機嫌で、生ビールを呑み干す。空になったジョッキを、女性店員に振って見せる。「生追加。後、上ミノに上レバーも」

「誰が、奢ると言った?」

視線が向けられた。細い目が、限界まで見開かれている。来栖は、短く嗤《わら》った。

「会う度に性質《たち》悪くなるね」《キム》が舌打ちした。「だから、日本人は世界中から嫌われるのさ」

《キム》との付き合いは、もう三年になる。その頃、来栖は別の協力者を使っていた。その男から紹介された。自ら、公安に協力を申し出る在日コリアン――冷やかしか/変人か。どちらにしても願い下げだった。会ってはみることにした。駄目なら、切ればいいだけのことだ。

最初に会ったのが、この焼肉屋だ。《キム》は、手土産を用意していた。在日社会に関する情報――来栖は、裏を取った。正確だった。

時には、《同胞》を裏切ることにもなる行為。金目当てとは思えない。一度の面会における謝金は、たったの三万円。それ以上は、警察庁の事前承認事項となる。皈ぐらいは奢ってやるが、それだけだ。自身はフリーターだが、実家はラブ・ホテル・チェーンを経営している。

「冒険、かな」一度だけ、《キム》に理由を聞いたことがある。奴は答えた。「つまンないンだよね、日本人も在日連中もさ。だったら、両方を上手く渡り歩いてみようかなってね」

崔国泰による在日の《補助工作員》ネットワーク作りも、《キム》から寄せられた情報だった。

「で、徐大淳だっけ?」生ビールと肉が届いたところで言った。そうだ、と来栖は答えた。

「あのチンピラ」《キム》が顔を顰めた。「爺様方の間じゃあ、すげえ顰蹙《ひんしゅく》買ってるよ。鼻抓み者だって、もっぱらの評判さ。クスリにまで手出してるって話だし」

「お前も反対派か?」

「少なくとも、下に付こうって気にはならないね」

「最近、変わった動きは? 北本国との関係とか」

「いや、聞いたことないね。あ、焦げてる」少し焦げたロースを、箸《はし》で抓んだ。「食べてからでいい?」

ああ、と答えた。肉三切れと、生ビール三分の一を胃に流し込むまで待った。「お前、徐とは縁があるって言ってたよな？」

「ああ、あいつの兄貴の息子を知っててね。それが何か？」

「紹介しろ」

《キム》の視線が上がった。「マジで？」

マジだ、と来栖は答えた。

「どうしたの？ えらい性急じゃない？」《キム》が首を傾《かし》げる。「崔の死と、関係があるとか？」

来栖は答えなかった。視線だけは、相手から逸《そ》らさない。

「答える訳ない、か」肉を置きながら、《キム》が呟いた。「いいよ。お安い御用だ。でも、おれが紹介できるのは徐の兄貴の息子、甥《おい》っ子かな。そこまでだからね」

「それでいい」

「ＯＫ。ところでねえ、来栖さん」《キム》を見た。いつになく真剣な表情になっている。「例えば、敏感な人なら、もうすぐ雨が降るなって分かるじゃない？ これが台風なら、もっと多くの人が接近して来てるなって肌で感じるよね。それと同じことが、在日社会で起こってる。不穏な空気とでも言えばいいのかな。前から薄っすらとあったけど、崔の死で明らかに変わった。雨から台風に変わったって感じ？ 皆、感じてる。何かが起こる。デカい、かなりヤバいことがね」

「…………」

「それを教えてあげられたら、いいんだろうけど。相当マズい状況になる。誓ってもいいよ」

7

金を払い、来栖惟臣は焼肉店《横浜ホルモン屋》を出た。外は、完全に暮れていた。ネオンが輝き、夜の街へと変貌している。

「何か分かったら、また教えるよ」金雄治郎――情報屋は言って、丁寧に肉を焼き続けた。

ＪＲ線で横浜駅へ出て、東急東横線に乗り換えた。白楽駅で降り、商店街を抜け、神奈川大学方面へと向かった。時刻は、午後七時を回っている。学生街だからだろうか。閑静な街並みだが、人通りは多い。途中の住宅街に、目指す場所はあった。

《神奈川レンタル・ビル》と、看板にはある。ホールや会議室を、有料で貸し出している建物だ。六階建てで、古びていた。白壁には、所々クラックが走っている。来栖は、中に入った。

「どちらに、御用ですか？」玄関横の受付に、守衛が座っていた。制服を着た五〇代半ばのくたびれた男。来栖は、身分証を取り出した。守衛の顔色が変わった。「……あ、御案内を」

「いい。分かってるから」言い捨てて、来栖はエレベータに乗った。

四階のボタンを押す。狭く、動作も鈍かった。作動音も大きい。何かにぶつかるような音を立てて、エレベータは停止した。ゆっくりと扉が開く。白い廊下が、蛍光灯に照らされていた。左手に会議室。右手には、ガラス窓が並ぶ。建物同士の隙間から、神奈川大学のキャンパスが微かに望める。

「全員の帰国を目指して」ドアの向こうから、聞こえてきた。会議室の中、マイクで拡張されている。聞き覚えのある声だった。「頑張ろう！」

「頑張ろう！」張り上げられた肉声が、後に続く。

三回繰り返された。来栖は、ノブに手を伸ばした。ノックもせずに、引き開ける。

中に居た人間の視線が、一斉にこちらを向いた。十数人ほどだろうか。奇異な物を見る目だった。年齢構成も服装も、ばらばら。多くは六〇前後だが、来栖と同年配か、もっと若い男女も居る。

自分が異物であることを納得させる雰囲気／拒絶。足を運ぶごとに、視線が絡み付いてくる。

「困りますよ、刑事さん」前方から声がした。「勝手に、入って来られては」

会議室内は、教室形式に机が並べられていた。声を上げたのは、教壇に当たる部分――参加者に向けられた席の男だった。立ち上がり、真っ直ぐ視線を向けてくる。齢《とし》は六〇代後半。頭は白く、豊富な髪はオール・バック。四角く逞しい顔には、鼈甲《べっこう》縁の眼鏡。その奥には細い目があり、こちらを睨み付けている。薄いグレーのスーツに、白いシャツ。やはりタイはない。長身で、年齢の割に体格も良かった。男の台詞《セリフ》を無視して、来栖は歩き続けた。

「あんた、公安?」初老の女――サマー・セーターにジーンズ。白髪交じりの髪を、ひっつめにしている。「《オモテ》のデカは、よく知ってるけど。あんたは見たことないね。《ウラ》かい?」

来栖は答えなかった。机と机の間に設けられた通路を、無言で進んで行く。

男の背後には、ホワイト・ボードがあった。一番上に、《アザミの集い・第一三五回定例会》と書かれていた。活動家救対組織《アザミの集い》――その定期会合だった。極左過激派の支援と、救援対策が主な活動。最も力を入れているのが、《北朝鮮ハイジャック・チーム》メンバーの帰国――無事に／何の罪にも問われずに。彼等は、《北朝鮮渡航チーム》と呼ぶ。

正面に対峙《たいじ》するのは、高見《たかみ》雅春《まさはる》。《アザミの集い》横浜支部長。元は、《横浜革命軍》というセクトの一員。略称《ハマカク》――六〇年代後半に登場した極左セクトの一つだった。雨後の筍《たけのこ》のように、過激派組織が誕生した時代。最も過激な部類に入る。武装闘争路線を標榜《ひょうぼう》。実行に移そうとして、箱根で軍事訓練を計画した。公安は、素早く情報を入手。議長を始め、幹部及び大量のメンバーを一斉検挙した。そこから、奴等の迷走が始まる。

最初に行動を起こしたのが、《北朝鮮ハイジャック・チーム》。日本航空《しらとり号》をハイジャックし、北朝鮮に渡った。いわゆる《しらとり号》事件——七〇年代初頭のことだった。

犯行に及んだのは、新川公彦《しんかわきみひこ》なる人物が率いる一派。現在も、北朝鮮に滞在している。当初は七名いたが、半分は死亡。残っているのは、新川を含めて三名。死傷者こそ出なかったものの、武装してのハイジャック。八〇年代には、北朝鮮による日本人拉致に関与したとも言われている。無事な帰国など、有り得ない。

「話がある」軽く振り返り、来栖は会員達を一瞥した。「こいつ等全員、追っ払え」

会員の表情が強張った。顔色も変わる。「ふざけんな！　いきなり入って来て、何だ！」

口々に、叫び始める。来栖は、短く嗤った。「花の名前付けてる割には、騒々しい連中だな。名前変えた方がいいんじゃないか？　《雀《すずめ》の会》とか」

火に油を注ぐ——文字通りの結果となった。「権力の横暴！　何の権利があって、ここに来た！　令状を見せろ！　日の丸のイヌは、帰れ！　帰れ！　帰れ！」

《帰れ》コールを受けながら、来栖は会員を見渡した。口角を吊《つ》り上げ、高見に視線を戻す。《アザミの集い》横浜支部長は、無言で睨み付けてくる。

「子分の躾《しつけ》がなってないな」来栖は、口を開いた。「さっさと、何とかしてくれよ」

　高見は動かなかった。《帰れ》コールが、更に大きくなる。来栖は鼻を鳴らす。「早くしろ」

「皆、やめろ！」小声の一喝。コールに掻き消されそうだった。それでも、会員は連呼をやめた。

「ここは、おれに任せてくれ」高見が続ける。「後は、上手くやっておくから」

　会員の中に、小さなざわめきが起こった。初老の女が、口を開く。「でもさ、支部長……」

「いいから。心配要らない。今日のところは、悪いけど引き上げてくれ」来栖に一瞥をくれる。「それでいいですね、刑事さん？」

「親分の命令だ」来栖は、会員の方を見もせずに言った。「分かったら、とっとと出て行け」

　一同が殺気立つ——行動に移す者はいなかった。舌打ち／不平／愚痴ｅｔｃ．会員達は場を去り始めた。数分後には、来栖と高見の二人だけになった。

「あれで、良かったんだろ？」来栖は、口元を歪めた。「あんたの顔も立てたし」

　返答はなかった。微動だにせず、こちらに視線を据えている。

　高見は、来栖の協力者だった。獲得したきっかけは、偶然に近い。箱根での軍事訓練。公安が情報を摑んだのは、一通の手紙による。内容から、内部告発と思われた。発信者は不明。そのまま、四〇年の歳月が流れた。一年前、来栖は高見の直筆文書を入手。告発文との筆跡鑑定に掛けた。結果はクロ——誰にも報告しなかった。高見に接触し、鑑定結果を伝えた。《アザミの集い》横浜支部長は、当初否定した。恫喝《どうかつ》——会全体に、この事実を公表する。救対組織幹部としての地位も名誉も、地に落ちる。残るのは、裏切者としての汚名だけだ。

　対象——㊜《マルタイ》はおちた。告発した理由は、恐怖だった。日々エスカレートしていく活動に弱気となり、後先考えず公安宛てに投書した。救対に血道を上げるのは、一種の罪滅ぼしだろうか。

「そんな不機嫌な顔すンなよ」来栖は笑みを見せた。嘲笑《ちょうしょう》に近い。「疑う奴はいないさ。それに、あんたが頼んで来たんだ。バレないようにしてくれってな」

　公安と協力者——隠しても、どこかに滲《にじ》み出てしまう。雰囲気／仕草／言動。完璧を期すことは不可能だ。相手が嫌がる行動を取り、敵対関係を見せつける。互いに、織り込み済みの芝居。

「まあ、上手くいった方だな」来栖は、口元を歪めた。「誰も、あんたの裏切りには気付かねえよ」

「用件は何だ？」硬い表情のまま、高見は訊いた。「新川に会わせろ」

来栖は、自分の協力者に視線を据えた。

「何を言ってる？ 寝言か？」眼鏡の奥、細い目が限界まで見開かれた。「新川やメンバーが帰国できないのは、あんた等公安が妨害するせいだろう。だから、こうやって我々は定期的に……」

「御託はいい」来栖は、表情を消した。「新川公彦が、半年前から極秘で出入国を繰り返していることは分かってる。その理由も、な」

高見以外にも、極左の協力者はいる。そこからの情報だった。

「だったら何故、逮捕しない？」当然の疑問を、高見は口にした。

「今更、新川の身柄を確保したところで、せいぜい三日。ワイド・ショーのネタになって終わりだ。三日も保《も》たないかもな。今どき《しらとり号》なんて知らない人間の方が多いだろ？ 必死こいてンのは、あんた達ぐらいさ。それより泳がせておいた方が、面白いモンが友釣りできる」

高見は、不快感を露わにした。顔が歪む。「……会って、どうする？」

「訊きたいことがある」

「何を？」

「あんたには、関係ない」

「……あいつの帰国の理由、知ってるって言ってたな？」

ああ、と来栖は答えた。「母親だろ？」

「だったら、そっとしておいてやってくれないか？」

新川の母親は、末期癌だった。膵臓《すいぞう》から始まり、全身に転移していた。認知症も進んでいる。

「頼む」高見が、深々と頭を下げた。「この通りだ」

「散々親不孝しておいて今更、孝行息子の真似か？　還暦過ぎて？　当の母親は、もう息子の顔も分からないそうじゃないか？　元気な内に一目会いたい？」来栖は、短く嗤った。「そんな浪花《なにわ》節で出国を認めるほど、北はお人好しではないはずだ」

「どういうことだ？」

「新川の入国には、別の狙いがあるってことさ」《北朝鮮ハイジャック・チーム》リーダーの極秘出入国とテロ情報。関連付けない方がおかしい。「あんたも知ってるんじゃないのか？」

「なっ……」高見は狼狽《ろうばい》した。「何、言ってる？　……おれは知らない。本当だ」

高見の表情——嘘を言っているようには見えなかった。「……まあ、いいさ。新川に会えば、全て分かることだからな。奴は、どこだ？」

返事はなかった。沈黙が流れた。高見が、先に口を開く。「……少し、時間をくれないか？　あいつと話し合いたい」

「話して、どうする？」来栖は、口角を吊り上げた。「どうせ、あんたは逃げられない。おれを、新川に会わせるしかないんだ。くだらない時間稼ぎはよせ」

「おれが公安の《エス》だということは、奴も知らない」

《エス》――スパイの意だ。極左活動家が、よく使う。「……だから？」

「性急に、あんたをあいつと接触させて疑われたら困るだろ、お互い？　上手くやらないと」

「どうやって？」

「おれは、公安に脅されたことにする。新川の入国がバレたってな。嘘じゃないだろ。元々、あんたが独自に掴んだネタなんだから。相当責められて、救対活動自体がピンチだと言うよ。会ってくれれば、活動が続けられるからと頼んでみる」

高見は、まだ利用価値がある。「確かに、あんたの身だけは安心だな」

嫌味を意に介さないかのように、高見は続けた。「ただし、あんたにも約束して欲しい」

「何を？」

「新川の身の安全さ。会って、話して、別れる。それだけだ。会うのもあんた一人だけで。逮捕、尾行、盗聴もなしだ。あいつは、自分の意思で自由に出国する。それだけは保証して欲しい」

高見は、毅然《きぜん》とした表情だった。来栖は、小さく嗤った。「随分、大きく出たな」

「悪い取引じゃないはずだ」力強い口調で続ける。「あんたの狙いは新川が持ってる情報で、奴自身じゃないんだろ？　呑めない条件ではないと思うけどな」

「いいだろう。全共闘の亡霊に、興味はないからな。いつまでに、話をつけられる？」

「二、三日あれば」

「冗談はやめろ」来栖は、言い放った。「今晩中だ。遅くても、明日の正午がリミットだ。それまでに、全ての段取りを整えろ。いいな？」

分かった、と高見は頷いた。来栖は、踵を返した。会議室——無人となった机。資料類は、綺麗に片付けられている。「……いつまで続けるつもりだ、こんな真似？」

「？」背後で、高見が戸惑う気配がした。「……何か言ったか？」

「いいや」来栖は振り返らずに、手を振った。「何でもない。気にするな」

8

同時刻。

呉宗秀は、横浜駅東口に居た。正確には、東口と西口の連絡口——エスカレータと階段が連なる箇所の下。特に、身を潜めてはいない。単に立っているだけだ。帰宅ラッシュが続いているのか、上り下りする人々は途切れることがなかった。自然と紛れ込む形になる。

もうすぐだ。

西口から東口へ、標的は向かう。午後七時三〇分。《そごう横浜店》入口。山下公園の《DLB》。中空のコイン内に入っていた指令には、そう書かれていた。後は、標的の名前。顔写真はなかった——〝ネットで検索しろ〟。有名人らしい。

宗秀は、馴染みのネット・カフェに向かった。《補助工作員》が経営している店。挨拶は交わさない。一般客と、同様に振る舞う。そういう決まりだった。指示された名前を検索する。無数の画像が出て来た。二〇代らしき若い頃のものから、年老いた写真まで様々だった。

隠し撮りだろうか。年代を経るごとに、画像は不鮮明になっていった。宗秀は、一番老けた画像を選んだ。現在の姿に、最も近いはずだ。プリント・アウトの必要はない。標的の顔は、数秒で完璧にインプットされた。ネット・カフェを出て、横浜駅に向かう。

　相手と全く面識がないこと。昨日の崔国泰とは、違う点だった。無数の顔が、連絡口を行き来している。宗秀の脳は、不要な顔貌を瞬時に除外していた。標的だけを捜し続ける。時間がない。八時には、宮脇晴久や沢野健太と待ち合わせをしている。自分の歓迎会をしてくれるそうだ。呑気《のんき》な話だな――短く鼻を鳴らした。その間も、視線は人の流れから逸らさない。

　居た。

　痩せた初老の男だった。背も高くはない。大きなトンボ眼鏡を掛けている。宗秀の眼にも、時代遅れに見えた。こけた頬。頭は半分禿《は》げ上がり、残った髪は黒々としていた。カーキ色の上下に、白いシャツ。階段の下り口に差し掛かる。こちらも、歩を進めた。

　宗秀は、いつもと同じTシャツとジーンズ。違うのは、黒いジャケットを羽織っていることだった。大振りで、袖口も広い。人込みを掻き分けながら進む。軽やかに動き、決して他人とぶつかることはなかった。標的からは、一瞬も視線を外さない。

　使い捨てのビニール製手袋を嵌めていた。右腕を垂らしたまま、宗秀は軽く振った。

鉄芯が、袖の中から掌へと滑り落ちて来る。長さは二〇センチ強、太さは鉛筆程度だ。鋼鉄製で、先端は鋭く研ぎ澄まされている。《スパイク》と呼ばれる武器だった。

先端を掌に握り込み、宗秀は階段を昇り始めた。逆に、標的は階段を下りて来る。数十秒で、擦れ違う形になる。標的から見て、右手の位置だ。駅構内――無数の監視カメラがある。標的を待つ間、全て把握していた。位置／角度／台数。そして死角。

階段部分に死角はない。なければ、作り出すまでだ。人込みに紛れることはできる――宗秀は見知らぬ長身の男を選んだ。寄り添う形で、姿勢を低くする。掌中の《スパイク》を握り直す。長い先端が剝《む》き出しになる。後、数メートル。標的は、怪しむ素振りも見せなかった。こちらの視線には、気付いてもいないだろう。前を向き、真っ直ぐに階段を下りて来る。

擦れ違う瞬間――宗秀は、《スパイク》を標的の胸部に突き立てた。

狙いは、胸骨下部の窪《くぼ》み。角度は鋭角。胸骨に遮られることなく心臓を貫ける。標的は、声を上げなかった。呼吸の乱れさえない。この部位を突くと、横隔膜の麻痺《まひ》が起こる。音を立てない殺人テクニック。力は不要。強く押すと、横隔膜の空気が標的の口から出てしまう。叫ぶ機会／不審を持たれる恐れ。激しく接触しない――何度も教わったコツだ。

深々と突き刺さった《スパイク》を、宗秀は素早く引き抜いた。先端から、ジャケットの袖口に仕舞い込む。ジャケットの袖には、特殊な加工が施してあった。《スパイク》を収納できる袋が付いている。袖を下に向けても、落ちて来ない。付いた血も同様だ。垂れても、袋が受け止める。

標的は、即死だろう。

死者の上着、右ポケットに手を差し入れた。指先に、携帯が当たった。掌に握り込み、手を出した。自分のジャケット、やはり右ポケットへと移す。宗秀が二歩進んだところで、標的の身体が前に傾いだ。下に居る人間の背中へと倒れ込む。女だった。小さく叫ぶのと同時に、足を滑らせた。前の人間、その前の人間も同様に倒れ込んでいく。日本語で言う〝将棋倒し〟だ。

人間が崩れ落ちるときの、けたたましい音。悲鳴／怒号。宗秀は、視線だけ下に向けた。

十数人が、階段の下で折り重なっている。間に挟まれたか、標的の姿は見えない。

「大変だ！　警察、いや医者だ、医者！　誰か、救急車呼べ！」

連絡口は、騒然となった。何人かの人間が、助け起こしに走り寄る。隣の人間――隠れ蓑《みの》に使った長身の男も、踵を返した。階段を駆け下りて行く。歩を止めない人間もいる。後は、遠巻きに眺めるだけの人々。振り返らなかった。混乱に乗じて、足早に階段を昇った。

西口と東口。交互だった人の流れが、明らかに変わっていた。何かが起こった——大半の人間が連絡口を目指し始めていた。監視カメラの死角を狙い、西口へと進んで行く。

地上に上がったところで、宗秀は足を止めた。この辺りにも、騒動の波紋は広がっている。〝何か起こったらしいぞ〟——口々に言い合っていた。

もう標的の顔も、覚えていなかった。名前だけは、辛うじて記憶してあった。簡単な漢字だった。あの程度の日本人名なら、自分にも判読可能だ。ネットでも、楽に検索できた。

確か、《シンカワ　キミヒコ》と読むはずだ。

9

《北朝鮮ハイジャック・チーム》リーダーである新川公彦殺害の報を、来栖惟臣は東急東横線白楽駅のホームで受けた。

「すぐに来い！」今田宏——外事課長代理の指示は、怒声に近かった。

《カモメ第三ビル》に着いたときには、午後九時近くになっていた。

「遅いぞ！」最上階の会議室に入った途端、今田が叫んだ。「タクシーを飛ばして、これかね？」

「電車の方が早いですよ」来栖は、中を見回した。「状況は？」

室内には他に、ハッカーの熊川亘と厚川聡史——県警警備部長の姿があった。

「大混乱ですよ」熊川が答えた。面白がっているような口振りだった。前の机には、ノートPCが開いている。「先刻から、この話題ばかりです」

熊川が見ているのは、ニュース・サイトのようだ。同じ口調で続ける。「午後七時三〇分頃、横浜駅構内。西口と東口に跨《またが》る連絡口の階段で、将棋倒しが起こりました。負傷者は、重軽傷合わせて一二名。死者は一名のみ。それが新川公彦だったということで」

「その将棋倒しが、ネクラーソフの言っていた大規模テロかね？」

冗談か、見当外れなのか。課長代理の発言を、来栖は無視した。「今度も、他殺で間違いないのか？　死体《ロク》は、事故現場にあったんだろう？」

「はい」と熊川。「ですが、他人の下敷きになって死んだ訳じゃありません。胸骨下部から、鋭利な刃物で心臓を一突き。《マル害》は即死だったそうです。あ、これ。部長が、刑事部《ジ》から聞いて来てくれたんですけどね」

警備部長も、刑事部に情報源を持っているようだ。

「刑事部《ジ》もそうですが、マスコミも大騒ぎですよ」熊川が続ける。「ネットも祭りになってますしね。どうしてでしょう？　こんな爺さん一人、殺されたくらいで」

「当然だろう」今田が答えた。「北朝鮮に居るはずの新川が、日本で殺されたんだからな。誰も予想だにしていなかった出来事だよ。君も、公安捜査員なら分かるだろう。常識だよ、常識」

「そんなに有名人なんですか？　《しらとり号》事件なんて、僕が生まれる遥《はる》か昔のことですよ。もう皆、忘れちゃってると思うんですけど」熊川の口調は明るかった。惚けている風にさえ見えた。「そりゃ、課長代理は青春真っ盛りだったかも知れないですけど。同世代って言うか」

「馬鹿言っちゃいかん。私だって、まだ子供だったよ」

来栖は訊いた。「凶器と目撃者は？　その時刻の横浜駅なら、相当の人出だろ？」

「目撃証言は、今のところないそうです。混乱に乗じるために、この騒動を引き起こしたんですかね？　それから、凶器は残されていません。《マル被》が持ち去ったようです」

「防犯カメラの映像はどうした？　駅構内なら、至る所にあるはずだ」

「勿論、チェック済みだ」熊川の代わりに、厚川部長が答えた。「今の捜査の基本だからよ。防犯カメラ画像の収集及び追跡は。《マル被》らしき影は、全く確認できてねえそうだ」

「じゃあ、逃走経路は？」

「不明だよ」今田が息とともに吐き出す。

　被疑者の情報は、皆無に等しかった。

「どう思う？」厚川が、来栖に訊く。「やはり、北朝鮮工作員の仕業か？」

「このタイミングで新川を殺害したなら、その可能性は大きいと思われます」

「昨日の崔国泰とは、手口が全く違うんだが？」今田が問う。

「ＴＰＯに合わせただけじゃないですか？　人目に付かないところと、人目だらけの場所。同じ方法じゃあ、捕まっちゃいますからね」熊川の発言は、面白がっている風にしか聞こえない。「大したモンですよ。超人的な殺人スキルですね」

「そんな漫画チックな言い方は、不謹慎だと思うがね」

　今田の苦言に、熊川は口を尖らせた。超人的な殺人スキル――二日続けての殺し。どちらも証拠、目撃者共になし。北朝鮮工作員の中でも、エース級が投入されている。

「君は、新川公彦を追っていたんだろ？」今田の視線が、こちらを向いた。「それを察知した北が、新川を消したということは考えられないかね？」

　お前の不注意が原因だ、と言いたいらしい。「殺害時刻は高見雅春と別れてすぐで、新川に会わせるよう交渉した直後でした。それ以前に、奴の件は誰にも話していません」

上層部への報告以外——口には出さなかった。

「その高見が、工作員に連絡したんじゃないのかね?」

「会っている間、高見は電話一本掛けていません。別れた後では、遅過ぎます。これだけ綿密な殺しを、数分で段取り付けるのは不可能です。新川殺害は、以前からの既定路線でしょう」

「高見は、《アザミの集い》の横浜支部長だったよな」厚川が、口を開いた。

「はい。《北朝鮮ハイジャック・チーム》の救対組織です」

「そいつが、《補助工作員》だという可能性は?」

「ゼロではありませんが、非常に低いと思われます」

「その根拠は?」今田が、厚川の顔色を窺っている——点数稼ぎ。どんなときであっても。

「《アザミの集い》は、活動が派手ですから」来栖は答えた。「目立ち過ぎるんです。北は、そういう組織を身近に置くことは嫌います」

「それは、君の推測だろう?」

課長代理の反論に、来栖は頷いた。「確かに。ですが、そう外れてはいないと思います」

「僕も、来栖さんの意見に賛成ですね」と熊川。

「君には訊いてないよ」と今田。

　じゃあ何で呼んだんだよ——大男が肩を窄《すぼ》め、口を尖らせている。

「まあ、来栖の言うのが正しいんだろうな」厚川が呟いた。「北は何らかの理由で、新川公彦を殺害しようと考えた。つまり、今回のテロ情報に、奴は関わってたってことか？」

「その可能性は高いでしょう」来栖は答えた。「若しくは、連絡員か安全器《カット・アウト》。当該事案に関係していたのは間違いないと思われます」

「生きてる間に接触できなかったのは、惜しかったな。今更、言ってもしょうがねえけどよ」

　言葉とは違い、厚川は惜しそうな顔はしていなかった。

　熊川へ、来栖は視線を向ける。「新川は、自分の携帯を持っていたか？」

「持ってなかったってよ」厚川が代わりに答えた。「ポケットは、空だったたそうだ」

「それって、《マル被》が携帯も持ち去ったってことですか？」

　熊川の質問は無視して、来栖は自分の携帯を取り出した。最新型よりは、一つ前のスマート・フォン。

　六回目のコールで、相手が出た。「ハーイ、来栖さん。どうしました？」

　ウィリアム・クルーニー——《ビル爺》。CIA工作担当官《ケース・オフィサー》。

「ねえ、お客さん。携帯、誰から?」電話の向こう、背後から若い女の声がする。

「Oh! レイカさん、失礼しました。仕事の電話です。全く、野暮な野郎で困ります」

レイカ——またキャバクラか。女が続けた。「仕事って?」

「言ったでしょう?」声のトーンが下がる。「私は、CIAのスパイなのです。この会話を聞いたら、レイカさんも命の保証はできませんよお」

「やだあ、お客さん。面白ぉい!」

何かを叩く音——キャバ嬢が肩でも叩いているのだろう。続けて、《ビル爺》の哄《こう》笑《しょう》が弾《はじ》けた。

《ビル爺》が日本を離れない理由。それが、キャバクラだ。他の女遊びは一切しないのだが、キャバクラだけは大のお気に入りだった。

「……始めてもいいですか? お願いしたいことがあるんです」

「何です、来栖さん?」声が、不機嫌になるのを隠さない。「私、忙しいんです。日本語で言う〝取り込み中〟です。分かるでしょう?」

「……じゃあ、後にしましょうか?」

「Oh! ジョークですよ、来栖さん。アメリカン・ジョークでーす」携帯から口を離したか、声が少し遠くなる。「レイカさん、少し失礼しますよ」

店の外にでも出ようとしているのだろう。来栖は待った。

「いいですよ、来栖さん」《ビル爺》が話し始めた。「……いえ、こちらから言いましょう。こんな時間に、わざわざ電話を掛けてきた。ということは、新川公彦の件でしょう？」

キャバクラ狂いでもトップ・スパイだ。「御存知だったんですか？　新川が帰国していたこと」

「まさか！」素っ頓狂な声を出す。「私も、びっくりですよ。日本の諺《ことわざ》だと、〝寝耳に水〟というヤツです。その上、殺害までされるとはね。まあ正直、《北朝鮮ハイジャック・チーム》だの《しらとり号》だの、黴の生えたような古臭い話、我が国も全く関心は持っていませんけどね」

嘘だ。冷戦終結後も、アメリカは極左の活動に神経を尖らせてきた。どんな昔の事件に対しても、執拗に追跡を続けている。

《ビル爺》が言った。「で、お願いとは何です？」

「携帯の通話記録が欲しいんですよ」

「ほほう」

「新川の死体は、携帯を持っていませんでした。犯人が持ち去った可能性が大です。通話記録の中に、知られてはマズい事柄が入っていたと考えられます」

「それは、そうでしょうねえ」《ビル爺》は、流暢な日本語を駆使する。「でも、それを私にお願いするというのはどういうことです？」

「《エシュロン》で捉えていたんじゃないんですか」

「あ、は、は」大袈裟《おおげさ》な笑い声が、返ってきた。「勘違いしていますね。《エシュロン》は、ネットの検索サイトとは違います。第一、持ち去られたってことは番号も不明な訳でしょう。傍受している全通話記録。その膨大な情報から、絞り込まないといけなくなります。ちょっとじゃないですよ」

「一般の人間ならそうでしょうが、新川公彦ですよ。事前にチェック済みじゃないんですか？」

「だから、先刻も言ったでしょう。新川なんて、まるで興味がないと」

会話が途切れた。相対していれば、視線が絡み合っているところだ。

先に折れたのは、《ビル爺》だった。「……まあ、来栖さんには借りもありますしね。分かりました。当たってみましょう」

「よろしくお願いします」

「大変ですねえ。例のテロ情報ですか？　北に、そんな余裕はない気がしますけど。ネクラーソフがどう言ったか知りませんが、私は眉唾だと思いますがねえ。使い方合ってますよね、〝眉唾〟？」

違う。なら、どうしてネクラーソフを《セーフ・ハウス》から外に出した？　《狸穴》——ロシア側に奪還される危険まで冒して。来栖は答えた。「合ってますよ」

「それは良かった。でも、結果は保証できませんよ。時間も掛かりますし。《エシュロン》も万能じゃありませんから。正直、御返答はいつになるか……」

「構いません。連絡待ってますよ。レイカさんによろしく」

来栖は、携帯を切った。「……食えない爺ィだ」

「《ビル爺》か？」

厚川が訊いてきた。はい、と来栖は答えた。

「アメリカかい？」今田が、目を丸くする。「電話なんかで失礼じゃないかね、君？ここは丁寧にお会いして、菓子折の一つも持ってだねえ……」

「どんな連絡方法でも同じです。礼を尽くしたところで、自分達の利になると判断すれば動くし、ならないとなれば無視する。それだけです。アメリカに限ったことじゃありませんが」

「……しかしだねえ」

「もう、いいって」厚川が制した。「《赤坂》は動くと思うか？」

「すぐには、無理だと思います。向こうも、情勢を見るでしょうから。必ず協力してくれるという保証はありません」

「しかし、日本はアメリカの同盟国だよ」と今田。「日米同盟。お互いに大切な存在だろ?」

そう思っているのは、日本側だけだ。アメリカにとっては、世界中に数多存在する子分——媚びへつらう国の一つに過ぎない。厚川も同意見のようだった。「アメリカなんて冷たいモンさ」

「〝敗戦国はつらいよ〟って感じですかね」

今田のオヤジ・ギャグ紛いな追従《ついしょう》を、全員が無視した。

「……でな、来栖。今後のことなんだけどよ。お客さんが来ちゃってるんだわ」厚川が、スマート・フォンを手にする。操作し、誰かに話し掛ける。「入ってくれ」

会議室のドアが開いた。「失礼します」

入って来たのは、女だった。中肉中背。齢は、二〇代後半から三〇前後か。目が大きく切れ長で、整った顔立ち。黒いパンツ・スーツを着て、下には白いシャツが見える。肩からは、黒のハンド・バッグを提げていた。直立不動の姿勢を保っている。警察関係者——間違いない。

「成海果歩《なるみかほ》くん」厚川が紹介した。「警察庁《サッチョウ》の《国テロ》所属だ」

女が一歩進み出る。「成海です。警察庁警備局外事情報部国際テロリズム対策課から来ました。北朝鮮担当です」

真っ直ぐに据えられた目。口も、一文字に結ばれている。何を考えているのか、全く読めない。緊張とは違う。全身から発散されているのは、一種の余裕だった。こちらを見下しているようにも取れる。

「階級は、君と同じ警部補だが」今田が口を開いた。口元が緩んでいる。「警察庁からいらしてるんだ。失礼のないように」

「我々が指示されたのは、後方支援の情報収集だけでしょう」来栖は口を開いた。「わざわざ、警察庁《サッチョウ》からの助っ人が必要とも思えませんが」

「違うよ」今田の表情が、更に緩んだ。完全に、笑顔となっている。「勘違いして貰っちゃあ困る。彼女は、君のサポートに来た訳じゃない。逆だよ。君が、彼女の手助けをするんだ」

来栖は、厚川に視線を向けた。「どういうことです?」

警備部長は何も答えなかった。表情に変化はない。代わりに、今田が言う。「彼女が、当該事案の神奈川担当になったんだよ。君は道案内だ」

「警察庁《サッチョウ》の人間が直接、特定の地域を担当するなど聞いたことがありませんが」

「警備局長直々《ビ》の決定だよ。まあ、あれだね。君に任せておいて、これ以上死体の山が積み上がるのを見てられなくなったんだろう」

今田は、面白がっているようにさえ見えた。厚川に、表情はない。熊川は珍しく当惑したように、一同の顔を見回している。

「よろしくお願いします」成海が、来栖に近付いて来た。「横浜は、学生の頃に遊びに来た程度で、ほとんど土地鑑がないんです。しっかり御案内していただけると助かります」

「いえ」来栖は答えた。「どこまで、お手伝いできるか分かりませんが」

並んでみると、成海は頭一つ分背が低かった。こちらを見上げる形になる。

「……《クルス機関》」

成海の呟きに、来栖は視線を向けた。「何か？」

「……いえ、別に……」

視線が絡み合った。その奥で何を考えているのか、察することはできなかった。

「警部補は、おいくつなんですか？」熊川の問いが飛んだ。

おい、と今田が眉を顰める。

「いいじゃないですか。同じ階級なのに、お互いに敬語ってのもおかしな話ですよ。どちらが年上とかはっきりさせといた方が、色々やり易いんじゃないですか？」

「確かに」熊川を一瞥して、成海は視線を戻した。薄く微笑って、続ける。「私は、二九です。来栖さんは、確か四三でしたよね」

「四三？」熊川が、驚いたような声を上げた。「来栖さん、アラフォーですか？」

「確かに、若く見えるな。三〇代半ばくらいか？　まあ、今の四〇代はそんなモンだろ」と厚川。

「……顔だけね」と今田。

成海は、小さく頷いた。「私は、呼び捨てでいいですよ。年下ですし」

絡んだままの視線——成海は、自分から外そうとはしない。先に逸らしたのは、来栖だった。

厚川を見る。何か考え込んでいるようだ。警察庁警備局長——その決定は絶対だった。北朝鮮による大規模テロ。異例な指令が下されても、不思議はない。それでも、今回の件には違和感があった。

二件の殺人。被害者は、北朝鮮と因縁浅からぬ人物。共に、横浜市内で発生した。工作員は横浜／神奈川県内に、拠点を置いている可能性が高い。それでも、東京から顎で使えば済む話だ。霞が関に籠って指示だけ出した方が、手っ取り早い。失敗したときも、県警のせいにできる。使うだけ使って、責任を擦《なす》り付ける。いつものことだ。

連日の犯行は、別の疑問も生んでいた。いくら工作員が優秀でも、サイクルが速過ぎる。焦っているようでさえある。実際に焦ったのではないか。少なくとも、急ぐ必要を感じた。なら、一つの推論が成り立つ。新川公彦を追う件は、警備部長に報告してあった。部長から警察庁を経て、内閣官房長官まで。その間、何人の人間を経由したのか。

どこかで、情報が漏れた。そう考えれば、全てが自然に繋《つな》がる。厚川も、《水漏れ》を危惧しているのではないか。警察関係者の中に、北の《モグラ》――二重スパイが存在する。最も憂慮すべき事態だった。警察庁及び同庁警備局長も、同じ点を疑っている。不自然な動きも、それで説明が付く。

《水漏れ》箇所点検のために、成海は派遣された。

成海の視線が、こちらを向いたままであることに気付いた。「……何か？」

「来栖さん」成海が口を開いた。「そう、お呼びしても？」

「何とでも、お好きに」

「では」成海は、少し言葉を切った。「……来栖さんは、どこから動かれるおつもりですか？」

「そうだよ」今田が口を出す。「君が追っていた新川の線は、切れてしまったんだ。他には、何かないのかね？　北に繋がる別のルートは」

厚川の視線も、こちらを向いた。熊川も同様だ。室内全員の視線が、来栖に向けられている。

徐大淳。韓国ＮＩＳ――朴慶星から引き出した情報。残された唯一の線。「ありません」

「ないって、君ィ……」今田が、非難がましい目を向けてくる。

《水漏れ》／《モグラ》。無防備に、手持ちのカードを曝《さら》け出す訳にはいかない。「申し訳ありませんが、一から出直しです」

今田が、大袈裟に嘆息して見せる。熊川も、残念な顔をした。厚川の表情は変わらなかった。

「そういう訳で、すまないが、ああ……」来栖は、成海を何と呼ぶか決めかねていた。

「構いませんよ」成海は、微笑さえ浮かべている。「呼び捨てで」

今の時点で言えることは、一つしかなかった。誰も信用するな――それだけだ。

第三章　一〇月一四日――水曜日

10

午前九時。来栖惟臣は、東京駅傍の喫茶店に居た。昨晩は、午前三時過ぎに解散となった。

「少しは、寝とかねえとな」厚川聡史――県警警備部長は、充血した眼を擦《こす》った。「明日は、刑事部《ジ》とやり合うことになるからよ」

《しらとり号》事件は、公安マターだ。《北朝鮮ハイジャック・チーム》のリーダーが殺害されたとなれば、公安／警備部も無視はできない。既に極左担当の公安第三課が、殺人担当の捜査第一課と主導権争いを繰り広げている。

公安第三課は、色めき立っているだろう。永年追ってきた新川公彦を確保できた。たとえ、死体になっていたとしても。

両者の争いは、外事課には好都合だった。公安と刑事部が、『トムとジェリー』ばりの喧嘩《けんか》を続けてくれればいい。刑事部の目が、三課だけに向く。公安も一枚岩ではない。各部署によって、利害関係は異なる。警備部長は、そうはいかない。外事課も、公安第三課も指揮下にある。

来栖にも、やるべきことがあった。徐大淳——残った唯一の線。

「明日は、何時から動きますか？」成海果歩が近付いて来た。

「午前一〇時では？　ここに集合ということで」

「随分、ゆっくりですね」成海が、口角を吊り上げた。「お疲れですか？」

「人と会う約束がありますので」

「どういう相手です？」

「プライベートの知り合いです」

「当該事案との関連は？」

「あるかも知れないし、ないかも知れない」来栖は、薄く嗤った。「会ってみないと分かりません。先刻も言ったように、ほぼ手詰まりですから。念のために、当たってみるだけです」

「……分かりました。内容は後で報告して下さい。会う場所も言っていただきます」

「仰せのままに」

成海は、東京駅構内のカフェに待機しているはずだ。来栖の報告を待っている。納得した様子はなかったが、大人しく従ってはいた。

ドアが開いた。三〇代半ばの男が入って来た。長身だった。薄いグレーのスーツに、青いネクタイ。頭は、綺麗に撫《な》で付けられている。実業家の雰囲気だった。こちらに気付くと、近付いて来て言った。「あんたが、来栖さん？」

来栖は、目印の雑誌を掲げた。昨晩、金雄治郎――《キム》から連絡があった。「明日、アポ取れたよ。朝の九時に、今から言う喫茶店に行ってよ。目印になる週刊誌持ってさ」

《キム》は喫茶店の住所と名前、目印の週刊誌を告げた。

「お忙しいところ、お呼び立てして申し訳ありません。神奈川県警外事課の来栖と申します」

身分証を提示した。男は、目だけで頷いた。徐幸二《ソ・ヘンィ》――通名は達川幸二《こうじ》。外見や物腰からは、在日コリアンとは分からない。多少目が細いが、日本人でもこれくらいの者はいる。腰を下ろし、アメリカンを注文した。来栖は既に、ブレンドを飲んでいる。

「一体、何の御用でしょう？」

徐幸二は、パチンコ・チェーン《エンジョイ・フロア》の二代目社長だった。最近、関東一円に進出を始めている。

「徐大淳さんは、叔父さんでしたね？」

徐幸二の表情が一変した。目尻が吊り上がる。「何故？　あいつ、また何かしたんですか？」

「いや、そうじゃありません。ちょっと御紹介いただけないかと思いまして」

怪訝な顔。「叔父貴《おじき》が、どんな人間か。警察の方なら、よく御存知でしょう？」

だからこそ、接近する必要がある。「まあ、多少は」

「親類の自分が言うのも何ですが、あいつは真っ当な日本人が近付くような人間じゃありません。一体、何の捜査ですか？」

「捜査ではありません」来栖は、薄く嗤った。「プライベートの用件です」

「プライベート？」

「コレです」

右手の親指と人差し指で、丸を作って見せた。徐幸二は、目を丸くする。「金？」

「まあ、そんなトコで」来栖は、恥ずかし気な表情を作った。

「何だよ、それ」身を乗り出し掛けたところで、コーヒーが運ばれた。椅子に座り直す。

表情が一変していた。口調も変わっている。「繰り返すが、叔父貴はマトモじゃない。《コリアン・マフィア》だか何だか知らないが。イカれてる。親戚は勿論、在日コミュニティ内でも、きちんと相手にしてる奴は皆無だ。うちの親父なんて、〝あいつは、在日の恥だ〟なんて言ってる。自分の弟なのに」

「塚原章吾《つかはらしょうご》さん。御存知ですか？」

「《ツカショー》」徐幸二の目が、最大限に見開かれた。「まさか、……あんな奴まで絡んで？」

塚原章吾——闇金業者。通称《ツカショー》。高利息と、執拗な取り立てで有名だった。生粋の日本人だが、在日社会にも悪名は轟《とどろ》いている。「彼に頼まれましてね。叔父さんのことを紹介するように、と」

「《ツカショー》は、叔父貴に会って何をするつもりなんだ？」

「さあ」徐幸二の質問に、答えた。「詳しくは聞いていません。だが、《ツカショー》の狙いは一つしかない。金です。何らかの儲《もう》け話を思い付いたんでしょうね」

「警官のあんたが、どうして闇金の手助けなんてする？」

「まあ、色々と」

「借金でもあるのか？」

来栖は答えなかった。警官が、闇金業者をヤクザ紛いの男に紹介する。社長を務めるような人間なら、事情は察するだろう。

「クズには、クズが寄って来る、か……」嘆息——コーヒーには、手を付ける気も失《う》せたようだ。

口を開いたのは、一分近く経《た》ってからだった。「……分かった。紹介するよ」

「よろしくお願いします」来栖は平然と答えた。名刺を渡す。裏に携帯の番号。「そちら様に、御迷惑はお掛けしませんので」

「そうして下さい」口調は戻ったが、視線は軽蔑し切っていた。「これっきりに。うちのパチンコ屋。今が正念場なんです。叔父貴や《ツカショー》のせいで、滅茶苦茶にされたくない。あんた等だけで、何でも好きにすればいい」

「そうします」

「今から、すぐ連絡します」徐幸二は立ち上がった。コーヒーには、口も付けていない。「早ければ、今日の午後には会えるでしょう」

「助かります。恩に着ますよ」

小さく鼻を鳴らし、徐幸二は伝票を取り上げた。来栖は、手を伸ばした。「ここは、私が……」

「いいえ」軽い嘲りの色。「あんた達に奢られたりしたら、何されるか分かりませんからね」

それだけ呟いて、徐幸二は席を後にした。

数分後、成海が店内に入って来た。来栖の前に腰を下ろす。

「待っているように言ったはずですが？」

「徐幸二」来栖の台詞は無視して、成海は口を開いた。「日本での通名は、達川幸二。パチンコ・チェーン《エンジョイ・フロア》の二代目社長ですね。会社は最近、急成長している」

「さすが、《国テロ》の北朝鮮担当」来栖は、口角を上げた。「……とでも言いましょうか?」

「何故、彼に会ったんです?」ウェイトレスが来た。成海は、ダージリン・ティーを注文した。幸二が残したアメリカンは下げさせた。

答えなかった。成海が続ける。「徐幸二の父親、徐在寿《ソ・ヂェス》。通名、達川正《ただし》は《エンジョイ・フロア》の会長ですが、彼の弟は徐大淳でしたね」

成海の表情に、変化はない。穏やかで、笑っているようにさえ見える。

「《コリアン・マフィア》のボスですよね。でも、分からないな。来栖さんの狙いが徐大淳だとして、あんなヤクザ紛いの連中に何の用があるんです?」

「八方塞がりですから。できることは、やっておいた方がいいでしょう? それだけですよ」

「意外に、嘘が下手ですね」成海の視線が上がる。「《クルス機関》なんて呼ばれてる割には」

目が合った。成海の表情から、笑みが消えていた。「韓国NISの朴慶星。その辺りからの情報ですか? 私達は、チームだと思ってましたが」

「……だろうね」

敬語はやめることにした。使う必要性を感じなかった。

「私が、信用なりませんか？」

「あんただけじゃない」来栖は、目を逸らした。「おれは、誰も信用していない」

「どういうことですか？」

「新川公彦を追うと、おれは上に報告してあった。その晩に、新川は殺害された。崔国泰が殺された翌日だ。新川殺害が当初からの計画だったとしても、ペースが速過ぎる。下手すれば、全てが水の泡になりかねない。なのに、北は強行した」

「新川を追ったから」成海の視線は、こちらを向いたままだった。「そして、その情報が北に漏れたから。そうお考えなんですか？」

「証拠はない。だが、可能性を否定する要素もない」

「警察組織内に、北の《モグラ》が潜入していると？」

「若しくは、仕立て上げられたか……」ウェイトレスが、紅茶を持って来た。去ってから続けた。「……《水漏れ》の可能性がある以上、誰も信用する訳にはいかない」

成海は、ティー・カップを手にした。ストレートで、口を付ける。「それで、徐大淳のことも報告しなかったんですね」

「上に報告する内容も、考える必要があるだろうな」

来栖も、冷めたコーヒーを口にした。

「これから……」

新聞の上、天井近くに設置されていた。

「面倒ですね」成海が、カップをソーサーに戻す。「これから……」

「あ、TV点けてもいい？」カウンターに座っていた初老の男が、声を上げた。新聞のTV欄で、見たい番組を見つけたらしい。トーストのモーニング・セットが、前に並んでいる。客は他に、カップルが一組だけ。マスターが、リモコンを操作した。TVは棚の上、天井近くに設置されていた。

画面が明るくなる。三人の男が映し出された。一列に並び、視聴者の方を向いている。少し離れて、司会のアナウンサーらしき男が座っていた。

成海が、こちらの腕を指で突いた。小声で囁《ささや》く。「我々の親分が出演してますよ」

男の一人は、関本光照。内閣官房長官兼国家安全保障相だった。当該テロ事案の最高責任者。世襲議員らしい育ちの良さが、画面からも伝わってきていた。右端に座っている。

「私だって、平和が第一だと思っていますよ」関本は黒っぽいスーツに、白いシャツ。ネクタイは赤だった。「戦後の民主教育を受けてきた人間ですから。こちらから、諸外国に対して戦争を仕掛けるなんて有り得ません。だからと言って、相手が何もして来ないという保証はないんですよ」

「それは今後、日本がテロの脅威に晒される可能性もあるということでしょうか？」

司会のアナウンサーも、関本と同年配だった。画面の隅に、小さく番組名が出ている。そこには〝緊急特集！　二一世紀、日本の安全保障とは？〟とあった。

「その通りですよ」アナウンサーの質問を受けて、別の男が答えた。関本の反対側、左端に座っている。

高原鉄三郎《たかはらてつさぶろう》——横浜市長。政党《新党・夜明け》代表。関本と同じく、日本の再軍備／核武装推進派だった。特に東アジア諸国に対して、強硬な発言が目立つ。

「本物のタカが出てきましたよ」成海が呟いた。「大丈夫かしら？　うちのセキセイ・インコちゃん」

高原は関本とは違い、筋金入りのタカ派と言われていた。どちらも名前を捩ったものだが、言い得て妙ではあった。六五歳。頭こそ白いが、老いは感じられない。体格も関本と大差ないはずなのに、一回り大きく見える。薄いグレーの上下に、同系色のシャツとネクタイ。

「備えあれば憂いなし。軍や核を持つと言うと、すぐに戦争を仕掛けるのかと言う輩がいるが、全くナンセンス。美しき伝統ある我が国を、子供番組に出て来るような世界征服を企《たくら》む悪玉みたいに。自分達の国や、国民を守るのは当然のことでしょう」

「国を守る」一旦、アナウンサーが引き取る。「そこで、仲田《なかた》大臣が提唱された《グローバル・ホーク》の導入となる訳ですが」

話は、真ん中の男に振られた。仲田弘泰《ひろやす》——防衛大臣。現在、防衛省において無人偵察機《グローバル・ホーク》の導入が進められている。それを提案し、半ば強引に推し進めた中心人物だった。高原の盟友であり、関本にとっては次期総裁選のライバルでもある。年齢は六〇歳だが、画面の中では一番若々しい。一人だけスーツではなく、ポロシャツにチェックのスラックス。ゴルフにでも行きそうな格好だ。長身で、肩幅も広い。三人の中では、最もカメラ映りが良かった。

画面が切り替わる。巨大な航空機のアップ。映像にナレーションが重なった。

『《RQ‐4グローバル・ホーク》。攻撃能力を持たない無人偵察機。全長約一三m、全幅約三五m。専用に開発されたジェット・エンジンを備え、長距離航行能力を持つ。最大航続時間は約三六時間……』

「……すごいんですね」心底感心したように、成海が独りごちた。

『……最大巡航高度は約二万m。世界最大級の高高度偵察機である。東日本大震災の際には、福島原発の被害状況確認のために使用された。既に米軍三沢基地には配備されているが、この度、日本の自衛隊にも導入が決定された』

カウンターの男は、食い入るように画面を見つめている。この手の話題が好きなようだ。庶民の右派——今の日本では、珍しくもなくなった。

画面が、スタジオへと切り替わる。アナウンサーが続けた。「この高性能な偵察機の導入を、仲田大臣が中心となってお進めになった訳ですが」

「ええ」仲田が答えた。得意気にも見える。「《UAV》、無人機のことをそう呼ぶんですけどね」

〝《UAV》—《Unmanned Air Vehicle》。無人航空機の略〟とテロップが画面下に流れる。

「《ドローン》という呼び名の方が、今では一般的かも知れませんね」防衛大臣は、微笑んだ。「まさに、日本の安全保障を象徴していると思うのです。高性能でありながら、攻撃能力は持たず、偵察能力のみに特化している。無人機ですから、人命の心配もない。専守防衛を是とする自衛隊に、相応《ふさわ》しい装備だと自負しています」

「これで、分かるでしょう」横浜市長が、口を挟む。「我々はねえ、戦争をしようなんて一言も言っていない。求めているのは平和ですよ、平和。こういった装備の導入に反対する人間の方が、よっぽど平和を欲していないように感じるのですがねえ」

「怒らずに、聞いていただきたいのですが」アナウンサーが、おずおずと口を開く。「ネットなどで一部、〝今の政府は、戦争ごっこがしたいだけだ〟、そんな意見も見られるのですが……」

「失敬だな、君！」高原が声を荒らげた。

「……いえ、私個人の意見ではなく、国民の声として……」

アナウンサーの言い訳めいた回答。関本に振る。「内閣官房長官は、いかがお考えでしょう？」

「……わ、私共といたしましても」慌てたように、関本が答え始めた。「そ、そういった御意見が一部の方の間にございますことは、しょ、承知しております。……そこで、我々としましては党を挙げまして、こ、国民の皆様の御理解を頂けるように努力して、ま、ま、参りたいと……」

「やっぱり、インコちゃん」成海が茶々を入れる。「肝心なところで腰砕けの、しどろもどろ」

我等が最高責任者の発言は、段々と支離滅裂になっていった。最後の方は何を言っているのか、全く意味不明だった。

「官房長官の仰っている通り」仲田が、助け舟を出した。「国民の御理解を頂くために、我々はかかる労力を惜しみません。ただね。こういった装備を導入する度に、〝戦争ごっこ〟だなんだと騒ぎ立てる方々は、平和ボケだと私は思います」

「と、仰いますと」とアナウンサー。

仲田が続けた。「今の日本人のほとんどは、戦争を知らないんですよ。せいぜい海外の戦争の報道か、でなければ本か映画、ドラマに漫画といったところでしょうか。だから、今そこにある危機に対して、現実感が希薄なんです。我が事として受け入れることができない」

その通り、と高原が合いの手を入れる。仲田の発言は続く。「現在の、緊迫した東アジア情勢を見て下さい。中国、韓国、北朝鮮。何も、これらの国々と仲違《なかたが》いしようと言うんじゃない。むしろ、逆です。真に平和で友好的な関係を築くためには、最低限の抑止力は互いに必要なんですよ。でなければ、対等な関係など築けません」

「さすが、防衛大臣！」高原が、感極まったかのように口を挟んだ。「このように的確な現状認識をできる方が、政府与党にいらっしゃるからこそ、我々《新党・夜明け》といたしましても、党の垣根を越えて協力関係を築いておる訳です。〝戦争ごっこ〟などと不見識も甚《はなは》だしい」

「分かりました」アナウンサーが締めに入った。「本日は、お忙しい中お集まりいただき、貴重な御意見を賜りまして、誠にありがとうございました。それでは、報道フロアにお返しいたします」

画面が切り替わった。次の話題は、人気俳優の不倫騒動だった。カウンターの男は興味をなくしたように、モーニング・セットへと戻った。

「いいところを、仲田大臣に持って行かれちゃいましたね。うちのボス」成海が、紅茶を啜る。「こりゃ思いやられるなあ、次の総裁選」

「北朝鮮のテロ情報に触れなかっただけでも、御の字だろうな」政治に、関心はない。

「あんなところで喋《しゃべ》られたら、面倒なことになる」

「その程度の常識はあるでしょ。そう言えば、北も無人機の開発には力を入れていましたね」

「ああ。韓国で、何機か見つかっていたな」

最近、韓国国内で墜落している北朝鮮製と思われる無人偵察機が発見されていた。小型の物で、《グローバル・ホーク》とは規模も性能も比較にならない。撮影機材に日本製のカメラが使用されていたことから、国内でもニュースとなっていた。

成海が続けた。「それより、徐大淳の件ですが。狙いは、何です？　甥御さんの紹介なら、会ってはくれるでしょう。そこから、どうするおつもりですか？　まともに、相手して貰えるとは思えませんが？」

策はある――塚原章吾。既に昨晩、手は打ってあった。来栖は、《ツカショー》に一千万円を超す借金があることになっている。勿論、偽装だ。日本有数の闇金業者は、申し出を拒めない状況に陥っていた。

事は、一年前に遡る。ＣＩＡの《ビル爺》が連絡してきた。「どこかに、金蔓《かねづる》居ませんかね？　安全で美味しいヤツ」

ＣＩＡとは言え、極東支部ともなれば資金繰りも潤沢とは言えない。ある程度は、現地調達の必要があった。アメリカへの資金援助――投資のようなものだ。とは言え、善良な企業等を食い物にさせるのは気が引けた。闇金業者なら胸も痛まない。塚原章吾の悪名が、轟《とどろ》き始めたところだった。来栖は《ビル爺》と手を組んで、罠へ嵌《は》めることにした。

ある男を、客として《ツカショー》に接近させた。身元は全て架空——《ビル爺》が腕によりを掛けたニセ経歴《レジェンド》だった。少額の借り入れから始まり、信用を得た段階で、大きく借りさせ飛ばした。ＣＩＡが本気で身分を消せば、その人間は完全に消滅する。追い込みなど不可能だ。

塚原は困り果てた。名うての闇金業者でも、自己資本のみで運営している訳ではない。返済できなければ、金主に追い込みを掛けられる。ケツ持ちの暴力団向けに上納もある。

来栖と《ビル爺》は、塚原に接近。協力を申し出た。数日後、金は耳を揃えて渡してやった。元々、塚原から借りていた金だ。借用人には逃げられたことにする。協力者の身柄を渡せば、命に関わる。塚原は、金だけで満足だった。金主に返済できれば、当面の問題は解決だからだ。

闇金は、カモを絶対に逃がさないという恐怖から成り立っている。踏み倒し可能との噂が流れれば、商売が立ち行かなくなる。来栖は塚原を協力者とし、《ビル爺》は金蔓にした。

徐大淳が確認しても、完璧な貸借関係が成り立っている。成海に話すつもりはなかった。「ごゆっくり。おれの方は、勘定済ませてある」

「待って下さい」成海も立ち上がった。「徐大淳のところには、私も行きます」

闇金からの借り入れで、首が回らなくなった悪徳警官。徐とは、そういった設定で会う。警察庁のエリートを連れて行くなど、冗談にもならない。

「向こうが警戒し、全てが水の泡になってもいいなら勝手にしろ」

来栖は、成海を見た。表情は険しかった。カウンターの男が、こちらに視線を向けてきた。鋭い一瞥をくれると、慌てて目を逸らした。

「分かりました」成海は答えた。分かったような顔はしていなかった。「とりあえず待機しています。ただ、定期的に連絡は下さい。それが、身を引く条件です。いいですね？」

ああ、と来栖は答えた。携帯番号は、昨晩の内に交換済みだ。「物分かりが良くて、助かるよ」

来栖は外に出た。成海の視線が背中に張り付いて、離れないのが分かった。

11

山下公園。午前一〇時。呉宗秀は、いつものベンチ――《デッド・ドロップ》ポイントに向かっていた。定期連絡のためだった。頭の芯には、昨晩の酔いが残っている感がある。アルコールに弱い方ではなかった。安酒が身体に合わないだけだ。歓迎会。沢野健太が泥酔して困った。

昨晩の殺しは、大きなニュースとなっていた。《シンカワ　キミヒコ》——新川公彦は、やはり日本では有名人だったようだ。《北朝鮮ハイジャック・チーム》のリーダーと紹介されている。

面識はなかったが、そういう人間が居ることは聞いていた。《金正日《キム・ジョンイル》政治軍事大学》——工作員養成機関での、講義中に話が出た。我が国の理念に共感し、腐敗した資本主義の祖国を捨てた日本人。彼等は敵国人ではなく、革命同志であると紹介された。ならば何故、殺害しなければならなかったのか。口にすることはない。命じられた任務は、確実に行う。それだけだった。

いい天気だ。秋晴れと言うのだろう。多くの人間が行き交い、宗秀に注意を払う者はいない。観光客だろうか、団体も見えた。そして、相変わらず死んだような目をした労働者達。

ベンチに腰を下ろし、《DLB》の穴を探る。水曜日の午前一〇時は、定期連絡となっていた。指を入れ、穴の中を探る。冷たい感触が、指先に触れる。中空になったパチスロのコイン。取り出して、開く。中には、ハングルで書かれた暗号文の紙片

――簡易な文章。即座に翻訳する。

〝変わったことはなかったか？　あれば裏面に書き、元に戻せ〟。変わったことなど何もない。証拠は一切残していない。警察に尻尾を掴まれることもない。各種防諜機関に対しても、だ。

二件の殺し／二日続けての指令。命令なら、一週間続けてでも殺す。証拠も残さず、完璧に。スキルはある。心も身体も、負担など感じない／急《せ》かされても、ミスなど犯さない。それだけの訓練を受けてきた。それでも感じた――性急に過ぎる。

考えても仕方がない。本部――朝鮮人民軍総参謀部偵察総局には、事情や考えがあるのだろう。紙片を裏返した。濃紺のポロシャツにジーンズ。胸ポケットには、ノック式のボール・ペン。定期報告時の決まりだった。ボール・ペンを取り出し、ハングルの暗号で記した――〝何もない〟。

背後に、人の気配。反射的に、コインと紙片を掌に握り込む。ボール・ペンはポケットに戻す。

見られたか？

ハングルが読める日本人は、多くない。読める人間に見られたとしても、内容は他愛ないものだ。真意を読み取られる可能性はない。何気ない風を装え。立ち去ってから、コインを穴に戻せばいい。

「へえ。北朝鮮の工作員って、本当にいるんだあ」

各種の厳しい訓練を、何年にもわたって受けている。大抵のことでは驚いたりしない。どんな状況にも、対処できる。それでも、背筋を冷たい何かが這《は》い上がって来た。

若い女の声——明るく、面白がっているようにさえ聞こえた。宗秀は振り返った。一〇代後半。中肉中背と言うよりは痩せている。目鼻立ちははっきりしていて、少し面長。髪は長く、背中の半ば辺りまで伸ばしていた。学校の制服だろうか。濃紺のジャケットに、同系色だがチェック柄の短いフレア・スカート。青いブラウス／淡い鴇《とき》色のスカーフ。足元は、白いハイ・ソックスに黒い革靴。手には、緑色のスポーツ・バッグ。ベンチの後ろに立ち、視線を向けてきていた。表情は穏やかで、微笑っているように見えた。高校生か？　目の前の光景が、信じられなかった。

「そんなに怯《おび》えなくてもいいじゃん」女は、更に微笑んだ。「大丈夫だよ。味方だから、私」

「味方？」思わず、鸚鵡《おうむ》返しに呟いていた。意味が分からない。

「だって、あんたが握ってるコイン。ベンチの穴に入れたの、私だから」

安全器《カット・アウト》は直接、接触はしない。諜報の世界における鉄則だ。そのために、《ＤＬＢ》等の方法が存在する。《補助工作員》に、こんな子供を使うことも考えられなかった。

「ホントはね。もっと遅く来るように指示されてたの」女は続けた。「正確には、午前一〇時五〇分。入れたの午前九時五〇分だから、一時間後ってことかな。コインを回収するようにって」

「誰の指示で動いてる?」

「知らない人。そのコインも、ネット・カフェの指定の席に貼り付けてあった物だし」

「おれに会うことも、指示の内か?」

「ああ、それはねえ」女が苦笑した。後頭部に手を回し、髪を掻く。「私が勝手にしたこと。指示では、〝コインを入れて、立ち去って、一時間後に回収〟としか言われてない。でもね、北朝鮮の工作員だよ? どんな人か興味あるじゃん。だから、一目見てみたくって」

誰のミスだ? 宗秀は、舌打ちを堪えた。こんなガキを採用すること自体に、無理がある。「日本語が上手だが、本国から来たのか? それとも在日?」

「どっちでもないよ。生粋の日本人。お父さんは秋田の出身で、お母さんは奈良。東北と関西の夫婦でしょう? いっつも味付けのことで喧嘩してるの。濃いだの、薄過ぎるだのって」

「お前は、学生か?」

「うん。JK、二年生」

JK――女子高校生を意味するはずだ。「学校は、どうした?」

「え? サボリ」怪訝な顔をした。「……何、堅いこと言ってんの? そんなこと気にする訳、工作員って？　教師や補導員じゃあるまいし」

何の話をしている？　安全器《カット・アウト》と会話しているだけでも、ルール違反だ。宗秀は立ち上がった。殺すか——真剣に考える。こんな小娘、右手一本で片付けられる。人目に付かないところへ、連れ込む必要もない。擦れ違いざま、指先だけで気管を潰せる。

「ねえ、あんた名前は？　……あ、ごめん。自分が名乗るのが先だよね」女は、呑気な声を出した。また微笑んでいる。「私は、黒井凜子《くろいりんこ》」

宗秀に、冷静さが戻り始めた。殺しは、最後の手段だ。本国における講義で、そう習った。日本の警察を侮ってはならない。技術／予算／人員ｅｔｃ．どれも潤沢だ。特に殺人のような重大犯罪に対しては、徹底した捜査が行われる。

小娘が安全器《カット・アウト》である以上、簡単に排除する訳にはいかない。本国との連絡が取れなくなる。

暗号を書いた紙片を、コインの中に収めた。「おい！」

コインを、女——黒井凜子に投げ付けた。

「……え、何？」凜子は、慌ててコインを受け止めた。「……ちょっと」

瞬時に動く。宗秀の右手は、凜子の首筋を摑んでいた。そのまま、軽く絞め上げる。女子高生の口から、小さく息が漏れた。細い首だった。少し力を入れると、簡単に折れてしまいそうだ。

「今後は、勝手な真似をするな。立ち去れと指示されたら、立ち去れ。近付いていいという時間までは、近付くな。全て指示通りにしろ。余計なことは考えるな。分かったな？　分かったら頷け。頷くんだ！」

凛子が、小さく頷いた。宗秀は、手を放した。ＪＫは地面に座り込み、激しく咳き込んだ。

「あと、もう一つ」宗秀は、凛子を見下ろした。「二度と、おれの前に姿を見せるな」

咳《せ》き込む凛子を無視して、宗秀は踵を返した。

「……格好付けてンじゃねえよ。……気取りやがって……」凛子が、辛うじて口を開く。声は、少しずつ大きくなっていった。「名前ぐらい教えろ、バーカ！」

悪態を背中で聞きながら、歩き去った。放っておけばいい――二度と馬鹿はしないだろう。

12

福富町――横浜有数の歓楽街。中国／台湾／在日コリアンといった東アジア系の住民が多い。街にも、中国語やハングルが溢れ返っている。ここにしかない文化があった。中華街のような異国情緒とは違う。各国の文化が、渾然《こんぜん》一体となった独特の雰囲気だった。

時刻は正午五分前。夜の街は、寝静まっている時間帯だった。人通りもほとんどなく、野良猫一匹見当たらない。閑散とした通り。来栖惟臣は一人、無数に並ぶ看板類を見上げながら歩く。ネオン・サインは、全て灯を落としている。

徐幸二からの返答は早かった。一時間後には電話があった。一刻も早く、手を引きたいのだろう。吐き捨てるような口調だった。「福富町に、叔父貴がやってるコリアン・パブがあります。今日の正午に、そこへ行って下さい。あいつが会うそうだ」

自分の叔父を、〝あいつ〟と呼ぶ——礼を言う前に、電話は切られた。

来栖は立ち止まって、振り返る。誰も尾《つ》けて来てはいない。成海果歩も。

目指す店は、七階建ての雑居ビル一階にあった。タイル張りエントランスの奥に、オーク材のドア。上部の電光看板に、〝コリアン・パブ《ピョンヤン》〟の文字。カタカナ表記の横には、ハングルが並んでいる。周囲を見回す。呼び鈴や、インタ・フォンらしきものは見当たらない。腕時計を見た——正午ジャスト。来栖は、ドアをノックした。

中からの返事はなかった。更に強く、ドアを叩く。今度は、返事があった。朝鮮語らしい。判別できなかった。もう一度、ノックした。訛りのある日本語が答えた。

「誰？」

「来栖惟臣と言います」大声だが、丁寧に返事をした。「徐大淳さんに、会いに来ました」

「ちょっと待って」何かが動く音。一分後、開錠音が響いた。ドアが開き、若い男が顔を出した。まだ二〇代前半だろう。目も顔付きも、身体の線も細かった。「入って」

中に入った。暗かった。灯りを点ける様子もない。通路を挟んで、カウンターとテーブル席が並んでいるようだ。目が、少し慣れ始める。一番奥のテーブルに、別の男が一人座っていた。四〇代前半、同年代に見えた。若い男は控えるように、テーブルの脇に立った。

「あんたが、来栖さんか」四〇男が口を開いた。流暢な日本語だった。「社長から話は聞いてるよ。公安のデカなんだろ?」

〝社長〟が、徐大淳のことらしい。《コリアン・マフィア》のボス――表向きは、不動産業者だ。来栖は訊いた。「徐大淳は、どこだ?」

「おれの名は、千一憲《チョン・イルホン》」来栖の質問には答えず、男は続けた。「千田《せんだ》一憲《かずのり》って通名もあるが、できれば本名で呼んで欲しい。まあ、座ってくれ」

向かい側に、腰を下ろした。斜めを向き、足を組む。更に目が慣れる。千は、暗色系のスーツを着ている。濃紺と言うより、黒に近い。ネクタイも同系色。シャツだけが、眩しいほど白い。

「徐幸二が、話を通しているはずだ。社長さんとやらに、早く会わせて欲しいんだが」

「社長に会わせるかどうかは、おれに一任されてる。まあ、一種の面接だと思ってくれ。分かるだろ？　あんたは警官だし、うちの団体は《コリアン・マフィア》なんて名前で通ってる。そこの代表なんだ、社長は。以前は、総聯の幹部でもあったしな。警察には、いい思い出がないのさ」

「甥の紹介でも、駄目なのか？」

「実の叔父を、ゴキブリみたいに毛嫌いしてる甥っ子の？」千は、短く嗤った。「実の息子の紹介でも、簡単に会わせる訳にはいかないよ。しかも、公安の捜査員だ。警戒されても文句は言えないだろ？　いくつか質問するから、それに答えてくれ。あんたは闇金の塚原章吾に言われて、社長に会おうとしてるんだよな」

そうだ、と来栖は答えた。

「奴に、借金があるってことだったが？」

頷いた。塚原には、事前に話してあった——徐から確認の連絡が行く。その通りだった。本人からではなかったそうだ。「……確認してあるんだろ？」

「ああ。予《あらかじ》め、電話させて貰ったよ。性質《たち》の悪い奴に捕まったモンだな。原因はギャンブルか？」

「そうだ」答えて、多少照れ笑いもして見せた。識別できたかまでは分からない。この暗さだ。

千は、クスと笑った。「闇金、それも《ツカショー》だろ？　奴の罠に嵌まったとしても、一千万越えはねえよな。相当のギャンブル依存症だ。闇カジノか？」

まだ、灯りは点かない。千が、精悍《せいかん》な顔立ちをしていることに気付いた。日本人が抱くコリアンのイメージではない。韓流スターの、甘い二枚目振りとも違う。来栖は頷いた。

「どこの？」被さるように、千の詰問は続く。

「新宿に、警官専門の闇カジノがある。知ってるか？」

事実だ。顧客は警官ばかり。引退した警視庁の刑事が開設した。元は組織犯罪対策課所属——いわゆるマル暴。地元ヤクザは勿論、警察も手が出せない。一種の治外法権状態だった。

「元・マル暴がカジノ開いて、毎晩大騒ぎしてるってヤツだろ？　噂には聞いてるよ」嘲るように、鼻を鳴らした。「引退したとは言え、取り締まる側がそんな商売するかねえ。世も末だな」

行ったことはない。噂で聞いたことがあるだけだ。あの店なら、《コリアン・マフィア》からの問い合わせなど相手にしない。

「連絡なんかしない方がいい」来栖は、念を押した。「相手にされないばかりか、痛くない腹を探られるのがオチだ。叩けば、多少は埃《ほこり》も出るんだろ？」

「多少どころじゃないかもな」千は、ニヤリとしたようだ。「心配要らねえよ。火中の栗は拾わねえ。〝君子危うきに近寄らず〟さ。ギャンブルはシャブと同じだ。だから、おれは博奕《ばくち》やらねえんだよ。ありゃ人間のクズがやるモンだ。おっと、失礼」

「……おれも、身に沁みてるよ」

「だが、やめる気はない。だから、《ツカショー》の言いなりにここまでやって来た。違うか？」

視線が絡み合った。先に解く。気弱な表情を作った。「……やめる自信はないな。でも、職も失いたくないのさ。とは言え、借金も何とかしたい。なあ、もういいだろ？　社長に、そろそろ……」

「《ツカショー》の狙いは、何だ？」切れ長の目が、こちらを睨む。

来栖は、顔を伏せた。「……先刻、あんたも言ってたものさ」

「？」言葉が途切れる。「……まさか……」

「そう。シャブさ。北朝鮮製の覚醒剤だよ」来栖は、視線を上げた。「上質の《北モノ》。こいつを二〇〇キロ欲しい。それが、塚原の望みさ。シャブのブランド品だからな。人気が高く、一時は国内でも高値で取引されてた。制裁措置や取締の強化で、密輸が困難になったんだろうな。最近では、裏マーケットでもあまり見かけなくなった。だが、今でも需要は高い」

「二〇〇キロと言えば、末端価格で一二〇億円にはなる」目を瞠《みは》った後、千は小さく嗤い出した。「……何ともね。大きく出たな」

「張るときは、デカく張るのが信条でね」

「たかが、闇金とギャンブル狂いのデカが……」千は、右掌でテーブルを叩いた。店内に破裂音が響いた。若い男が、身を竦《すく》ませる。来栖は、微動だにしなかった。もう一度、視線が絡み合う。

今度は、千から先に目を逸らした。「《チョッパリ》が……」

《チョッパリ》とは、日本人に対する蔑称だ。元々は、獣の蹄《ひづめ》を意味する韓国／朝鮮語だった。日本人が履く足袋の形が似ていることから、そう呼ばれるようになったと言う。

「だが、悪いな」千が続けた。「うちのルートは、とっくに潰れてる。あんた等、日本人がやってくれた制裁措置とやらのお陰でな。シャブが欲しけりゃ、他を当たれよ」

「いや、ルートは残ってるはずだ」来栖は、足を組み替えた。「開店休業状態だとしてもな。今は動いてなくても、本国さえその気になればいつでも再開できるだろ?」

「そんな簡単な話じゃない。第一、《ツカショー》に捌けるのか? 闇金だろ?」

「色々、ツテがあるらしい。それに、《北モノ》は人気商品だからな。買い手はいくらでもいるさ」

「……そこで待ってろ」

千が立ち上がった。店の突き当たりには、ドアがある。その奥へと、消えて行った。

若い男と、二人だけで残された。腕を組み、据わった目で睨み付けてくる。

本当に、覚醒剤が欲しい訳ではなかった。全ては、徐大淳を追い込むためだった。一筋縄ではいかないだろう。問えば、素直に答えるような相手ではない。徹底的に追い詰め、吐かせる必要があった。

囮《おとり》捜査。日本の警察では違法とされている——手段を選ぶつもりはなかった。

ドアが開いた。千が戻って来た。「社長が、お会いになる」

室内には、相変わらず灯りが点いていない。ドアの向こうは明るく、逆光になった。千が部屋に入ると、違う男のシルエットが浮かび上がった。長身で、体格がいい。

「お待たせ」

低く張りのある声だった。男が、室内に入って来た。彫りの深い顔立ち。目付きが鋭いが、顔全体に甘さがあった。年相応に皺《しわ》が刻まれ、腹も出てはいる。それでも、千一憲以上に男前と言えた。若い頃《の》は、色男として名を馳《は》せていたと言う。

「私が、徐大淳だ」若い男を押し退けるように、腰を下ろした。千は、傍らに立ったままだ。「シャブが欲しいんだって?」

来栖は、薄く嗤った。「千から聞いてるだろ?」

「ああ」徐は、淡いグレーのスーツを着ていた。吊るしでないことは、来栖にも分かった。「千も言ったはずだが、うちのルートは正直死んでる。復活させるにしても、時間が掛かる。たとえ全盛期並みに動いていたとしても、いきなり二〇〇キロは無理だ。初見の客相手には、な」

「それは困る」来栖は、眉を顰めた。「二〇〇キロ揃わないと、おれは運河に浮かぶことになる。塚原にも、そう言われてるんだ。奴も、買い手から厳命されてるはずさ」

「あんた等には、あんた等の事情てモンがあるんだろうが。それは、こちらも同じだ。最初の取引は一〇キロから始める。その後、状況に応じて取扱量を増やしてもいい」

来栖は舌打ちした。「……そんな、チマチマやってる暇あるのかよ」

「何だと、コラ!」

憤る千を、徐が左手で制した。「どういう意味かな?」

「《コリアン・マフィア》を取り巻く状況は、こちらも分かってる。あんた達は派手にやり過ぎた。当局のマークも厳しいだろう。今更《北モノ》ルートを復活させても、定期的な取引なんて無理さ。それよりは一発でっかくやって、ガッポリ稼ぐ。で、店仕舞い。その方が良くないか?」

テーブルに肘を突き、徐は両手を組んだ。「ホントは、ここで葉巻でも銜えればサマになるんだろうが、医者から止められていてね。舌癌になるらしい」

千が、何事か耳打ちした。徐は、軽く頷く。「……いいだろう。だが、私の一存では無理だ。本国と掛け合ってみないと。何と言って来るか、自信はないがね」

「北も、外貨は欲しいはずだ。しかも日本円となれば悪い話じゃない。必ず乗って来るさ」

「それを決めるのは、お前じゃない」千の声は険しかった。

「まあ、まあ」徐が諫《いさ》める。顔には、薄笑いが浮かんでいた。「そう喧々《けんけん》言うな。これから、ビジネス・パートナーになろうって仲じゃねえか。ただ、なあ。来栖さん。何にせよ商売だからな。まずは、金の話から始めねえと」右手の人差し指を立てた。

「キロ当たり一本でどうだ？」

「一〇万か？」来栖は、口元を歪めた。「格安だな」

「ふざけんな！」千が、声を張り上げた。「一本って言ったら一〇〇万だ」

「冗談だろ？　せいぜいキロ三〇万が相場だって聞いてるぜ」

徐が続けた。「そいつは、経費抜きの金額だな。うちは、経費込みで一〇〇万だ」

「随分、ボってくれるじゃないか」

「よく言うぜ。悪い話じゃねえと思うけどな。末端価格で、一二〇億超える商売だろう？　どこからでも、いくらでも抜けるはずだ。ボロ儲けじゃねえか。卸元なんて、せいぜい二億。寂しいモンさ。宝くじの方が、割がいいくらいだよ。あんた等、小売りが羨ましくて仕方ないね」

キロ当たり一〇〇万円×二〇〇キロ＝二億円。キロ当たり単価など、どうでもいい。払うつもりはないからだ。「……ちょっと、《ツカショー》と相談させてくれ」

来栖は、部屋の隅に移動した。携帯を取り出し、登録してある番号を呼び出す。三回目のコールで、相手が出た。「《ツカショー》か？」

「あんたか……」嘆息と共に、答えが返ってきた。ボディ・ビルダーのような体型が目に浮かぶ。塚原の趣味は筋トレで、毎日のようにジムに通っている。

送話口を押さえ、来栖は続けた。「向こうは、キロ一〇〇万って言ってる」

「好きにしろよ……」欠伸《あくび》交じりに、答える。「どうせ、おれが払う訳じゃねえ。こっちは、あんたの言いなりにさせられてるだけなんだからな」

「じゃあ、受けていいんだな？」

「御意」塚原は、歴史物も好きらしい。NHKの大河ドラマは、欠かさず見ていると言う。

「……OKだ」電話を切り、来栖は向き直った。「随分、渋ったけど」

「商談成立だな」徐は、にこやかに受ける。「だが、もう一つ頼みがある」

「？」来栖は眉を顰めた。

「この話を北本国に掛け合うとなると、それだけでも相当な負担だ。私達も、偵察総局を始め関係機関の不興は買いたくないしな。ちょっとばかし、こちらの頼みも聞いて貰えないかな。何、お巡りのあんたなら簡単なことさ。《日金会》って聞いたことあるだろ?」

《日出ずる黄金の国を守る会》。組織化された《ネット右翼》集団。在日コリアン等に対する《ヘイト・スピーチ》を始め、活動が過激化。行き過ぎた行動は、逮捕者も出した。県警でも、公安第二課——右翼担当が視察対象としている。

「知ってるよ」

「あいつ等を、何とかして欲しいんだよ」

「何とかって。あんなデカい団体、おれ一人でどうできるモンでもないぞ」

「あのチンカスどもが、《ヘイト・スピーチ》とやらでバカ騒ぎやらかしてるときに、我々の傍に居て欲しいのさ。できれば連中を威嚇《いかく》か、それ以上の実力行使をしてくれたら助かるがね」

「つまり、あんた等の《カウンター》に付き合えと?」

「そういうことだ」

在日等の《カウンター》に、《コリアン・マフィア》も参加しているとの噂はあった。他の真っ当な在日団体と、軋轢《あつれき》を生んでいるとも聞いている。「あんた等が出張って来るのを、堅気の在日は喜んでないって聞いてるけど」

「ふん」徐は鼻を鳴らした。「そんなモン、青二才が綺麗事ほざいてるだけさ。だから、あんなニートやフリーターなんかにナメられるんだよ。ガツンと、カマしてやらないと分からねえのさ。《ネトウヨ》みたいな低能児共には、な」

なるほど――取引を受けた理由の一つは、それか。身分を笠に着て、《ネット右翼》を威嚇する。普通なら、そんな馬鹿な真似には付き合わない。懲戒モノだ。「いいだろう。お安い御用だ」

「さすが」徐が、手を打ち鳴らした。「話が早い。早速で悪いんだが、今日の午後。《イセザキ・モール》で、《日金会》がデモを企ててる。バカ共が大騒ぎしたいんだろう。兵隊は揃えてある。ちょっと支度してくるから、ここで待っててくれ」

徐は、ドアの奥へと消えて行った。来栖は、千の目が向けられていることに気付いた。厳しい視線だった。向き直った。また、視線が絡み合う。今度は、どちらからも外さなかった。

「社長は、ああ言ってるが」千は口を開いた。表情の険しさは変わらない。「おれは、お前を信用していない。変な素振りを少しでも見せたら、即座に処分してやる」

背中から、何かを取り出した。拳銃のようだ。暗くて、銃種は確認できない。セミ・オートマティック。銃口まで向けて来ようとはしなかった。

来栖は嘆息した。「おれは、お巡りだぞ。そんなモン振り回すな」

鼻で嗤う。「だから？　所詮、落ち目の悪徳警官じゃねえか」

「…………」

「裏切りや、罠は許さねえ」千は、拳銃を持ち上げた。「いいな、《チョッパリ》」

13

何だ、これは？

《イセザキ・モール》入口。午後一時。無数の日本人が、群れを成している。百数十人は居るだろう。多くが、日の丸／旭日旗《きょくじつき》／各種のプラカード類を手にしている。

〝《在日特権》は許さない！〟〝日本から出て行け、ゴキブリ共〟〝この国に住みたければ、日本人になれ。嫌なら国に帰れ〟――様々な文言。《ヘイト・スピーチ》を象徴するフレーズ。

不思議な光景だった。呉宗秀は、集まった面々を見ながら微笑さえ浮かべていた。

「どうだよ、尾崎？　すげえだろ？」沢野健太が来た。尾崎と呼ばれても、自然に返事ができる。

ああ、と宗秀は答えた。「全員、会員なのか、これ？」

「入会していない人もいるよ。基本、デモは自由参加だから。〝来る者は拒まず〟さ」

参加者の年齢層は、様々だった。まだ学生のような若者から、老人と呼んでいい年齢の者まで。男の方が多いが、女の姿も目立つ。

「これ、頭に巻けよ」差し出されたのは、日の丸の鉢巻きだった。抵抗なく受け取る。付けることも、簡単にできるだろう。沢野は、既に頭へ巻いている。革ジャンとの取り合わせがチグハグだ。

「さあ。おれ達日本人の底力を、在日のカス共に見せ付けてやろうぜ」

日本人の底力——宗秀は、笑みを作って見せた。苦笑いに見えたかも知れない。

山下公園を出てから、近くのファースト・フード店で昼食を摂った。公園で待ち伏せしていた《補助工作員》。黒井凜子と言ったか。二度と、指示を無視することもないだろう。

「はいはい、皆さん。お疲れ様です」

拡声器を握り締め、君ノ宮隼人が一番前方に現れた。その傍らには、宮脇晴久。他にも、《日出ずる黄金の国を守る会》の幹部連が、ずらりと並んでいる。

「今日はお忙しいところ、こんなにたくさんの方にお集まりいただきまして、誠にありがとうございます。《日出ずる黄金の国を守る会》主宰の君ノ宮隼人でございます。デモに当たりまして、皆さんに聞いて欲しいことがあります」

ザワついていた参加者が、静まり返った。君ノ宮の言葉を待っているようだ。

「今、日本は大変危機的な状況に陥っております。諸外国、特に東アジアの国々から、謂《いわ》れのない侮辱的な誹謗《ひぼう》中傷を受けておる訳です。中国、韓国、北朝鮮。こいつ等は人の足元を見て、歴史認識が間違っている云々と、デタラメ並べて攻撃して来ておるのであります」

〝そうだ、その通り〟――参加者から、賛同の合いの手が入る。

「日本の政治家達の土下座外交とも言うべき弱腰振りは、今に始まったことではありませんが、この伝統と格式ある国と国民を守るためには、我々自身が立ち上がるしかないのであります。我々が倒すべき敵は数も多くございますが、当面の敵は在日共であります！」

〝よく言った〟〝素晴らしき祖国を守れ〟〝在日倒せ！〟一斉に、拍手喝采が沸き起こった。

「奴等は《在日特権》を最大限に振り翳し、この国を内部から蝕《むしば》もうとしております。生活保護で優遇され、通名を使うことで罪を犯しても本名で報道されることはないのです。財政状況が逼迫《ひっぱく》している中、日本人であっても生活保護が受けられず、餓死する人さえいます。それに対して在日は、特権を笠に着て生活保護を取り放題。そうして腹を太らせては、反日的な活動に励む。矛盾しているとは思いませんか？　日本が嫌いなら、日本政府から生活保護を貰うな！」

〝日本の税金を使うな〟　〝《ナマポ》在日くたばれ〟

《ナマポ》――生活保護受給者に対する蔑称。最近、知った。

「こうやって日本の財政を圧迫し、治安を悪化させる。連中は、日本人から差別される被害者などと抜かしますが、被害者はどっちですか？」

〝在日は極悪人〟　〝在日犯罪者は死刑にしろ〟　〝日本人の好意に甘えるな〟

「こんな寄生虫紛いの在日に、正義の鉄槌《てっつい》を下してやりましょう！　おい、聞こえるか、ゴキブリ在日共！　これから、日本人の怒りの声をお前等に聞かせてやる！　さあ、それでは始めましょう！」

〝おお！〟参加者が拳を突き上げた。同時に、列が緩やかな移動を始める。

「在日は、日本から出て行け！」君ノ宮が、拡声器越しに叫ぶ。

〝出て行け！〟参加者が後に続く。〝《在日特権》を許すな〟　〝日本人の権利を守れ〟

〝日本、最高！〟

アジテーションは、最高潮に達する。似たようなシュプレヒコールを繰り返し、デモ隊はアーケード街を進む。叫びが反響する。耳を押さえたくなるほどだ。何が楽しくて、こんなことやってるんだ？　〝愛国〟だの、〝外国人は死ね〟だの、わざわざ集まって叫ぶ意味が分からない。

取り囲むように続く制服姿の警官。デモ隊の両脇に等間隔で並び、黙って見ている。

「機動隊さ」沢野が教えてくれた。「デモの度に、出て来るんだ」

機動隊は、人波に歩調を合わせていた。列から食《は》み出す参加者がいると、手で押し戻す。

「こいつ等は、おれ達を守りに来てるのか？」沢野に訊いた。「それとも、邪魔しに来てるのか？」

「どっちなんだろうな？　おれにも、よく分からないんだよ。一つ言えるのは、機動隊が一番嫌がるのは、おれ達とあいつ等がトラブることとさ」

「あいつ等？」

「ほら、見えてきた」

沢野が、前方を指差した。商店街の両脇、デモ隊を挟むように人だかりができている。険しい視線をこちらに向け、横断幕やプラカードを掲げている。

〝《日金会》は人種差別集団！〟〝レイシスト帰れ〟〝《日金会》は日本の恥〟〝人は皆平等、愛に国境なし〟〝LOVE&PEACE〟

構成員も、こちらと大差ないように見えた。年齢層も性別も様々。機動隊に圧し戻される様も一緒だ。違いは旗。日の丸の代わりに、北南朝鮮の国旗。後は、横断幕やプラカード。日本語の下に、ハングルや英語の表記がある。

「これが《カウンター》だよ、尾崎」沢野が耳打ちしてくる。

《カウンター》――君ノ宮も言っていた。デモに反対するデモ。並んでいるのは、在日コリアンか。見た目では区別がつかない。似たような集団が、二手に分かれているだけのようだ。

「《日金会》は、人種差別をやめろ！」向こうからも、拡声器越しのシュプレヒコールが上がる。

〝やめろ！〟参加者が後に続くのも、同じだった。

負けじと、《日金会》側からもコールが上がる。「在日は、国に帰れ！」

〝帰れ！〟双方の雄叫《おたけ》び。響き合って、モール内は割れんばかりの大音響になった。

頭が痛くなりそうだ。随所で小競り合いが始まる。手で突き飛ばそうとしたり、足で蹴ろうとしたり。その度に、機動隊員が割って入る。宗秀は、うんざりし始めていた。

太道春の命令でなければ、とっくに帰っている。《日金会》に入会すること――《プランK》の要。ならば、従う他ない。

「手は出すなよ」沢野が話し掛けてくる。「ちょっとでも手を出せば、すぐにパクられるからよ」

言われなくとも、手など出さない。下手をすれば、殺してしまう。「分かった」

《日金会》と在日。一体、どちらが正しいのか？　一つだけ、確かなことがあった。

日本は変わった国ですよ、《父上》。

14

何だ、これは？

噂には聞いたことがあった。見るのは初めてだ。徐大淳と千一憲に続いて《イセザキ・モール》に入った来栖惟臣は、足を止めた。

《ヘイト・スピーチ》と《カウンター》。双方の雄叫びが、アーケード街に響き渡っている。

〃在日は出て行け〃／〃人種差別は止めろ〃。横断幕／プラカード／無数に並ぶ旗etc.

徐は、他に五人の男を引き連れていた。コリアン・パブで出迎えた若い男も含まれている。

「デモの先頭は、どこだ？」千が、若い参加者の肩を摑んで訊いた。

「……もう通り過ぎちゃいましたけど」

「チッ」舌打ちと同時に、千が若い男の肩を突き飛ばした。徐のところに戻り、報告する。「もう行っちまったみたいですね、君ノ宮のクズ野郎」

「そうか」徐は、肩を落とした。「今から、先頭に追い付くのは無理だろうな」

「徐さん？」長袖Tシャツに、ジーンズといった格好の男が近付いて来た。服装ほどには、若くはない。何かの腕章をしていた。責任者クラスのようだ。

「困りますよ」男が眉を顰めた。「ここには来ないで下さいって、お願いしたじゃありませんか。トラブルになったら、どうするんです？」

「何だと、コラ！」凄む千を、徐が宥《なだ》める。

「まあ、落ち着け。金《キム》さんも、そう冷たいこと言わないで。大人しくしてるから」

「徐さんがここにいらっしゃるだけでも、色々とあるんですよ」金と呼ばれた男は、険しい表情のまま続けた。「他の参加者からも、変な目で見られるからってクレームが出てます」

「じゃあ、そいつ呼んで来いよ」と千。

「できる訳ないでしょ、そんなこと」

「なあ、金さん」徐が語り掛ける。口調は穏やかなままだ。「私達のことを嫌ってる一般参加者が、大勢いることも知ってるよ。でもな。これだけの兵隊集められたのは、誰のお陰だよ？」

答えずに金は、視線だけ向けていた。徐が続けた。「デモなんてなあ、数の勝負なんだよ。数で負けたら、《ネトウヨ》のクソ虫共から物笑いの種にされちまう。どうしてもって言うなら、帰っちゃってもいいが。後は大丈夫なんだよなあ？」起こさないで下さいね」

徐の視線が、鋭くなった。金は、目を伏せた。「……トラブルだけは、起こさない
踵を返し、金は足早に去っていった。デモ隊の中に溶け込み、すぐに見えなくなった。一同を見回し、徐が言った。「……だってよ」

一同から、笑いが起こった。千も笑っている。徐も、満足気な笑みを浮かべていた。来栖だけが、小さく息を吐いた。徐は、わざとトラブルを起こすつもりだ。

《日出ずる黄金の国を守る会》と《カウンター》の間には、機動隊が張り付いている。何かあれば、飛んで来るだろう。来栖は、千に目を向けた。「機動隊が見てるぞ」

「だから？」千が鼻で嗤った。「あんた、警部補だったな？　あんな下っ端、どうとでもできるだろ」

「まあ、のんびり待っていよう」徐が、呑気な声を出した。「デモ隊は、商店街を往復するはずだ。君ノ宮のチンカスも、その内には戻って来るさ」

「はあ。やっと追い付いた」

息を切らせて、沢野健太が言った。宮脇晴久が振り返る。「何？　追い掛けて来たの？」

「いやあ。どうせなら、先頭に立ってみたいじゃないですか。なあ、尾崎？」

軽く微笑んで、尾崎／呉宗秀は頷いた。わざと、荒い息をして見せる。

「幹部の方以外は、先頭に立ってちゃまずいっスかね？」沢野が訊く。

「え？　そんなことないんじゃない。自由なデモなんだし」宮脇が答える。

「そうっスよね」沢野が、満面の笑みを浮かべる。「よっしゃあ、張り切っていくぞ」

デモ隊は、《イセザキ・モール》の端まで到達していた。今は折り返して、出発地点まで戻りつつある。群衆の熱気は、収まる気配がない。《ヘイト・スピーチ》は、更に過熱している。

「在日は、国に帰れ！」

君ノ宮隼人が、拳を突き上げる。参加者が、後に続く。宗秀には、このデモが永遠に続くように感じられた。実際、続いていくのだろう。何らかの形で／日本だけではなく、世界中で。国や民族が存続している限り。憎悪は果てしなく広がり、決してなくなることはない。並んで、拳を突き上げた。

「デタラメ言いやがって」徐が舌打ちした。「生活保護で優遇なんかされていない。受給率が高いのは、それだけ在日の生活レベルが低いからだ。日本に差別がある証拠だよ。通名なんか邪魔なだけだ。あいつ等が言ってるように便利に使えるなら、とっくにやってるよ」

「社長、見えて来ましたよ」千が、商店街の向こうを指差した。

《日金会》の先頭が、近付いて来る。徐達は在日のデモ隊を掻き分けて、前方へと進んで行く。来栖は、こめかみを指で揉む。憎悪と怨嗟《えんさ》——この空間に居ると、眩暈《めまい》がしそうだ。

「おい、君ノ宮！」千が、声を張り上げた。「いい加減な御託ばかり並べ立てやがって。文句があるなら、正々堂々掛かって来いよ。勝負してやるから」

「そうだ、そうだ。この腰抜け！」

「適当な屁理屈ばっかり、チマチマほざきやがって。真っ向勝負する勇気なんかねえンだろ？」

徐の御供が、口々に吠《ほ》える。来栖は、拡声器を手にした男を見た。《日金会》主宰——君ノ宮。相手をする様子はなく、挑発にも乗って来ない。

「無視《シカト》かよ？」

「ビビって、声も出ねえンだろ？」

口々に罵声を浴びせ、揃って笑った。こいつ等と同類に見られるのか。

徐が、近付いて来た。来栖に耳打ちする。「そろそろ一発頼むよ」

「調子に乗りやがって、在日のゴキブリ共が」

沢野が踏み出そうとした。宮脇が、素早く制する。「おいおい、相手にすンな」

「でも、あいつ等。完璧に、ウチ等のことナメてますよ」

「いいんだよ。ほっとけ、ほっとけ」宮脇が、沢野の肩を叩く。「あんなバカ相手にしてたら、君ノ宮さんの名前に傷が付く。ほい、行くぞ」

次の瞬間、宮脇が体勢を崩した。


デモ隊の先頭に居た男が、前向きに躓《つまず》いた。地面に、両手を突く。

「宮脇さん！」隣に居た若い男が、声を上げた。

「おいおい。《チョッパリ》は、まともに歩くこともできねえのか？」

徐の御供──その一人が、哄笑した。この男が足を掛けるのを、来栖は見ていた。

「てめえ等、ふざけンじゃねえぞ！」《日金会》の若い男が、叫ぶ。向かって来ようとするのを、周りの会員が制止する。他の会員は、宮脇と呼ばれた男を助け起こす。

「こらあ、何をやっとるかあ！」

機動隊員の一人が声を張り上げ、駆け寄って来る。来栖は、一歩前へ踏み出した。

身分証を提示する。隊員は足を止め、身分証と顔を交互に見た。即座に敬礼した。「失礼いたしました」

「ここは、おれがやっとくから」来栖は、機動隊員に声を掛けた。

「はっ。よろしくお願いいたします」

敬礼を解き、機動隊員は持ち場に戻って行った。

「誰だ、てめえ？」《日金会》の若い男が睨んでくる。

宮脇が近付いて来て、身分証を確認する。列に戻って、男を押し戻した。

「やめろ」宮脇は言った。「公安のデカだ」


公安。日本の警察に、そういうセクションがあることは知っている。その中には、《スパイ・ハンター》と呼ばれる人間がいることも習っていた。工作員対策を専門にしていると言う。

同様の防諜組織として、本国には《国家安全保衛部》がある。実態は、国民を統制・監視する秘密警察だ。任意に、逮捕及び処刑できる権限を持つ。朝鮮人民にとっては、恐怖の存在だった。似たようなものだろう。面倒なことになったな——宗秀は、軽く身構えた。

今までは、目の前のドタバタ劇を楽しんで観ていた。そうもいかなくなったようだ。

「おい、そこの若いの」公安の刑事が言った。自分に話し掛けていると、宗秀は思わなかった。

「お前だよ。身長《タッパ》のある若い奴」刑事が続けた。「何、ニヤニヤ笑ってやがる？」

よく見てる——宗秀は、小さく息を吐いた。

「馬鹿にしてンのか？」刑事が、一歩踏み出す。「ちょっと来い。身分証見せろ」

宗秀は、刑事の目を見た。執拗な色を宿している。本国で、何度も見た目だ。管理所／《金正日政治軍事大学》／《国家安全保衛部》そして《偵察総局》。《父上》——太道春と同じ目でもあった。隙がなく、寸分も油断することを許さない。何もかも見透かしているような眼差し。

ニセ経歴《レジェンド》は完璧だ。見破ることは不可能だろう。だが、不必要な危険は冒したくなかった。

「何だよ？」沢野が、刑事へと踏み出す。「公安のデカだからって、そんな横暴していいのかよ？」

「お前に話し掛けてンじゃねえよ」刑事が、顔を顰めた。「引っ込んでろ、バカ」

「何だと、コラ！」刑事の肩を、手で突こうとした。その手が、捻《ひね》り上げられる。腹に右膝が入った。沢野の口から、短い悲鳴が上がる。そのまま、倒れ込んだ。

刑事は容赦がなかった。倒れた沢野の腹に、二度三度と蹴りを入れる。

「何やってるんですかあ！」先刻の機動隊員が駆け寄って来る。横には、スーツ姿の男。何事か耳打ちしている。上司のようだ。長身で、顔も大きく、屈強だ。

「よう松沢《まつざわ》」刑事は、スーツに声を掛けた。

「来栖さん……」松沢は、刑事を〝クルス〟と呼んだ。「何ですか、これは？」

「正当防衛だ」来栖は、平然と口にした。「先に手を出して来たのは、こいつだ。見てたよな？」

「は？」松沢も機動隊員も、揃って怪訝な顔をする。

「見てただろ？」

「……は、はい。見ておりました、警部補」

機動隊員が、先に直立不動の姿勢を取った。松沢は、渋々といった様子で頷く。

「何だ、それ？」《日金会》の会員から、抗議の声が上がった。「警察だからって、そんな真似許されンのかよ？　日本のお巡りが、在日の肩持つってのか？　この国賊野郎」

「暴力警官！　ポリ公、帰れ！」

〝ポリ公、帰れ〟――同じフレーズが繰り返される。来栖という刑事は、踵を返した。

「この件は、そちらの課長代理に報告しますからね」

松沢吾朗《ごろう》――神奈川県警警備部警備課巡査部長。同じ警備部だ。一〇歳以上若いが、顔と名前くらいは知っている。機動隊の仕切りに駆り出されたのだろう。

「好きにしろ」

吐き捨てて、元居た一団の方へと歩を進める。

「お疲れ」徐が声を掛けてきた。「上出来だ。連中も、思い知ったろう」

〝ポリ公、帰れ〟のリフレインは続いている。来栖は、徐の顔を窺った。上機嫌に見えた。歓心を買うことには成功したようだ。

千と目が合った。短く鼻を鳴らす。「ひでえ真似しやがる」

「これで、多少は信用してくれたか？」

「あんま、やり過ぎンなよ」千は、来栖の肩に手を置いた。「クビになられちゃあ、元も子もない。お前さんの利用価値は、その身分にあるんだからな」

「見ましたか？」君ノ宮が、拡声器で叫び始める。「卑怯にも在日は国家権力まで味方に付け、愛国者である私達を弾圧しています。こんな本末転倒が、許されるのでしょうか？」

〝そうだ〟――《日金会》の会員が後に続く。口々に、シュプレヒコールを上げる。

会員達が、若い男を助け起こそうとしている。加減はしておいた。怪我はしていないはずだ。

「これ以上ここに居ると、面倒なことになるな」徐が、耳打ちしてくる。「早く立ち去った方がいい。後は、私達でやっておくから」

「例の件は？」

「心配要らないよ。悪いようにはしないさ。また連絡する」

「分かった。よろしく頼みます」頷いて、来栖は歩き出した。今は、信用するより他なかった。

　助かった。偽らざる心情だった。刑事の注意を逸らしてくれたのは。正体を暴かれるまでには至らないとしても、無用な注目を集めたくなかった。

「大丈夫か?」宗秀は、沢野に声を掛けた。

「うん。もう、この通りピンピンしてるから。痛みもほとんどないし」沢野は笑った。並びの悪い歯が見える。「公安のデカだのエラそうに言っても、大したことねえのな。すげえヘナチョコな蹴り」

　違う。刑事は、明らかに手加減をしていた。本気を出していれば今頃、沢野は病院送りにされていただろう。痩せて見えるが、鍛《きた》え抜かれた身体だった。訓練を積んだ人間特有のオーラ——相当の格闘能力を有している。身長も高い。短い髪／切れ長の目／整った顔立ち。

　宗秀は続けた。「ホントにありがとうな。助かったよ、マジで」

「何だよ。水臭いこと言うなよ、当然じゃん。仲間なんだからさ」

　こちらの真意を誤解しているようだ。だが、感謝の言葉は本当だった。沢野の状況に置かれていたら、反射的に刑事を殺していた——最も憂慮すべき事態だった。シュプレヒコールの波も収まっていた。だが、全体に広がった波紋と動揺は残っている。デモ再開には、時間が掛かりそうだ。

《カウンター》サイドも同様だった。意気消沈している様が、見て取れた。在日コリアンだろうか。淡いグレー・スーツを着た恰幅のいい男と、腕章をした男が何事か言い争っている。

あの刑事／あの目。宗秀の中に、得体の知れないものが広がっていた。子供の頃は、いつも抱えていた感覚——平壌に行ってからは、忘れてしまっていた感情。

嫌な予感。


二時間後。《カモメ第三ビル》一二階。

来栖は、今田宏——外事課長代理と向き合っていた。窓から秋晴れの陽光が差し込み、二羽の鷗《かもめ》が飛んでいる。厚川聡史——警備部長の姿はなかった。部長会議に出席していると言う。

「どういうことなのかね？」今田の顔は険しかった。「警備課の松沢くんから、報告があったが」

「ホントにチクったのか」来栖は独りごちた。「女の学級委員みてえな野郎だな」

「君こそ、出来の悪い小学生みたいな口を利くんじゃない」今田の顔が、更に歪んだ。「松沢くんは、君が言うような男じゃないよ。実にちゃんとしている。警官としても、人間としてもね」

「親しいんですか？」

「うん、まあね」今田の顔に、得意気な色が浮かぶ。「彼も射撃が得意でね。私が、直々に指導したこともあるんだよ。残念ながら、五輪代表は逃したが」

「指導が悪かったんじゃないですか？」ぼそりと呟く。

「何か言ったかね？」

首を左右に振った。「それより、大したことじゃありませんよ。デモの件は」

「大したことじゃない？」今田が、眉を寄せる。「《日金会》から、クレームが来てるんだよ。君が、会員に対して謂れのない暴行を加えたとね。何だね、これは？」

「正当防衛です」平然と答える。「向こうの公務執行妨害が先です。その場で、身柄確保していてもおかしくないくらいですよ。松沢が何と言ったか知りませんが、証人もいます」

「機動隊員の彼からは、話を聞いたよ。君の話とは食い違うんだがね。松沢くんも隊員も、《日金会》の連中まで揃って、君は在日コリアン側の味方をしていたと言うんだが。まるで、《カウンター》の用心棒みたいだったと」

「言い掛かりですよ」来栖は、笑って見せた。「在日コリアンの知り合いくらいはいます。たまたま会ってたところに、あの若いのが絡んで来ただけで。こっちこそ被害者ですよ」

「どうして、その知り合いと会っていたんだ？」

「当然、当該事案の情報収集です」

「成海くんと離れて単独行動を取っていたのは、どういうことだね？」

「たまたまです。お互いのスケジュールが合わなかったと言うか」

「彼女は、そうは言ってなかったが」

「見解の相違です」

「そこに、徐大淳も居たそうだね。《コリアン・マフィア》のボスだろ？　どうして、そんな人間と？」

「居ましたね、そう言えば。偶然ですよ。何の関係もありません」

「とにかく、この件は部長に報告する。それ相応の処分を覚悟しておくんだね。今みたいな言い訳が通用すると思ったら、大間違いだよ」

「そうですか」来栖は立ち上がった。「失礼します」

会議室を出ると、成海果歩が待ち構えていた。「一体、どういうことでしょう？」

「徐大淳と接触を持った。そしたら、《ネット右翼》連中とトラブルになった。それだけさ」

「今田課長代理にも、そう報告されたんですか？」

　来栖は、成海を見た。「いいや」

「徐のことは、報告していない訳ですか」

「あのオヤジには、言うだけ無駄だ」

「本当に、誰も信じてないんですね」

「向こうが、こっちを信用してないのさ」来栖は、短く嗤った。「課長代理に限って言えば、な」

「もう、一人で好き勝手はできませんよ」下から覗き込んでくる。「来栖さんの活動には今後、必ず私が同行することとなりました。本庁と県警双方の決定事項です。つまり――」

　敢えて、言葉を切った。「――どこに行くにも、私と一緒ということです」

「あんたの提案だろ？」来栖は、目線を下ろした。「あんたが言い付けたんだ。警察庁《サッチョウ》の決定なら、県警は素直に従うだろうからな。特に、公安の世界はそうだ。そこまでして――」

　同じく、言葉を切った。「――徐に会いたいのか？」

「いいえ」軽く首を左右に振り、成海は一歩下がった。「徐の件は、来栖さんにお任せします」

「？」成海の表情を窺う。薄く微笑ってさえいた。

「貴方と同じく、私にも多少の伝手《つて》はあるんですよ。徐大淳に関しては。内緒ですけどね。来栖さんが、徐に対して何を企んでいるか。話して下さるのなら別ですが」

成海は、右手の人差し指を唇に当てた。徐を搦め捕ることには、成功しつつある。囮捜査／独断専行――引っ掻き回されたくはない。「いいだろう。徐には、それぞれで当たることにしよう」

成海は微笑した。「それが、いいみたいですね」

「ああ」来栖は、小さく首を縦に振った。「お互いのためだ」

15

《日出ずる黄金の国を守る会》本部の入るビルを出ると、外は暮れていた。呉宗秀は、腕時計を見た。午後七時一三分。本部では、《打ち上げ》が続いているはずだ。デモの成功を祝っている。

君ノ宮隼人の挨拶から始まり、乾杯。高らかに、《日金会》の勝利を宣言した。

「……皆さんのお陰で、本日のデモは大成功に終わりました。完全に、我々の勝利です。

見ましたか？　あの在日ゴキブリ共の間抜け面を！」

　歓声と哄笑が、巻き起こった。宗秀自身は、在日コリアンに対して何の思い入れもなかった。自分の入会も、本国の指示——感情の入り込む余地などない。それでも胸の奥に、少しだけ澱《おり》のようなものが溜《た》まる。幼稚な《ヘイト・スピーチ》に辟易したか／在日に対して、多少の同胞意識を抱いたか。確かなのは、この空間から一刻も早く抜け出したいということだけだ。

　沢野健太を探した。幹部席の傍で、ビール片手に気勢を上げている。「じゃあ、おれ帰るから」

「何だよ。付き合い悪いな」沢野が、口を尖らせた。「いいから、呑もうぜ」

　沢野が、肩を組んできた。そっと外して、片手を挙げた。「悪い、また今度」

　君ノ宮と、宮脇晴久に挨拶した。二人とも引き留めようとしたが、固辞した。エレベータに乗り込むと、大きく息を吐いた。この空間から抜け出せる——安堵の気持ちが強かった。

　そうして、暮れたオフィス街に立っている。ビルを仰ぐ。三階の窓は開いていた。騒々しい声が漏れている。歓声／拍手。宗秀は鼻を鳴らした。

「……あの、尾崎陽一さん？」背後から、声を掛けられた。男だ。おずおずとした問い。聞き覚えはない。「尾崎さん、ですよね……。《日金会》の会員の……」

振り返った。面長の男が、視線を向けている。顔は見ようとしない。目が、常に泳ぎ続ける。幾分、背は低い。極端に痩せていて、目は落ち窪み、頬もこけていた。齢は自分と同じくらいか。頭髪は薄く、地肌が透けて見える。貧相で、薄汚い——それが、第一印象だった。ブルゾンもジーンズも垢《あか》じみている。自分の《コッチェビ》時代を思い出した。

「そうですけど……」宗秀は答えた。「貴方は？」

「……おれは、田窪洋平《たくぼようへい》」男——田窪は、小さな声で続けた。視線を合わせようとはしない。「……今は、そう呼ばれてるだけだけど……」「……何の御用ですか？」

〝今は〟の部分に、力が込められていた。

「……おれもね、本当は尾崎って言うの」田窪が歯を見せた。下卑た笑みだった。「尾崎陽一。それが、おれの本名。一年前まで使ってた名前」

宗秀は顔を上げた。田窪の意図が何か、察しがついた。

「あんたの身分は、おれが売ったものだよ」田窪は続けた。「知らなかった？」

「悪いね。御馳走《ごちそう》になっちゃって」

田窪洋平こと尾崎陽一は、恐縮するように言った。

三〇分後。宗秀と田窪は、《炭火焼き鳥　菖太《しょうた》》に居た。相鉄線星川駅の傍にある。

本物の備長炭を使い、肉も上質。知る限りでは、旨いものを食わせる数少ない店の一つだった。日本に来て驚いたのは、飯の不味さだ。コンビニ／ファミレス／居酒屋ｅｔｃ．宗秀は平壌時代に、世界中の美食を口にしていた。《父上》――太道春のお陰だ。口は肥えている。

「そこなら安心だ」白竜海《ペク・リヨンヘ》は言った。「店員が口を割ることはないし、目立たない席にも案内してくれる。万事、心得たものさ」

店の名は、店長の名前から捩ったものらしい。生粋の日本人。団塊の世代で、全共闘にのめり込んだ。若い頃から、北朝鮮シンパだったと言う。長年にわたる、筋金入りの《補助工作員》だ。

確かに、目立たない席だった。隅のテーブルで、周囲に客の姿はない。少し離れたところからは、嬌声《きようせい》が上がっている。そこそこ、客は入っているようだ。

「とりあえず、乾杯ということで」

生ビールのジョッキを合わせた。焼き鳥の盛り合わせが運ばれた。店員は若い女。どちらの顔も見ようとはしない。万事、心得たもの――白は正しかった。

「……おれ、ガキの頃から人付き合いが苦手でさ」

問わず語り。訊いてもいないのに、田窪は話し始めた。砂肝を一本取り、頬張る。

「親父が転勤ばっかでさ。おれもすぐ転校してたから、それで友達できなかったってのもあるんだけど。小学校の頃からイジメに遭って、中学で不登校、高校中退して《引きこもり》さ」

《引きこもり》。聞いたことはあった。閉じこもって、一歩も外に出ない。日本人の若者には、多いそうだ。そんな人間が、どうして生きて行けるのか。この国には、不思議なことが多い。

「おれの親父は、国家公務員でさ。日の丸と君が代をこよなく愛する右寄り野郎。で、体育会系。〝健全な精神は、健全な肉体に宿る〟とか。剣道が趣味でね。おれは、すぐやめちゃったけど」

レバーを口に入れた。美味だった。ビールで流し込む。

「おれ、一人息子だったんだけど。親父にとっては恥だったんだろうな。部屋から、力ずくで引き摺り出されてはさ。竹刀で小突き回されたよ。鍛え直してやるとか言われて」

白への連絡には、公衆電話を使った。緊急時のルール。通常、工作員同士の直接連絡は禁止されている。携帯を使うと、端末を破棄する必要が出てくる。クリーンな電話とは、見做《みな》されないからだ。今の時点では避けたかった。公衆電話は年々減っていると言うが、市内の設置箇所は全て把握していた。出た白に、簡単な日本語による暗号を送った——〝正体がバレた〟。

「お袋は、泣きながら見てるだけ。親父の言いなりでさ。でも、見兼ねたんだろうな。親父の虐待、どんどんエスカレートしてたから。マジ殺されてたかも知ンない。ある日、お袋がさ。通帳と印鑑持って現れて。〝これ持って逃げろ〟って。三百万入ってたよ。で、横浜に出て来たって訳。一八の頃さ。だから、五年前か。神奈川より田舎は嫌だったしね。あんた、出身は？」

「横浜です」準備が整えば、携帯に連絡が入る——それまで乗り切れ。

田窪は、ねぎまを手にした。ビールを大きく呷り、頬張る。「話戻すけど、初めは悠々自適さ。でも、この国ってマジ生きていくのに金掛かンのな。通帳が空になるのなんか、あっという間だったよ。おれさあ、ストレスに弱いんだよね、ガキの頃から。人前とか緊張しちゃって。職場の人間関係とか。コンビニのバイト中にマジ気分悪くなって、レジでゲロ吐いたこともあるし」

鳥皮を運ぶ手を、止めた。

「ごめんよ、食ってるときに。でね、そんなンじゃ働くの無理じゃない？　普通の職場ではさ。だから、生活保護受けようとしたんだけど。ケース・ワーカーって公務員じゃん？　親父と同じ。おれの担当も、意地の悪い奴だったよ。何だかんだ理由付けてさ、生活保護止めやがって」

ビールを呑み、鳥皮を食べた。田窪の話は、日本ではよくあることのようだ。奇妙で、理解し難い。一つだけ分かる点があった——子供を殺そうとする親。

「そんなときさ。変なオッサンが近付いて来て、〝あんたの戸籍を売ってくれないか〟って。何か、よく分かンなかったけど。三〇万くれるって言うしさ。すぐＯＫしちゃったよ。あの人は、ヤクザか何か？　やっぱ、外国人とかに売るのかな？　てことは、あんたも？　そうは見えないけど」

この男は消さなければならない——白からの連絡はまだか。「そういう話は、よく聞きますよね。でも、僕は違いますよ。生まれたときから、尾崎陽一だから。同姓同名ですよ」

そうかなあ、と田窪は首を捻った。「そのオッサンがくれたのが、〝田窪洋平〟って名前。何か、悪いことにでも使った身分なんだろうけど。しばらくは、貰った金で暮らしてた。でも、そんなのすぐなくなるじゃない？　どうしようって悩んでたらさ。《寿《ことぶき》ライフ・サポート》って知ってる？」

知らないけど、と答えた。興味なし——関心があるのは、お前の処理だ。

「おれ達みたいにさあ、生活に困ってる人間を援助してくれる団体なんだ。ボランティアで。そこが口添えしてくれたお陰で、また生活保護受けられるようになって。ホント助かったよ」

ボランティア。言葉は知っている。何の見返りもないのに、どうして働くのか。

「でね、とりあえず暮らせるようになると気になってさ。おれの、本当の名前どうなっちゃったのかなって。で、ネット検索してたら、尾崎陽一って出て来るじゃない？《日金会》のホーム・ページにさ。びっくりしちゃったよ。会員を紹介してるコーナー。顔写真入りでさ。知らなかった？」

知らなかった――不注意だった。

「《日金会》って、《ネット右翼》じゃない？　あ、怒らないでね。ちょっと違うかなあ、とは思ったんだけど。おれの名前使う理由がないもんなあ。で、確かめてみようかと。どうせ暇だし。電話でもしようかと思ったんだけど。最近、個人情報とか厳しいじゃん？　だから、本部の前で待ち伏せしてた訳。そしたら、あんたが出て来たからさあ。思わず、声掛けちゃったんだよ」

違ってはいない――朝の女子高生といい、今日は厄日だ。「でも、僕は貴方が捜してる人とは違いますよ。悪いけど。誰か、他の人が使ってるンじゃないですか。最近、他人名義で詐欺とか働く人多いって。新聞で見たことありますよ」

「詐欺かあ。やっぱ、そうかなあ。どっかのヤクザとかが、何か悪いことにでも使ってンのかな」

「そうですよ。近付かない方がいいと思いますよ。危ないですから」

もう遅いけどな――手羽先に齧《かじ》り付いた。塩味で、美味かった。田窪も、手羽先の骨をしゃぶる。ビールに手を伸ばし、首を傾げている。一刻も早く、始末する必要があった。

「まあ、あんたとも知り合いになれたし。こうして、焼き鳥も食べられたしね。でも、ここ美味しいねえ。いい店知ってるよ。やっぱり、ちゃんと働いてる人は違うよなあ」

「自分もバイトですから。あ、ここは僕が出しますよ。田窪さん、苦労なさってるみたいだし」

「いや、それは悪いよ」

「いえ、いいんですよ。何か、御期待にも沿えなかったみたいだから」

「まあ、それは……」田窪は笑った。「じゃあ、お言葉に甘えちゃおうかな」

そうしろ——最後の晩餐《ばんさん》くらい奢ってやる。胸の携帯が震えた。「ちょっと、すみません」

スマート・フォンを確認した。メール着信。見覚えのないアドレスだ。白からに違いない。自分の携帯／ＰＣは使わない。日本語で、文面も単純だった——〝準備ＯＫ〟。

更に、三〇分が過ぎた。宗秀は、田窪と連れ立って焼き鳥店を後にした。相鉄線星川駅方面へと歩いて行く。夜も早い。行き交う人々も多かった。

「ああ、美味かったなあ」田窪は、満足気に呟いた。「こんなに呑んだのも、久し振りだし」

「それは、良かった」宗秀は、隣を歩く。「これからも自分と同じ名前の人、捜すんですか？」

「さあ、どうしようかなあ……」

秋の夜らしい日だった。少し肌寒い。帷子《かたびら》川に架かる橋へと差し掛かった。田窪が、懐から小さな紙片を取り出した。宗秀に差し出す。

「先刻話した《寿ライフ・サポート》なんだけど。ここで活動してるんだ。色々悩みを話し合ったりとかさあ。時には、唄なんか歌ったりして。初めは、ちょっと恥ずかしいけど。すぐ慣れるし。いい活動してるから、良かったら一緒に……」

白いワン・ボックス・カーが走り込んで来た。田窪の隣で停まり、周辺に居る人物達の視界から遮断する。宗秀は、背後に回り込んだ。左腕を首に巻き付け、右掌を後頭部に当てる。崔国泰に使ったのと同じ技だった。頸骨が砕ける。

車のドアが開いた。二人の男が現れた。知らない顔だった。白の姿はない。田窪洋平こと尾崎陽一を渡す。二人は、死体を車内へと引き摺り込んだ。

死体を残すのは論外だった。崔や新川公彦とは違う。奴等は、当局にマークされていた。姿が見えなくなっただけで、何らかの工作が図られたと感付かれる。死体がある方が憶測を招き、混乱させ易い。

田窪の場合、殺人事件として徹底的な捜査が行われるはずだ。危険は冒せなかった。死体を始末し、一切の痕跡も消す。準備のために、今まで引き留めた。ドアが閉まり、車が走り出す。死体をどうするか――知る必要もない。完璧に処理されるだろう。

車が見えなくなってから、宗秀も歩き出した。視線を足元に落とす。緑色をした何かが、目に留まった。田窪が差し出した紙片だった。《寿ライフ・サポート》について書かれていると言う。

後で始末しよう。他に、遺留品はない。紙片を拾い上げた。

アパートは一駅向こう、相鉄線和田町駅の近隣にあった。八〇年代後半、学生向けに建てられた。近くに大学があるからだ。その時代を、バブルと呼ぶことも知っていた。狂乱の時代。欲に目の眩《くら》んだ連中が土地を買い漁《あさ》り、次々と物件を建設した。バブルは弾け、全て不良債権化した。日本経済は大きく後退、不況は二〇年以上に及ぶ。《失われた時代》と言うらしい――自業自得。

祖国が、バブルを迎えたらどうなる？　それは、喜ばしいことと言えるのか？

少なくとも、食糧に困ることはなくなるだろう。今の日本でも、餓死者は出る。大量の食糧があるのに、買うことができない。格差社会――祖国には、有り得ない状態。人民は皆平等だからだ。少なくとも、表向きは。実際には、身分も格差も厳然と存在する。この国と同じだ。

アパートは、駅から数分と離れていない二階建てだった。家賃は、月に七万円ジャスト。白い外壁には、あちこちにクラックが目立つ。内装もくたびれているし、設備も最新とは言い難い。日本の住宅相場には詳しくないが、安いとは思えなかった。

エントランスの傍、街灯に照らされた人影があった。宗秀は足を止めた。

「遅いよお」聞き覚えのある声。「待ちくたびれちゃった」

自分の目を疑った。立っているのは、山下公園で会った女子高生——黒井凜子だった。

16

「へえ。結構、普通の生活してるじゃん」

黒井凜子は、きょろきょろと視線を這わせている。学校の帰りだろうか。変わらず、制服姿だった。

呉宗秀は訊いた。「どうして、ここが分かった?」

「すごおい」質問には答えず、勝手に部屋の奥へと進んで行った。「TVにオーディオ。パソコンまである。ねえ、どんな音楽聴いてるの?」

自分のアパート。1DKと言うのか。居室の広さは、六畳程度。同じ広さのキッチン。居室内にはベッドを始め、一通りの家具は揃っている。TVは観ないし、音楽も聴かない。PCも、連絡用には外部の端末を使う。眠るためだけの部屋。全ては、見せ掛けだ。人を入れることはないが、万が一の用心だった。一人暮らしをしている日本人の若者。その平均的な部屋には見えるはずだ。

あのまま立ち話では、人目に付く恐れがある。仕方なく、部屋に上げた。「質問に答えろ」

「ああ、ここの住所?」凜子は、CDラックに目を走らせている。《補助工作員》が適当に揃えた物だ。触ったこともない。「あんたさあ、《日金会》のデモに参加してたでしょ?」

「どうして知ってる?」

「TVのニュースに出てたよ」

厄日――田窪洋平を始め、不測の事態が多過ぎる。不用心と言えば、それまでだが。

「でね。スマホで検索したら、会員のところに顔が出てるじゃん。名前は尾崎陽一ってなってたけど、日本人の名前だよね? 偽名?」

「住所まで載ってたのか?」

「まさか。今どき、それはないよ」凜子は、くすくす笑った。「《日金会》の電話番号は出てたから、連絡してみたの。〝陽一は、家出した私の兄です〟って。〝母の容体が悪いのに、連絡が取れなくて困ってます。どうか連絡先を教えていただけないでしょうか〟……てね」

「まさか。そんな与太話が、通じる訳ないだろ？」

「個人情報がどうとか、グズグズ言うから」凜子は、顔を顰めた。「〝じゃあ、警察と一緒に事務所の方へ行きます〟って。やっぱ、ああいう団体って警察のこと嫌なんだね。すぐ教えてくれたよ」

《日金会》事務局へは入会に際して、自宅住所と電話番号を提出してあった。偽装は行っていない。下手な小細工をすると、ボロが出たとき面倒だ。個人情報の保護。この国に来てから、何度も聞いた。実情は如何なものか。「何しに来た？　何のために、おれの後を追う？」

「だって、北朝鮮の工作員って、普段どんな生活してるのか。興味あるじゃん」立ち上がって、こちらに視線を振り向ける。「ねえ。こっちの質問にも答えてよお。尾崎陽一って偽名だよね？　北朝鮮の人が、そんな日本人みたいな名前してるはずないし。何て言うの、本名？」

宗秀は諦めた。「呉宗秀」

〝オ・ジョンス〟と凜子は繰り返した。「何か、いいね。それっぽいし。マジ、コリアンって感じ？」

この女は殺すべきだろうか――自問した。慌てることはない。部屋に連れ込んだ以上、始末するのはいつでもできる。「……何で、《補助工作員》なんかやってるんだ?」《補助工作員》。数人は知っている。接触を持ったこともある。しかし、現役の学生／一〇代の女というのは初めてだ。

「聞いてくれる?」凜子は、顔を輝かせた。何が嬉しいのだろう。宗秀には不思議だった。

「私の通ってる高校に、在日コリアンの娘《こ》が居るの」凜子は語り出した。「四世だって。あ、私の学校、私立の女子高で結構有名なんだ。外国人の留学生も珍しくない。でも、在日の娘は初めてだったよ。今までも居たのかも知ンないけど。自分から、在日だって言った娘は居なかったのね。その娘も、それまでは日本人で通ってたんだから。名前も日本風だったし。それがね、何を思ったのか。作文の時間に、自分は在日だって話し始めたんだ。ねえ、飲み物ない? 喉渇いた」

躊躇《ちゅうちょ》したが、冷蔵庫に歩いて行った。中は、空に近かった。缶ビール数本の他は、ミネラル・ウォーターの五〇〇ミリペット・ボトルしかない。「水しかないけど」

「全然OK」凜子が、再び喋り始める。「その娘さあ。成績も良くて、性格もビジュアルもいいのね。顔も可愛いし。かなり人気者って感じ。友達も多くてさ。私は、あんまり話したことなかったんだけど。それが、次の日からどうなったと思う?」

ペット・ボトルを手渡してやった。礼を言って、受け取る。

宗秀は言った。「どうなったんだ？」

「付いた渾名が、《拉致子》だって。北朝鮮の手先だからって。馬鹿じゃないかと思ったよ。今どきの女子高生が、拉致に協力してる訳ないじゃん」

日本人拉致——聞いたことはある。自分に日本語を教えてくれたのも、拉致されて来た日本人だった。「そうなのか？」

「当たり前じゃん。ただのイジメだよ。自分達と違う奴には、何してもいいみたいな。それ聞いてガックリ来ちゃってさ。完全に失望したって言うか。元々、私さあ。そんなにクラスの連中と、親しくしてたって訳でもないんだけど。それでもね」

日本において、イジメが社会問題化していることは知っていた。衣食住に不自由もしないのに何故、他人を貶める必要があるのか。祖国にも似たような現象はあるが、出身成分といった社会の仕組みに端を発するものだ。この国のイジメは、まるで趣味に見える。それが、人間の本性なのか。裕福になれば皆、同様になるのか。

「お陰で、その娘とも喋るようになったのね。好きな音楽とか、流行ってるＴＶとか。他愛もない話だけど。でね、私だけが仲良くしてたら。クラスの連中、私も何て呼び始めたと思う？」

興味はない。さあ、とだけ答えた。

「《拉致子Ⅱ》だって。ホント、馬鹿じゃない？」

日本の発想――バリエーションの豊富さには驚かされてきた。それでも、《拉致子Ⅱ》が陳腐なネーミングであることぐらいは分かる。「……ひどいな。センスなさ過ぎだろ、それ」

「でしょ？　悪口言うにしても、もう少し考えろって感じだよね。ま、クラスでは浮いてた方だから、私。別にいいんだけど。ただね。その娘と話してても、中々本音のトコまでは話してくれなくてさ。そっちの方が、ね。何かフラストレーション溜まっちゃってさ。誰かに聞いて欲しくなっちゃって」

本題が見えてこない。「……で、どうした？」

「新川公彦って知ってる？」

《シンカワ　キミヒコ》――《スパイク》を、胸部に突き立てたときの感触。凶器は着ていた上着ごと、既に処分してある。「……いや」

「最近、殺されたんだけどね。まさか……」

「おれじゃない」顔に出ていないか――胸の中で、暗い感情が膨らみつつあった。

凜子は、小さく微笑った。「……だよね。その人ね、もうお爺ちゃんだったんだけど。若い頃に飛行機乗っ取って、北朝鮮に渡ったんだって。どうして、そんなコトしたんだろうね？」

「さあな」確かに、理解できない。「どうやって、そんな奴と知り合ったんだ?」

「《アザミの集い》って団体知らない?」

今度は、本当に知らなかった。「いや」

「ハイジャックして、北朝鮮に行った人達を助けようって組織なんだけど。そこのHPにさ。〝リーダーと文通しよう〟ってコーナーがあるの。昔っからリーダー、あ、新川さんのこと皆そう呼ぶんだけど。日本の若い子達の悩みとか聞いて、相談に乗ってあげてたんだって」

北朝鮮に渡ったハイ・ジャッカーが、日本人若者の悩みを聞く。意味不明。「……へえ」

「でも、文通って古いよね。言い方がさ。今はメールだし。昔は、ホントに手紙だったらしいんだけど。でね。自分や、その在日の娘の状況とかを書いて送ったら返事が来てさ。〝そういった日本の現状は、全く憂うべき事態だ〟とか何とか。ちょっと、よく分かンなかったんだけど」

思い出したように、凛子はペット・ボトルの栓を開けた。ミネラル・ウォーターを口に含む。「まあ、他に話聞いてくれる人もいないし。何度かメールしてたら、〝君は、本当に立派な若者だと思う。そういう人材が増え、日本で活躍して欲しい〟とかって、何か嬉しいこと書いて来てさ」

本当に嬉しそうな顔になった。こちらの肩を、何度も叩く。痛くはないが、鬱陶しい。「……お前、〝豚もおだてりゃ何とやら〟って言葉知ってるか？」

「何それ？」凜子が口を尖らせた。「感じ悪いなあ。どこで、そういう言葉覚えてくる訳？」

「それでリーダーとやらに見込まれて、《補助工作員》にスカウトされたのか？」

「最初はね、ちょっと手伝って欲しいぐらいのことだったのね。〝自分は、北朝鮮から日本を良くするための活動をしている。まだ、理解しようとしない人間も多いので、内緒で動いている〟とか」

「怪しいとは思わなかった？」

「多少は、ね。でも、結構さ。今の社会とかにイラついてるトコもあったし。何か、内緒でとか面白そうじゃん。それに指示される内容もさ、〝何時までに、この封筒をどこそこに持って行け〟とか。簡単なお使いするだけだったたし。あんたに渡したコインもそうだけど」

「指示は、新川からだけ？」

「最初はね。でも段々、別の人からも来るようになって。新川さん死んでからも、連絡来てるし」

「自分が、《補助工作員》だって自覚はなかったのかよ？」

「そうらしいってのは気付いてた。スマホで検索したら、北朝鮮に協力する人間を、そう呼ぶって出てたし。でも、別に悪いことしてる訳じゃないんでしょ？」

　運んでいたのが殺人の指示だと知ったら、この女はどんな顔をするだろう。新川公彦は、日本国内で《補助工作員》のスカウトを行っていた。凜子は、その一人だ。奴が構築したネットワークの規模――知る由もない。それぞれに与えられる情報は、最小限の範囲に限定される。

「でも、リーダーは誰に、どうして殺されちゃったんだろ？」

　凜子が訝しげな顔で、首を傾げる。何故、自分は新川公彦を始末しなければならなかったのか？　訳は、一切聞かされていない。崔国泰に関しても同様だった。《プランK》に必要だから――それで充分だ。《父上》――太道春の指示ならば、誰であっても始末する。理由など必要なかった。

「私がね。あんたのこと捜したのは、それもあったの。リーダーを誰が、どうして殺したのか。北朝鮮の工作員、それも補助じゃなくて本物の人なら、何か知ってるんじゃないかって思ってさ」

「今更、ビビったのか？」

「そういうのとは違うんだよねえ」凜子は首を傾げながら、左目を瞑《つぶ》る。「何て言ったらいいんだろう？　あんま身の危険とかは感じてないんだ。勿論、仇《あだ》討とか犯人捜しとも違うよ。ショックだったけど、そんなに悲しくはなかったし。リーダーには悪いんだけど」

自分に指示を出していた工作担当官《ケース・オフィサー》が、殺害された。気弱な《補助工作員》なら、逃げ出していても不思議はない。肝が据わっているのか／分かっていないだけか。

「ねえ、あんたさあ。ちょっと調べてみてくれない？」凜子の視線が、こちらを向いた。顔の前で、両手を合わせている。何かをお願いするときの動作。

「……分かった。調べてみるよ」

「ホント？」凜子の表情が明るくなった。

ああ、と宗秀は答えた。この女の言動は、予測不能だ。極力、目の届く範囲に置いておいた方がいい。指示のない殺人は、リスクが高過ぎた。新川殺害の理由。調べても分からないだろう。下手に探ると、こちらの身が危うくなる。

「じゃあさ、連絡先教えてよ」

自分のスマホを、凜子は取り出した。その端末で、新川と連絡を取っていたはずだ。クリーンではない。「ちょっと待ってろ」

キッチンにある棚の奥——旧式の携帯二台を取り出した。「おれとの連絡には、こいつを使え」

「何、そのガラケー？」

「《トバシ》の携帯だ」一つを、凜子に手渡した。「こいつならクリーンだ。未使用だし」

「《トバシ》って、あの闇で売ってる携帯のこと?」

そうだ、と宗秀は答えた。凜子の顔が、更に明るくなる。「すげえ。マジ、スパイ映画みたい」

自分も、映画は好きだった。日本に来て、唯一の趣味と言えるのが映画だ。時間があれば、劇場に足を運ぶ。韓国映画が一番分かり易いが、日本映画でも洋画の字幕でも、日本語能力的には問題なかった。北朝鮮製作の映画には、お目に掛かったことがないけれど。

凜子が、こちらの顔を覗き込んでいる。「……もしかして、映画好き?」

一瞬、回答に躊躇した。「……嫌いじゃないな」

「じゃあ、今度。一緒に行こうよ」凜子は、ミネラル・ウォーターを飲む。「ねえ。これからも、ここに来ていいでしょ?」

今度も、答えに詰まった。目の届く範囲に置いておく／いつでも始末できる。「ああ。ただし、来るときには、この携帯で連絡しろ。今日みたいに、いきなりはやめろ。色々あるから」

分かった、と凜子は答えた。自分の運命までは分かっていないだろう。この女もいずれ、この手で処分しなければならない。嬉しそうに、携帯をいじる女子高生を見る。

宗秀は、暗い感情を押し込めた——笑顔を作りながら。

第四章　一〇月一五日――木曜日

17

徐大淳の自宅は、青葉区美しが丘、いわゆる〝たまプラーザ〟の一角にあった。新興の高級住宅地だ。八〇年代にはドラマのロケ地にもなったことから、全国的に有名な街だった。

徐からのメールを受け取ったのが、昨夜の午前〇時三〇分。現在、午前九時数分前。来栖惟臣は、自分の日産《スカイライン》を駆っている。

「明日は、どうするんです？」昨日別れる前に、成海が訊いてきた。

「先刻、徐大淳からメールで呼び出しがあった」

「じゃあ、とりあえずは別行動ですね」成海が答えた。「終わったら、連絡下さい」

徐に関しては、互いに干渉しない――成海は、約束を守るつもりのようだ。

指定された家は白かった。高い塀に囲まれ、松やカイヅカイブキといった庭木が視界を遮っている。その隙間から、二階屋が覗く。塀も壁も、白く塗られていた。屋敷の奥がどこまで続くか、外からは窺うことができない。陳腐な言い方だが、白亜の豪邸という表現が似合う。

塀の横に、《スカイライン》を駐めた。木製の両開き門は、檜《ひのき》造りだった。その横には、鉄製のシャッターが下りている。やはり白く塗られていた。表札には、〝達川〟とだけあった。近所には、通名で通しているようだ。インタ・フォンを押した。中からの返事に答える。「来栖だ」

「今、開ける」声が返ってきた。千一憲だった。

シャッターが上がり始めた。〝車のまま入れ〟ということらしい。来栖は、塀の上に視線を向けた。数メートル間隔で、監視カメラが設置されている。《スカイライン》を乗り入れた。来客用駐車場はアスファルト舗装され、三台分の区画線まで引かれてあった。左手奥に、ガレージらしきコンクリート建屋が見えた。徐の自家用車は、そちらに収められているようだ。

「待ちくたびれたぞ」車を降りると、千が立っていた。濃紺のスーツ／青いシャツ／暗赤色のネクタイ。仏頂面で、こちらを睨み付けている。

「時間通りだろ」来栖は、車をロックした。「出迎え御苦労」

千は、あからさまに舌打ちして見せた。「ついて来い」

屋敷までは、一〇メートル近く歩かなければならなかった。外観は、近代的な洋館だった。玄関にも、洋風のドアが備えられていた。中に入ると、三和土があった。前には、スリッパが並んでいる。土足厳禁のようだ。和洋折衷――日本では珍しくない造りだ。

「朝鮮風の屋敷じゃないんだな」来栖は、靴を脱ぎながら言った。

「減らず口も、大概にしとけよ」

　鋭い視線を向けながら、千が凄む。昨日見せた拳銃を携帯しているかどうかは、判別できなかった。肩を竦めておいた。

通されたのは、洋風の応接間だった。ガラス・テーブル／ソファ／白い絨毯。スリッパが見えなくなるほど沈み込む。壁際の棚には、無数の洋酒ボトルと各種トロフィー類。傍らには、ゴルフ・クラブがフル・セットで三組。トロフィーもゴルフ関連らしい。社長殿は、ゴルフが趣味のようだ。

「お待たせ。悪いな、呼び立てたりして」

ソファに腰を下ろしたところで、徐大淳が入って来た。白いポロシャツに、緑の濃淡によるチェック柄スラックス。背後には、千が控えている。

来栖は立ち上がり、軽く頭を下げた。「これから、ゴルフか?」

冗談を真に受けたように、顔を顰めた。「そうしたいがな。今日も仕事さ。貧乏暇なしだよ」

「嫌味にしか聞こえないな」鼻で嗤った。「これだけの屋敷に住んで、貧乏とは」

「見栄だよ」徐は、来栖の向かいに回った。「金を持ってるように見せないと、在日はすぐ日本人からナメられるからな。まあ、座ってくれ」

同時に、腰を下ろした。千が、何かの支度を始めた。数秒で、グラスと洋酒のボトルが並んだ。銘柄は《ヘネシー》。徐がボトルを掲げる。「呑《や》るだろ?」

「いや、やめとくよ」

「何だ? コニャックは嫌いか?」

「車なんだ」車のキーを掲げる。「後、コニャックは嫌いじゃない。家で呑むときは大体、コニャックを《ペリエ》で割る」

「面白い呑み方だな」感心したように頷く。「少しぐらいいいだろ? 心配なら、代行があるじゃねえか。《ペリエ》はないが、何なら買って来させるぞ」

「それには及ばない。まだ朝で、しかも勤務中だ。色々やらかすんだ。上の注意は惹きたくない」

「その件なんだが」徐は、自分のグラスにコニャックを注いだ。「ブツの用意が整ったぞ」

来栖は顔を上げた。「……量は?」

「あんたの注文通り、二〇〇キロジャスト」

「いつ、届く?」

「週末には、市内に。土曜の晩だな」徐が、口角を吊り上げた。「乾杯しなくていいのか?」

「そうだな」千の方に、向き直った。「烏龍茶くれよ」

「おれは、ウェイターじゃねえ」

「まあ。そう言わずに、持って来てやれ」

徐に言われ、千は渋々頷いた。踵を返して、部屋を出て行こうとする。その背中に、来栖は声を掛けた。「氷も頼むよ、ウェイターくん」

険しい形相で、千が振り返った。舌を鳴らし、そのまま出て行った。

「苛《いじ》めてやるなよ」徐は穏やかだった。「あいつも在日だ。この国では、辛い思いばかりして来てる」

「そうかあ？」来栖は、薄く嗤った。「どう見ても朝鮮学校時代には、男子高校生の奥歯をへし折り続けてきたって面構えだがな」

「その手の武勇伝は、私も否定しないがね」徐が笑う。「それにしても最近は、朝鮮学校と日本の高校との喧嘩なんて話は、すっかり聞かなくなったな」

「昔よりは、知能が上がってるってことさ。で、どんなルートを使うんだ？」

来栖の質問に、徐は首を左右に振った。「悪いが、そいつは言えないんだ」

日本海沿岸で《瀬取り》して、陸路を横浜へ。そんなところだろう。

《瀬取り》とは、海上で行う密輸方法。船同士を接舷させて、受け渡すのが一般的だ。海に囲まれた島国日本ならではのやり方だった。覚醒剤の密輸には、他にも《抱き》

や《コマーシャル・ベース》と呼ばれる手法がある。《抱き》は文字通り、体に巻いたり手荷物に忍ばせる。《コマーシャル・ベース》は、輸入品の中に仕込んで通関に掛ける。

二〇〇キロともなれば、《抱き》はまず不可能。《コマーシャル・ベース》では、大掛かりになり過ぎる。短時間で効率よく輸送するには、海上を使うしかない。

「《瀬取り》か？」

偵察衛星の性能向上により、《瀬取り》は難しくなった。船の動きが、監視可能となったためだ。接舷しただけで怪しいと判断され、海上保安庁の手が入る。

「大丈夫なのか？」

「心配なら、やめるか？」応接間に、千が戻って来た。手には、烏龍茶の入ったグラスが握られていた。前のテーブルに置かれた。叩き付けたと言ってもいい。氷だけは入っている。「他に買い手は、いくらでもいるからな」

「おいおい。客人に、その言い方はないだろう」徐は、千を戒めた。来栖に向き直る。

「心配は要らないんだ。《瀬取り》には違いないが、船は使わない」

「？」来栖は、徐の表情を窺った。薄笑いさえ浮かべている。「どうやるんだ？」

「潜水艇を出してくれるんだよ、北本国がな」

「社長！」千が、咎《とが》めるような声を出した。

「いいじゃないか。罠でも、潜水艇ならどうにもできない。二億の上客だからな。大サービスさ」

「それだけ、外貨が欲しいってことだろ？」今の北朝鮮にとって、外貨——日本円は貴重だ。核開発及び拉致問題によって、制裁が強化されてからは尚更だろう。

潜水艇。リアリティのない響きだが、現実的だった。実際、何隻も北の潜水艇が日本近海を航行している。件《くだん》の工作員も、潜水艇等により日本へ潜入した。来栖は、そう考えていた。

「どの国だって、外貨は欲しいさ。日本だって同じだろ」徐は、口角を吊り上げた。「潜水艇で、決められたポイントまでシャブを運ぶ。そこから、海上に投棄。浮かび上がって来たブツを、待機していた船が回収。大掛かりに過ぎる方法ではあるが、確実だろ？　さあ、乾杯しよう」コニャックのグラスが持ち上げられた。水も氷もなし。生《き》で行くようだ。「あんたが、茶なのは残念だがな」

来栖と徐は、グラスを合わせた。烏龍茶を啜る。「時間と場所は、どうする？」

「そこは全て……」徐はコニャックを呷った。グラスの半分が空になる。「こっちに任せて欲しい」

「それは駄目だ」きつい口調で答えた。「こちらの都合もある。勝手されちゃあ困る」

「あんたの言い分も、分からん訳じゃあないが」徐は息を吐いた。「扱う量が、量だ。

しかも、初めての取引と来てる。本国も注目してるし。色々と面倒なんだよ」

「それは、そちらの問題だ」と来栖。「こちらには関係ない」

「なら、言わせて貰うが」グラスが空になる。「こちらも、完全に信用してる訳じゃない。あんたはまだしも、《ツカショー》は？　あいつが好き勝手言い始めたら、話自体が消し飛ぶぞ」

　塚原章吾／闇金業者。「あいつは、大丈夫だ。勝手な真似をしないように抑えるよ」

「あんた、あいつをコントロールできるのか？　相当、弱み握られてるんだろう？」

「何とかなるさ」

「だと、いいが」徐は、自分のグラスに《ヘネシー》を注《つ》いだ。訝しげな表情は隠そうともしない。

　来栖は、顔を上げた。視線を、応接間の入口に向ける。扉は閉ざされていた。立ち上がる。

「……どうした？」眉を寄せ、徐が問い掛けてくる。無視して、歩を進めた。

「何、やってる？」千も怪訝な顔だった。来栖は、人差し指を唇に当てた。

　ドアの前に立つ。レバー式のノブを握った。壁の向こうで、微かな音がしたからだった。注意していなければ、聴き洩《も》らしてしまうほどの。引き下ろし、勢いよく押し開けた。

立っていたのは、制服の少女だった。中肉中背と言うよりは、瘦身。整った顔立ちをして、目鼻立ちもくっきりとしていた。長い髪を、頭の上でまとめている。

「徐梨花《ソ・イファ》」背後から、徐の声がした。「私の娘だよ」

言われてみれば、確かに似ている。徐が続けた。「梨花、お客さんに御挨拶しなさい」

梨花は、無言で頭だけ下げた。そのまま踵を返す。

「梨花、学校はどうしたんだ？　もう始まってる時間だろ？」

徐の口調は、それほどきついものではなかった。梨花は無視して、奥の階段へ向かって歩き出す。

「お嬢さん。お父様がお呼びですよ」

千が、制服の背中に呼び掛ける。こちらも、強い言い方ではない。

何も答えずに、梨花は階段を上がって行った。

ソファの方へと、来栖は戻った。徐の前に、腰を戻す。

「いや、お恥ずかしい」徐が、後頭部に手を当てる。「反抗期と言うのかな。どうにも、思春期の娘というのは手に負えなくてね」

「あの制服は、市内の女子高のものだろ？。確か名門私立の……」来栖は、高校名を口にした。

徐が頷いた。「そうだ。二年生だよ」

「朝鮮学校じゃないのか？」

「いや」徐は、複雑な顔をした。「娘は、通名の達川梨花《りか》で通わせている。日本人として、だ。学校にも話を通してある。寄付も積んでるしな。その点、私立は話が早い。金は掛かるが」

「どうして？」

「私だって」こちらの質問に、直截《ちょくせつ》は答えなかった。「この近辺では、達川淳で通ってる。近所の人間は、日本人実業家だと思っているはずさ」

「随分、弱気だな」来栖は、薄く嗤った。「あんたとしては。《在日コリアン》の社会的地位向上云々目指してるんだろ？　そんなことじゃ、他の連中に示しが付かないんじゃないのか？」

「いい加減にしろよ」千が、口を挟んできた。険しい口調だった。「お前には関係ないだろうが」

「なあ」グラスに口を付け、徐が少し身を乗り出した。「あんた、私のことを何人だと思う？」

「何人って、北朝鮮籍じゃないのか？」

「国籍は、な」徐は、腰を戻した。「そうじゃない。私は、何人かと訊いてるんだよ。フランス人、中国人、アメリカ人ｅｔｃ．そういう意味で言うなら、在日は何人なんだ？」

答えなかった。徐が、何を言わんとしているのか分からなかった。

「日本人だよ」徐が続けた。「北朝鮮人でも、韓国人でもない。うちの爺さんが渡って来たときには、そんな国どちらも存在してなかったんだからな。その頃、朝鮮半島は日本だったんだ」

烏龍茶に、口を付けた。氷が解け、薄くなっている。ガラス・テーブルには、結露が輪を描く。

「私達は日本人だったんだよ」徐が微笑う。「だが、日本政府は一九五二年のサンフランシスコ平和条約発効直前、在日コリアンの日本国籍を剝奪《はくだつ》する。頼んだ訳じゃない。一方的に、だ」

「それまでに、選択の余地はあったって言う奴もいるぞ。北朝鮮でも、韓国でも選べた。むしろ、日本国籍を捨てたがってたのは、在日側だって話だ」

「一部有識者には、そういう説もある。それは、あくまでも制度上の話だ。食うや食わずだった当時の在日に、そんな選択権などあってないのと同じさ。日本に来たこと自体そうだ。強制かどうかなんて関係ない。来ざるを得なくなった状況を、作り出したこと自体が問題なんだ。誰が好き好んで来るもんか。こんな得体の知れない島国に。差別されると分かっていながらな」

「そんなこと本気で思ってるのか？　〝自分は日本人だ〟などと」

「思ってないし、思いたくもない」徐は答える。「民族や文化的には違うんだろう。私には、日本人の血など一滴も流れてないしな。だからこそ、私は、確認したいんだよ。自分が一体、何者なのか。どこから来て、どこに行くのか。生まれたときから、自分が何人かなんて一度も疑ったことのない日本人のあんたには、分からないかも知れんがね」

「分からないし、興味もないな。申し訳ないが」

「……だろうな」徐は、面白くもなさそうに笑った。「また、連絡する。話を整えるのに、もう少し時間が掛かる」

「分かった」来栖は立ち上がった。「お呼びが掛かるまで、大人しく待ってるよ」

千がドアを開けていた。応接間を出て足を止め、階段の方に視線を送る。

「どうした？」怪訝な顔で、千が声を掛けてくる。

「いや」徐大淳の娘――梨花。立ち聞きしていたのではなかったか？「あんたが朝鮮学校時代に、日本人高校生の奥歯を、何本へし折ったのかと思ってさ」

千が、眉根を寄せた。自分の奥歯をへし折られる前に、来栖は退散することにした。日本人として暮らす《コリアン・マフィア》の豪邸から。

18

「尾崎さん、お客さんよ」

呉宗秀は、機先を制された格好になった。《日出ずる黄金の国を守る会》本部の受付。正午に近い。クレームを付けるつもりだった。昨日、黒井凜子に住所を告げた件について。

勝手に個人情報を明かされたら、怒る方が自然に思えた。妹云々という黒井凜子の与太も、ニセ経歴《レジェンド》と合わない。文句を言おうとしたところで、先に声を掛けられた。受付の女は二〇代後半で、沢野のお気に入り。確かに美人だが、茶髪と濃い化粧が台なしにしている。

「あの方なんだけど」

女が立ち上がって、正面を手で示した。

受付の向かい、壁際にソファがある。女が一人、腰を上げようとしていた。小柄で、顔も小さい。ベージュのトレーナーに、踝《くるぶし》まである長いスカートを穿《は》いている。首筋で揃えられた髪は黒かった。化粧も薄く、垂れ気味の大きな目だけが目立つ。受付の女とは対照的だった。齢は、自分と同じくらいだろうか。こちらに気付くと、何度も頭を下げた。「あの……。尾崎陽一さん、ですか？」

「……そうですけど」知らない女だ——頭の中で、警告音が鳴る。「貴方は？」

「私は、泉野由佳里《いずみのゆかり》と申します」女は、また頭を下げた。「……お忙しいところ申し訳ないんですが、お訊きしたいことがありまして」

頭の中で、警告音が高まる。「何でしょう？」

泉野由佳里は意を決したように、質問した。「田窪洋平さんを、御存知ないでしょうか？」

警告音が、最高レベルに達した。

「私は、《寿ライフ・サポート》で働いています」

由佳里は、口を開いた。《日金会》本部ビル近くのカフェ。安いだけが取り柄のチェーン店だ。昼食どきなので、混み合っている。宗秀は、貰った名刺を見た。意味不明のカタカナ企業名が記されている。

「あ。普段は、IT企業で派遣社員をしているんです。今日は、有休を貰っていて」

有休とは、給料を貰える休暇のはずだ。「じゃあ、二つお仕事されてるんですか？」

「いいえ。《寿ライフ・サポート》の方は、ボランティアですから」

由佳里は微笑って、答えた。ボランティア。宗秀は、田窪の言葉を思い出していた。

珍妙な質問をしたようだ。さり気なく、探る視線を向ける。

二人は、隅のテーブル席に居た。向かい合わせに座っている。由佳里はカフェ・ラテ／シュガー・ドーナッツ。宗秀は、ブラックのアイス・コーヒーにバジリコ・チキン・サンド。金は、自分が払った。由佳里は、しきりに恐縮していた。

「すみません。突然押し掛けて、御馳走までしていただいて」

「人を捜してるってことでしたけど」

「田窪洋平さんです」由佳里は、顔を上げた。「御存知なんですか？」

引きこもり／生活保護／焼き鳥の味——頸骨を折ったときの感触。「いいえ」

「そうですか……」由佳里は、落胆した様子を見せた。

「その、田窪さんですが。どうかされたんですか？」

「田窪さんは、《寿ライフ・サポート》の会員なんです。昨日の晩から連絡が付かなくなって」

「昨日の晩？　一晩だけですか？」

「……あ、はい」おずおずと答える。

「遊びに行ってるだけじゃないんですか。若い男なんて、そんなもんでしょう」

「……え？」

「何です？」

「どうして、田窪さんが若い男の人だって知ってるんですか？」

「……いや」胸の中で、舌打ちした。「貴方と同じくらいの齢の人かな、と……」

「《寿ライフ・サポート》って年配の方が多いんですよ。田窪さんみたいに、若い会員は珍しくて」

「いや。おれ、その《寿ライフ・サポート》とか言うの、よく知らないし」話題を変えろ／注意を逸らせ。「でも、普通にあるんじゃないですか？　一晩くらいなら。朝まで呑んでたとか」

「……それは、そうかも知れませんけど」視線が泳ぐ。「でも、今朝は特別なんです」

「特別って？」

「明日は、ロクさんの還暦祝いなんです」

還暦。日本では、六〇歳の誕生日を特別に祝うと言う。日本語講師の話——拉致された日本人。「ロクさんって、誰です？」

「林緑郎《はやしろくろう》さん。やはり、《寿ライフ・サポート》の会員です。明日の誕生日で六〇歳になるから、会員皆でお祝いしようってことになっていて。サプライズ・パーティを企画してるんです。今朝は、その準備を一緒にしようって田窪さんと約束して」

「他に、用事でもできたんじゃないですかね？　爺さんの誕生日祝いなんて、面倒臭くなったとか」

「そんなはずありません」由佳里が身を乗り出した。すごい剣幕で捲《まく》し立てる。「田窪さん、ロクさんのことホントのお爺ちゃんみたいだって、いつも言ってるんです。自分のお爺さんが生きてたら、きっとロクさんみたいだろうって。だから、勝手にすっぽかすなんて有り得ません！」

「……すみません」思わず謝っていた。相手の勢いに、気圧《けお》された格好だった。

「あ、いえ……」由佳里は、はっとなった。「こちらこそ、すみません。つい、ムキになっちゃって」

「連絡は、どれくらいしたんですか？」

「昨日の晩に何度も。パーティの内容について、新しいアイディアを思い付いたものですから。携帯に電話したんですけど、全然出てくれなくて。その内に、電源も切れちゃったみたいで」

「何時頃ですか？」

「夜の一〇時過ぎです」

その頃には、田窪洋平――本物の尾崎陽一は息をしていない。携帯の電源を切ったのは、死体を始末した工作員だろう。当然、由佳里からの連絡は全て無視したはずだ。

「何か、御存知なんですか？」こちらの顔を覗き込むように、質問してくる。

「いや、そういう訳じゃ……」何か失敗したか？「どうして、そう思うんです？」

「色々とお訊きになるから……」

「……いや。状況とか聞いたら、何か思い出すか、参考になるようなことがお話しできるかなあって思っただけで」考えろ／誤魔化せ。「立ち入ったこと訊いちゃいましたか？」

由佳里と田窪の関係／自分との接点——確認しておく必要があった。彼女は、カフェ・ラテのカップに口を付けている。この女も始末しなければならないのか？　白竜海には、まだ連絡を取っていない。宗秀は、コーヒーにもサンドウィッチにも手を付けていなかった。

「どうして、おれが……その田窪さん知ってるって考えたんですか？」

由佳里は、ドーナツに齧り付いたところだった。慌てて咀嚼し、呑み込む。「……ごめんなさい。ここのドーナツ好きなんです。で、何でしたっけ？」

「おれのところへ来た理由です」宗秀は続けた。「あの事務所に来たってことは、《日金会》の会員だってことも知ってる訳ですよね。どうしてですか？」

「ああ」一人納得したように頷く。「寿町に、横浜市が持ってる福祉ビルがあるんですけど。《寿ライフ・サポート》は、その一室を借りて運営してるんです。今の時代ですから、パソコンを一台置いてあって。会員が、自由に使えるようにしています」

ＰＣ——田窪が、何か言っていた。「それで？」

「昨日、田窪さんが何か見てたんです。そのパソコン使って。〝何してるの〟って訊いたら、画面見せてくれて。それは、《日金会》のホーム・ページでした。そしたら田窪さん、〝こいつ、どう思う？〟って、マウスをクリックしたんです。そこに出て来たのが、尾崎さん。貴方でした」

田窪が、自分のことを他人に話す——考慮して然《しか》るべき事態だった。己の迂闊《うかつ》さを呪う。「……おれ？」

「そうなんです。で、〝知らない人だけど、なあに？〟って訊き返したんですよ。そしたら……」

少し言葉を切った。宗秀は焦《じ》れた。「そしたら、何と？」

「〝もう一人の自分だ〟って」

目の前が、暗くなるのを感じた。全身の血が逆流する。「……それ、どういう意味です？」

「さあ？　〝どういうこと〟って訊いたんですけど。田窪さん、笑うばっかりで教えてくれなくて」

「それで、おれのところに来た訳ですか」

「はい。何か御存知なんじゃないかと考えまして」

彼女も始末しなければならないのか。四日で四人／毎日、誰かを殺している計算。

躊躇も抵抗も感じない。問題は、《プランK》が最終段階に入っていることだ。不用意な殺人は、計画を危険に晒す。

由佳里を見た。穏やかな表情で、カフェ・ラテを飲んでいる。心配事は、田窪の行方のみのようだ。自分が殺されるなどと、夢にも思っていないだろう。様子を見よう――白にも知らせずに。この女ぐらい、自分一人でどうとでもできる。

「……あの……」

話し掛けられて、顔を上げた。由佳里が、こちらを覗き込んでいる。「何か?」

「どこか、身体の具合でもお悪いんですか?」

「いいえ、別に」宗秀は、首を左右に振った。「どうして、そう思うんです?」

心配そうに、由佳里は続けた。「先ほどから、あまり召し上がってないから」

宗秀は、テーブルの上を見た。手付かずのアイス・コーヒー／バジリコ・チキン・サンド。「そんなことないですよ。ちょっと、話に夢中になり過ぎちゃっただけで」

サンドウィッチを頬張り、温《ぬる》いコーヒーで流し込んだ。味は、全くしなかった。

「すみません。私が変な相談をしたばっかりに……」

申し訳なさそうに、由佳里が頭を下げる。

宗秀は作り笑いを浮かべた。他人の心配している場合か――自分の命が危ういのに。

「そうですよね」由佳里が続けた。「何か、急な用事ができただけかも知れないですよね。私、昔から心配性で。ロクさんの誕生日会なら、一人でも準備できますし。もう少し待ってみます」

「その方が、いいと思います」宗秀は、味のしないサンドを食べる。「大丈夫ですよ、きっと」

「ちょっと出しゃばり過ぎるところがあるみたいなんです、私。夢中になると、周りが見えなくなっちゃって。それで、田窪さんにも嫌われたのかなって。ウザくなったとか」

「そんなことないと思いますよ。貴方みたいな方に心配されたら、男は皆喜ぶはずです」

「またまた。尾崎さん、結構お上手ですね」

「いや、本当ですよ」

田窪は、もう気分を害することはない——あの世が存在しない限り。

「尾崎さんって、面白い方ですね」由佳里は、楽しそうに微笑っていた。「最初お会いしたときは、もっと怖い方かと思ったんですけど。安心しました」

「そうですかあ」警戒心が、解けた様子にホッとする。同時に気付く——恐れているのは、こちらだということに。

「それからですね」由佳里は、笑みを浮かべ続けている。「明日の午前中って、空いてませんか？」

「何です？」

「《寿ライフ・サポート》のボランティアに参加しませんか？」由佳里は続ける。「いきなりボランティアが厳しかったら、見学だけでも。そういう方も珍しくないいんですよ。大歓迎ですから」

宗秀は、答えに窮した。何と返すべきか、分からない。

「見ていただくだけでいいんです」明るいが、真剣な顔だった。「私達の活動を、少しでもいいから広めて行きたくて。世の中には困ってらっしゃる方が多いことを、知って欲しいんです」

「……ああ、いや」

「何か、予定がお有りですか？」由佳里の表情が曇った。

「予定は、別に……」

「じゃあ、是非。ちょっと待って下さい」目を輝かせて、横の席に置いてあったリュックサックを探り始める。白くて、小さな女性用の物だ。中から何かを取り出した。テーブルの上に置く。

「ここに、詳しく書いてありますから。絶対来て下さいね。お待ちしてます」

どうして断らなかったのか。宗秀は、手にした紙片を見た。由佳里に渡されたチラシ。昨夜、田窪が落とした物と内容は同じだった。紙の色だけが違う。昨日のは緑／今日のは黄色。

《日金会》本部へと歩いて帰る途中だった。由佳里とは、カフェを出たところで別れていた。

宗秀は、拾った紙片を処分していなかった。今も、自室のテーブルに置いてある。紙片の表面には、《寿ライフ・サポート》の連絡先や活動内容が記されていた。目に留まったのは裏側だった。詩のようなものが書かれてあった。唄の歌詞だろう。タイトルは、『故郷《ふるさと》』。

〝うさぎ追いしかの山　小鮒《こぶな》つりしかの川〟〝いかにいます父母　恙《つつが》なしや友がき〟

〝忘れがたき故郷〟――描かれた情景は、自分の記憶にはないことばかりだった。食糧を求めて、山や川を這いずり回らされたことはある。楽しい思い出ではなかった。気に掛ける親も、心配したくなる友人もいない。宗秀にとって祖国は、詩にあるような故郷とは違っていた。

〝こころざしを果して　いつの日にか帰らん〟

自分は帰ることができるだろうか。《父上》が待つ国へ。任務を果たし、物質にだけは恵まれた奇妙な異国を離れて。周囲から、人間の気配が消え失せた。コンクリートの砂漠に一人きり。

それは、完全な孤独だった。

19

張り込みは、半日以上にわたっていた。未だに、動きはない。

来栖惟臣は、徐大淳宅の前に居た。正確には、玄関が見渡せる少しずれた路地。向こうからは死角になる。運転席で、腰の位置をずらした。日産《エクストレイル》。色は黒。

熊川亘の車だった。《スノー・ボード》が趣味らしい――白銀を駆ける巨軀《きょく》のハッカー。徐と別れて、すぐ呼び出した。《スカイライン》は、路地の更に奥へ駐車した。徐達に割れているからだ。

狙いは徐梨花――徐の娘だった。

立ち聞き。何者かの指示だったら――取引は、明後日に迫っている。

三〇分で、熊川は到着した。《エクストレイル》は、よく磨かれていた。ルーフには、《スノボ》用の装備も付いている。《スカイライン》と乗り換えた。二時間ごとに、交替した。特に、変わったことはなかった。午前一〇時に、徐大淳が出掛けただけだ。

白い最新型のトヨタ《クラウン》に乗って。日本人実業家らしい車／成功した不動産業者。近所に、出自を隠しているのは本当らしい。

「どうして張り込むんです？」熊川は、少し眉を寄せた。「まさか、勘とか言わないですよね。女子高生でしょう？　何となく、父親の仕事に興味を持っただけじゃないんですかね？　連絡に携帯やＰＣとか使われたら、玄関前で張り込んでも無駄ですよ」

「重要な話は極力、顔を合わせて行うだろう」来栖は言った。「調教師《ハンドラー》が近くに居れば、だが」


サイド・ガラスがノックされた。熊川だった。交代の時間。燃料計横のデジタル時計は、午後六時を示している。「これ、差し入れです」

コンビニのカフェ・ラテだった。礼を言って、受け取った。視線を、徐宅に向けた。《達川》の表札が見える。檜造りの両開き門。その横には、小さな木製ドア。そこが、開き始めていた。

「あいつだ」

徐梨花。周囲に、視線を巡らせる。こちらに気付いた様子はない。今は、私服に着替えていた。ブラウスに、膝辺りまであるタータン・チェックのスカート。屋敷の右手方向に、歩き出した。徒歩で移動するつもりらしい。下ろした長い髪は、背中まである。顔は、少し面長だ。

「どうします？」熊川が訊いてきた。

「お前が尾けろ」来栖は、紙コップをドリンク・ホルダーに挿した。「おれは、面が割れてる恐れがある。少し距離を置いて、後方からついて行くよ」

「車は？」

「置いて行け」

「レッカーとかされません？」

「そのときは、課長代理に握り潰して貰え」来栖は、口元を歪めた。「交通畑一筋のベテランだ」

大袈裟に、熊川が息を出した。「そのカフェ・ラテ、置いて行かないで下さいよ」

来栖は、カップを手に取った。飲みながら、歩いて行くことにする。車から降りた。熊川が、インテリジェンス・キーで、車をロックする。「じゃあ、行きます」

熊川が歩き出した。一分後、来栖も歩を進め始めた。先行者とは、数十メートルの距離がある。対象とは、一〇〇メートル近く離れていた。気付かれる恐れは、少ないはずだ。

実質、熊川単独の追尾だ。通常は、数名のチームで行う。一人で、対象を尾けたりしない。どうしても気配は伝わってしまう。その度に、人員を交替。基本的なセオリーだった。今回は、対象がスパイ・マスターやエージェントとは違う。嘗《な》めている訳ではないが、他に方法もない。

宵闇の道を進んで行く。帰宅時間のためか、人通りは多い。熊川の大きな背中は、見過ごしようがない。徐梨花の姿は、前方微かに確認できるだけだ。

携帯が震えた。熊川だった。「駅に向かってるみたいですね」

東急田園都市線たまプラーザ駅。特徴的なデザインは、賞を受けたこともある。

電車に乗られると面倒だった。チームによる追尾でも、注意を要する局面だ。対象は、どこで降りるかも分からない。二人では、完璧な対応は不可能に近い。

熊川も、困難さには気付いているようだ。声に、少しだけ緊張がこもっている。「どうします、電車に乗られたら？」

「お前は、同じ電車に乗れ」来栖は、指示した。「おれは、一便遅らせる。娘が降りたら、一緒に降りろ。おれに連絡した上で、継続だ」

「了解」携帯は切れた。徐梨花の姿は、駅周辺の商業ビル内に消えた。熊川が続く。

横断歩道で赤信号に捕まった。信号無視――目立つ行動は厳禁だ。ＬＥＤの灯りを、凝視し続けた。信号が、青に変わった。徐梨花はおろか、熊川の姿も見えない。携帯を取り出した。

「今、どこだ？」

「ビル内です」熊川が答えた。「娘は、カフェに入りました。ただ今、注文中です」

「店内は混んでるか？」

「そこそこ」熊川の声は明るかった。「娘が、品を受け取りました。何かデカくて冷たい、甘そうなヤツです。大きいのを頼んだってことは、長居するつもりですかね？誰かを、待つとか？」

「カフェの場所は、どこだ？」

携帯からの指示で、歩き出す。熊川が続けた。「好都合ですね。窓際の席に座りましたよ」

確かに好都合だ――視察し易くなる。早足で歩を進める。カフェのあるフロアに着いた。看板が目に入る。最近、店舗数を伸ばしているチェーン店だった。

「相手が来ました。やはり待ち合わせのようです」熊川の声は、面白がっているように聞こえた。「びっくりされると思いますよ。早く見て下さい」

来栖は、カフェの前に向かった。窓からは死角の壁際に、熊川が立っていた。内部を指差す。

窓際の席に、徐梨花が座っていた。その前に、少女より年嵩《としかさ》の女。

「ね！」熊川は、明らかに面白がっていた。「驚いたでしょ？」

女は、成海果歩だった。

第五章　一〇月一六日――金曜日

20

呉宗秀は、《管理所》で生まれた。政治的懲罰労働集落からなる強制収容所。絶対的な存在である《保衛員》によって支配されている。囚人は、彼等に飼われているようなものだった。

宗秀は生まれてから一度も、外の世界を見たことがなかった。《管理所》を脱走するまで。

そのとき、宗秀は初めて人を殺《あや》めることになる。

ＪＲ根岸線石川町駅で電車を降り、北口に出た。

昨日、泉野由佳里から貰った紙片に目を落とす。簡単な地図が入っていた。時刻は午前九時過ぎ。何とか、時間通りに辿り着けそうだ。宗秀は、歩を進めた。

横浜・寿町は、東京・山谷、大阪・釜ヶ崎と並ぶ《日本の三大寄せ場》と言われている。

《寄せ場》とは、日雇い労働者の市場を表す言葉だ。屋外での職業斡旋も多い。併せて《ドヤ》と呼ばれる簡易宿泊所が林立し、《ドヤ街》とも呼ばれていた。ネットで検索して得た知識だった。

　街並みは、宗秀の想像とは違った。簡易宿泊所らしき建物が、多くなり始めている。外観は新しく、高層化した建物もある。もっと古惚けた暗い通りを想像していた。ネットには、そうした悪印象を煽《あお》るような表現が目立っていたからだ。

　由佳里が言った市の福祉ビルは、程なく見つかった。正式名称は、《横浜市立・寿町福祉センター》。五階建ての白い建物だった。築十数年と言ったところか。古くも、新しくもない。外観も、これと言った特徴はなかった。四角いだけのビル——日本で言う〝お役所仕事〟だろう。

　子供時代の宗秀に、友達はいなかった。《管理所》内で《保衛員》に認められる唯一の方法は、密告だった。常に、互いが監視し合っているようなものだ。《保衛員》の子供達にも苛められた。彼等にとって、四人の息子など反動分子以外の何者でもなかった。

　《寿ライフ・サポート》は、三階の中会議室を借りて運営している。エレベータも備えられていたが、階段を使った。中会議室と表札が掲げられた部屋は、扉が閉ざされていた。中から、大勢の話声が聞こえる。ノックして、取っ手に手を掛けた。扉は、簡単に開いた。

「……失礼します」

室内には、十数人の男女が居た。年齢層は様々。二〇代から、八〇歳超えと思われる老婆まで。全員の視線が、一斉にこちらを向く。宗秀は、少し気圧された。

父親は脱走を図り、銃殺刑に処せられた。特に感想はなかった。《管理所》内では、夫婦は同居しない。宗秀は母親と暮らしていた。たまにやって来るだけの男。それだけだった。

共犯として、宗秀も尋問された。拷問も、だ。焼き鏝《ごて》を背中に圧し付けられた。悲鳴を上げ、懇願しても止むことはなかった。今も背中に傷跡が残り、灼《や》けた金属を見ると身が竦《すく》む。

背中の傷に、母は薬を塗ってくれた。厳しい生活の中、優しい母だけが救いだった。

「尾崎さん！」由佳里が出て来た。色合いは違うが、昨日と似たトレーナーにロング・スカート。こちらを見上げる格好になる。「来て下さったんですね！」

「せっかく、誘っていただいたので……」宗秀／尾崎陽一は、口籠り気味に答えた。

全員、《寿ライフ・サポート》の会員だろう。既に宗秀から視線を逸らし、自分達の会話に戻っていた。

由佳里が手を叩いて、声を張り上げる。「はい、皆さん。注目！」

再び、会員の視線が集まる。由佳里が続けた。「こちら、尾崎陽一さん。今日は、わざわざお手伝いに来て下さったんですよ。皆さん、失礼のないようにね」

「その人、新しいボランティア？」六〇前後の女が、口を開いた。

「いや。僕は、今日は見学を……」

ふーん、と女は事もなげに呟いた。見学者も珍しくないというのは、本当のようだ。

「もうすぐ始まりますから」由佳里が、話し掛けてきた。「あそこにでも座って、待っていていただけますか？　あ、良かったら、コーヒーとクッキーどうぞ」

示された隅の椅子に、宗秀は向かった。隣の机には、コーヒー・メーカーと紙コップ。皿に盛られたクッキーも置いてある。自由に取っていいようだ。コーヒーを注ぎ、クッキーを一枚手にした。手作りらしい。椅子に、腰を下ろした。

コーヒーを啜り、クッキーを齧った。咸興《ハムフン》の市場で盗んだ物より、味は上だろう。使っている材料が違う。《コッチェビ》の頃は、何でも美味く感じた。いつも腹を空かせていたからだ。

一二歳になった宗秀は、母から脱走を勧められた。

「外の世界には自由がある。食べ物もいっぱいあるのよ。いつか迎えに来てね」

宗秀は、脱走を決意した。裏の柵に向かった。そこには、男が立っていた。自分を拷問した《保衛員》。奴は言った。〝母が密告した〟と。

母は《保衛員》に密告することで、《管理所》内での立場と食料を入手していた。父の脱走も、その一つだ。宗秀は、《保衛員》を突き飛ばした。自分でも驚くほど、素早い動きだった。

凄《すさ》まじい悲鳴が上がった。鉄条網には高圧電流が流れていた。殺人用の通電柵だった。《保衛員》の死体は、絶縁体となった。その上を、宗秀は這い出して行った。


どうして来たのか。無視することもできた。昨日から、何度も自問していた。由佳里を監視するため――その度に結論付けた。自分自身へ言い聞かせるように。

「あんたが、尾崎さんかい？」

正面から声がした。顔を上げると、初老の男が立っていた。

「昨日、由佳里ちゃんが訪ねて行ったんだろ？」初老の男は続けた。「洋ちゃんのことで」

洋ちゃん――田窪洋平のことだと気付くまでに、数秒掛かった。「……ああ、ええ」

頸骨が折れる感触――曖昧な返事しかできなかった。そうかい、と言って男は、隣に腰を下ろした。「あんた、洋ちゃん。ああ、えっと田窪洋平には会ったことないんだってね」

「はい」今度は、はっきりと答えることができた。「泉野さんも昨日仰ってましたが、僕には心当たりがなくて。申し訳なく思ってるんですけど……」

男は、右手を顔の前で振った。「しょうがねえよ。ちょっとした行き違いさ」

相手を観察するだけの余裕が出た。齢は六〇前後。中肉中背。髪は短く刈り込まれ、白い物が目立っていた。胡麻《ごま》塩頭とかいう類だろう。顔には、無数に深い皺《しわ》が刻まれている。目は細く、皺と間違えそうだ。彼がロクさん——林緑郎らしい。「貴方が、林さん？」

細い目が、少しだけ見開いた。「おれのこと、知ってンの？」

「……泉野さんから聞いて」宗秀は続けた。「田窪さんと、仲良かったんですよね？」

「まあ、そうかなあ」少し照れたように、口元を歪めた。「でも、友達《ダチ》じゃねえよな。齢が違うモン。ま、息子みたいな感じかな。洋ちゃんは、おれのことホントの爺ちゃんみたいだなんて言《つ》ってくれてたけどさ。そこまで、年寄りじゃねえ言うの」

満更でもない微笑。宗秀も笑った。作り笑いではなかったので、驚いた。「慕われてたんですね」

「やめてくれよ。こっ恥ずかしい」少し、真顔に戻って続ける。「……おれさ。バブル後の不況で、リストラされてさ。自動車の部品工場に勤めてたんだけど。それまで、車のパーツしか触ったことないンだぜ。他の仕事なんかできる訳ないじゃん」

頷いて見せた。バブル経済崩壊後の不況については、知識として知っている。

林が続ける。「で、酒に溺《おぼ》れてさ。働きもしないのに、ギャンブル三昧。お決まりのコースさ。女房や子供にまで、手を上げて。気が付いたら、捨てられてたって訳。ま、自業自得だよな。ギャンブルで少し金ができちゃあ、浴びるほど酒呑んで。金がなくなったら、万引きに無銭飲食。何でもやったなあ。警察の厄介にもなったよ。で、完全なアル中。気が付いたら病院で、ベッドの上さ」

アルコール依存症。そうした病気があることも、知ってはいた。

「で、ここを紹介されてね。集まって話をするだけなんだけど。結構効果があるのさ。参加し始めてから一滴も呑んでないし。ホントの家族みたいに接してくれるしね。でも、洋ちゃんの奴。どこ行っちゃったのかな？　水臭えよなあ。何にも言わずに。また会えるかな？」

田窪洋平と会えることはないだろう。二度と／決して。

どれくらい歩いただろう。脱走した宗秀は、咸興に居た。北朝鮮第二の都市。

宗秀は、《コッチェビ》となった。〝さまよえるツバメ達〟——子供のホームレス。

仲間達と、市場で盗みや掏摸《すり》をして暮らしていた。市場は、女によって拡大した。男は食糧難の時代でも、従来の労働から離れることができなかったからだ。

そこで、宗秀は《父上》――太道春と出会うことになる。


「おっと始まるみたいだ。あっちに行こうよ」

促されて、部屋の中央に行った。二〇脚近い椅子が、円形に並べられている。それぞれ、腰を下ろし始める。由佳里と林に挟まれて、宗秀も座った。

「それでは、今日の集会を始めたいと思います――」

ボランティアの責任者だろう。初老の女が挨拶と、簡単な説明を行った。その後、会員が順番に語り始めた。


宗秀は、ある男の財布を掏《す》った。スーツを着ていた。イタリア製の高級ブランドだと知ったのは、ずっと後のことだ。金持ちに見えた。それだけが動機だった。

その相手が、太道春だった。簡単に投げ飛ばされた。

「こいつを見ろ」《父上》は、傍らの男に言った。笑っていた。実に楽しげな笑みだった。「このガキ、おれの財布を掏ったぞ。このおれ《ヽヽ》の」

逆に、傍らの男は表情を強張らせていた。怯えている――宗秀にも分かった。

こちらに向き直る。「お前、おれと一緒に平壌に来る気はないか?」

内容は、林の話と似ていた。貧困と生活苦/悩みと絶望/病気/失業/アルコール/ギャンブル/DV/性的虐待etc.それでも時には笑いも起こり、時には涙する者もいた。

国が富めば——食糧と物質が満たされれば、皆幸福になれる。祖国に飢餓や貧困がはびこっているのは、他国の帝国主義による弊害だ。日本は世界有数の経済大国。資本主義を掲げ、経済力だけは突出した国。国民全てが、飽食と惰眠を貪る豚だと教えられていた。

貧しい者、苦しんでいる者はどこにでも居る。日本にも。集会の参加者だけではない。居酒屋のバイト仲間や、幹部連を除く《日金会》の会員もそうだ。富める人間は限られる。TVやネット上だけの存在。政治家/官僚/実業家/資産家——祖国で教わった豚そのもの。

格差社会。一部の人間が富を独占し、その他大勢を弾圧するシステム。

祖国にも言える。《出身成分》——《三階層五一部類》。一部の特権階級だけが裕福に暮らし、後は貧しい生活を強いられている。口に出すことは許されないが、それが事実だ。日本も同じ。いや、世界中がそうだ——誰かが変えなければならない。だからこそ、宗秀は日本へ来た。

　太道春は、朝鮮人民軍総参謀部偵察総局の高官だった。出身成分は、最高位に当たる。《烽火組《ボンファチヨ》》と呼ばれる世襲前衛集団――現・委員長を支えるリーダー的存在だった。

　宗秀は、《金正日政治軍事大学》へ進学した。工作員養成機関。素手による殺人術と日本語を得意とした。主任教授の勧めで、《平壌学院》へ進んだ。日本への潜入に特化した訓練組織だ。

「――それでは、ここで発表があります」会員達が一通り語り終えると、由佳里が立ち上がった。「今日はロクさん、林緑郎さんの誕生日です。皆さん、拍手！」

　拍手と歓声が沸き起こった。奥から別のボランティア二人が、大きなケーキを運んで来た。火の点いた蠟燭《ろうそく》が挿してある。太めの物が六本。他の会員が、赤い帽子と服を林に着せている。還暦についても、ネットで検索していた。祝う際に、あのような服装をさせるらしい。

　ある日、《父上》に呼ばれた。「お前、日本に潜入しろ」

《父上》は、《プランK》の細部まで説明した。

「世界中に、不平等と矛盾が蔓延《まんえん》している」《父上》——太道春は語った。「全ての人間が、裕福で幸福に生きられるようになるためには、この計画の成功が必要となる」

宗秀は、深く頷いた。


「……何だよ、これ。やめてくれよ」

言葉とは裏腹に、満更でもない表情でロクさん／林が呟く。

「さあ、早く消して」

初老のボランティアに促され、林は蠟燭の火を吹き消した。

「おめでとう！」会員やボランティアが、一斉に声を上げた。歌を口ずさみ始める。

〝ハッピー・バースデイ・トゥ・ユー〟。誕生日パーティで、《父上》から教わった。

包装された包みを、由佳里が林に渡す。「これ、皆から。開けてみて」

「……ありがとう、ありがとう」何度も頭を下げ、包みを開いた。ニットのセーター。

「これから、寒くなるから」と由佳里。林が、何度も礼をする。

〝うさぎ追いしかの山　小鮒つりしかの川〟——誰かが歌い始めた。全員が、後に続く。あの歌だ。『故郷』。こんなメロディだったのか。優しい歌だ。いつしか皆と合わせて、歌い始める。

輪の中で、歌っていない者が一人だけ居た。林だった。彼は俯《うつむ》いたまま、涙を拭っていた。

21

中華街の入口付近に差し掛かったときには、午前一一時近くになっていた。

「昨日は、何か収穫はありました？」《カモメ第三ビル》一二階で待ち合わせると、成海果歩が訊いてきた。「会ってたんでしょう、徐大淳と」

「いや」来栖惟臣は答えた。「特に、収穫なし」

「そうですか」あっさりと、成海は引き下がった。

成海は、徐大淳の娘——徐梨花と会っていた。昨夕の件を、どう切り出すか。

「あの女、何考えてンですかね」

追尾後の張り込みを続けながら、熊川亘は首を傾げた。一時間近く、二人は話し込んでいた。密談と言うよりは、歓談に近い。笑い合ってさえいた。

二人が店を出た後、熊川には徐梨花を追尾させた。真っ直ぐ家に帰ったそうだ。成海の追尾は行わなかった。仮にも公安捜査員だ。尾行など、即座に気付くだろう。

今朝は、警備局長と外事課長代理に状況報告をした。内容は、適当にでっち上げた。

「今日は、どうするんだい？」厚川聡史が訊いてきた。

「中国筋を当たってみようかと思います」

「中国？」今田宏が、眉を寄せた。

「はい」来栖は答えた。「主立ったところで残ってるのは、それくらいなモンで」

揃って会議室を出ると、成海が話し掛けてきた。「適当に、はぐらかしましたね」

「適当じゃないさ」来栖は、廊下をエレベータへと歩いて行く。「ホントに中国筋を当たる」

「え？」成海が顔を上げた。

「歩くぞ」来栖は続けた。「電車を使うほどの距離じゃない」


徒歩で、中華街まで移動した。

「あいつだ」来栖は、顎で指した。

成海が視線を向ける。先には、和洋ならぬ中洋折衷のカフェがあった。男が一人、屋外の席で茶を飲んでいた。容器から判断するに、中国茶らしい。

同年配だが、若く見えた。座っていても、長身であることが分かる。短めの髪は綺麗に分けられ、一筋の乱れもない。面長だが、顎の線が逞しい。眉は太く、目は二重。最も特徴的なのは、服装だ。

「白の上下、ですか？」成海が、呆《あき》れたように言った。「随分、ナルシストですね」

白いスーツに白いシャツ。靴も白。ネクタイだけが赤い。

成海を残して、来栖は男に近付いた。

「日の丸みたいだな」断りもせず、前に腰を下ろす。「反逆罪じゃないのか？」

「いつだってハイ・センスな人間は、凡人に理解されないモノさ」男は答えた。「何の用だ？」

男の名は、張偉龍《チャン・ウェイロン》。肩書はフリー・ジャーナリストで、以前は新華社《しんか》の記者だった。現在も、中華人民共和国国家安全部のエージェントとして活動している。

新華社は中国国営通信社と同時に、諜報機関でもあった。世界各国に百箇所を超える支局を持ち、人員は二万人を超えると言う。取材と称して、情報収集に当たる。

国家安全部は中国共産党国務院に所属し、同国が存在を認めている唯一の諜報機関だ。人員の数は世界最大――国外に在住する諜報員だけでも、四万人を超えると言われている。

ただし、張は中華料理店を始めとするサイド・ビジネスが絶好調で、そちらに夢中のようだ。

「おれは、ティー・タイムを邪魔されると機嫌が悪くなるんだ」張が続けた。ネイティブ同様の日本語を駆使する。「色々忙しいしな」

「どうせ、またナンパだろ？」

日本人女のナンパが、張の趣味だった。実際、かなりの確率でモノにしている。外見だけなら、香港スターも顔負けのイケメン中国人だ――正体を知らなければ。

「真のハンティングさ」張は薄く微笑った。「相手の出方を読み、数手先を考える。チェスや囲碁と同じ、知的かつ高尚な嗜《たしな》みだよ」

「スケベオヤジの言い訳だな」鼻で嗤う。「下品なハンターもいたもんだ」

「で、何の用だ？　わざわざ出向いて来たってことは、北朝鮮のテロ情報辺りかな？」

「何か知ってるのか？」

「何も知らないし、知っていても話す義理はない。役に立てそうもないな。そのつもりもないがね」

張が立ち上がった。

「もう少し、付き合えよ」

腕を掴もうとした。風でも握り締めたように空を切る。

「場所を変えるのさ。あんたのせいで、気が落ちたみたいなんでね」右手を上げ、張は歩き出す。「失礼」

来栖も立ち上がった。成海が、歩み寄って来た。「空振りですか？」

「デリカシーない方だって言われるだろ？」

「豚饅《ぶたまん》でも食べて、帰りますか？」

何かを食べるつもりはなかった。揃って、歩き出す。中華街らしい、独特の雰囲気に包まれる。雑貨屋の隣に、路地があった。左腕を摑まれ、奥へと引き摺り込まれた。

薄暗い路地内。腕を摑まれた方へ、右を振るった。スウェイ・バックで躱《かわ》される。右腕も別の人間に摑まれ、両膝を裏側から蹴られた。地面に跪《ひざまず》いた。両腕は摑まれたままだった。

「参るよねえ。邪魔されちゃあ」路地の入口に、人影が立った。「全く、警察《マッポ》は無粋で困るよ」

声の主は、男だった。齢は、三〇代半ばから四〇前後。背はあまり高くなく、太めの体型だ。腹が突き出ているのが、シルエットでも分かった。

「何ですか、貴方達は？」男の背後から、成海が現れた。同年配の女に、後ろから腕を固められている。険のある声を立てていたが、困惑は隠し切れていない。「私達は、警察ですよ！」

「誰なの、この姐《ねえ》ちゃん？」声の主が、横目で成海を見た。

成海より早く、来栖が答えた。「警察庁《サッチヨウ》の《国テロ》だよ」

声の主が、短く口笛を吹いた。同時に、成海が動いた。後ろの女が、一瞬怯んだ。踵《かかと》で、足の甲を踏んだようだ。拘束を擦り抜け、肘で顔を狙う。

「やめろ！」来栖が一喝した。

成海の動きが停まる。「……何者ですか、この人達は？」

「《公調》だ」公安調査庁。法務省の外局に位置する団体規制機関。国内の破壊的団体を調査し、破壊活動防止法等に基づき当該団体の処分請求等を行う。「久しぶりだな、浜崎《はまさき》」

「どうも」男が嗤う。浜崎賢介《けんすけ》。公安調査庁調査第二部第四部門調査官／中国担当。

「《公調》が、どうして我々の捜査妨害を？」成海が、浜崎に食って掛かる。

「邪魔してるのは、そっちでしょ」浜崎が鼻を鳴らした。「こっちの調査活動を」

公安調査庁の活動は任意調査に限定され、捜査権及び逮捕権はない。元々は、国内の左右両過激派やカルト集団等を担当していた。最近は、諜報活動も盛んに行うようになった。

英語名が、その性格を如実に表している。《Public Security Intelligence Agency》。略称は《PSIA《ピーシア》》で変更ないが、《I》が調査の《Investigation》から、諜報の《Intelligence》に変わっていた。対中国の調査活動も、その一環だろう。

「で、来栖ちゃんさあ」顔を寄せてきた。加齢臭がする。「張に、何の用な訳？」

「まず、腕を放して貰おうか」

「さっすが、《クルス機関》」浜崎が破顔した。「いい度胸してる。我々《PSIA》相手に。いいよ。暴れたりしないって約束するなら、放してあげる。乱暴だからね、お巡りは」

「何が、《ＰＳＩＡ》だ。そんな格好つけた略称で呼んでるのは、自分達だけだろ」

「おお、怖」浜崎が、わざとらしく腕を抱えた。「いいから、放してあげて」

背後の男二人が、来栖を解放した。立ち上がり、大袈裟に腕を振って見せた。浜崎より、頭一個分背が高くなった。上から視線を送る。

「さ、話してくれる？　どうせ、どっかのテロ情報か何かだろうけど。困ったモンね。そんなガセネタに踊らされて。こっちだって、毎日のように摑んでるよ。一々真に受けてたら、身が持たないって」

「そっちは、張の何を追ってる？」

「言う訳ないでしょ」下から、舐《な》めるように視線を向けてきた。「いい？　今度、あの子の周りチョロチョロしたら、タダじゃおかないからね。本気《マジ》よ。分かったらお嬢ちゃん連れて、さっさとお帰り」

来栖は歩き出した。成海がついて来る。「このまま、黙って引き下がるんですか？」

答えず、背後に視線を向けた。《公調》の調査官達は、既に姿を消していた。

「私は、我慢なりません。組織を通して、正式に抗議します」相当に憤慨している。スマート・フォンを取り出した。本庁に掛けるつもりらしい。

携帯に手を翳して、制した。「馬鹿な真似はやめろ」

「じゃあ、このまま手をこまねいていろ、と？」

「そんなつもりはねえよ」自分のスマホを取り出した。登録している番号を呼び出す。

「熊川か？」来栖は話し掛けた。「頼みがある」

22

正午過ぎ。林緑郎の誕生日パーティは、ファミリー・レストランに場を移していた。《寿ライフ・サポート》の会員とボランティア総勢二〇名強が、一角を占める。料理も用意されている。会の性質上、アルコール類は厳禁だと言う。呉宗秀は、林や泉野由佳里の傍に座っていた。退席する理由を思い付かなかった。アイス・コーヒーを啜りながら、思い出したように料理を抓む。

林は、嬉しそうな笑みを浮かべ続けていた。落ち着いたか、涙は見せていない。

「こんなことして貰うの、生まれて初めてだよ」林は、大きく息を吐き出した。「こんないい思いしちゃって、バチ当たんねえかなあ。ホント、洋ちゃんも一緒にいてくれたら良かったのに」

田窪洋平。今頃、海の底か／山の奥か。同席することだけは、有り得ない。

パーティは、午後二時前に解散となった。林は名残惜しそうに、各人と握手などを交わしている。立ち去るときも、ずっと手を振っていた。

「尾崎さん」帰ろうとすると、由佳里に話し掛けられた。「良かったら、お茶でも一緒にいかがですか？」


歩いて、数分のところにある純喫茶だった。流行のカフェとは違う。煉瓦《れんが》造りの古風な店。宗秀はブレンドを、由佳里はローズ・ヒップ・ティーを頼んだ。

「無理矢理お誘いしたみたいで」由佳里が頭を下げた。「お忙しくなかったですか？」

「いや、そんなことは」宗秀は答えた。「それに楽しかったですし。……考えさせられもしました」

「そう言っていただけると、助かります」由佳里は微笑んだ。「前にも言いましたけど私、夢中になると周りが見えなくなると言うか、暴走しちゃうみたいなんですよね。でも、一人でも多くの方々に、私達の活動を知って欲しいから……」

「素晴らしい活動だと思いますよ」宗秀も微笑んだ。「目にして、聞いてみないと理解は難しいんじゃないかな。色んな人に、これからも来て貰ったらいいと思います」

「尾崎さんも、また来てくれますか？」

「ああ、うん」尾崎／宗秀は答えた。「予定が合えば、是非」

発言が本音であること。笑みが作り物でないことに、自分自身が驚いていた。

「良かった」由佳里が、息を吐いた。

注文した品が届いた。初老のウェイターだった。カウンター内の、マスターらしき男も同年配だ。他に、従業員らしき者は見当たらない。客も少なかった。

コーヒーに口を付けた。美味かった。香りが良く、濃厚だが後味は爽やか。ハーブ・ティーも上質そうだ。香りが、こちらまで漂って来る。「サプライズ・パーティ。成功して良かったですね」

「はい。本当に」由佳里が答えた。「ロクさんも、あんなに喜んでくれて。皆も楽しそうだったし、やって良かったなあ。尾崎さんのお陰です。ありがとうございます」

「いや、僕は何も……」

コーヒーを飲んだ。どう応えるのが適切か、分からなかった。

「尾崎さん、今日お仕事は？」

「僕はフリーターだから」宗秀は答えた。「居酒屋なんで基本、夜だけ。シフトも入ってないし」

そうですか、と由佳里は呟いた。少し暗い。心配げな表情にも見えた。「……どうかした？」

「……私、最近仕事の方が上手くいってなくて」

「確か、ＩＴ企業の派遣社員とか言ってたよね？」

「はい」俯き加減で答える。「派遣先のＩＴ関連も、派遣元も結構厳しくて」

「ブラック企業ってヤツ？」

「……そこまでではないんですけど」

　ブラック企業。祖国の労働環境も良好ではない。国自体の経済力によるものと思っていた。経済力がアップすれば、労働者を取り巻く環境も向上する――違うようだ。少なくとも、日本では。世界有数の経済大国は、労働者を奴隷並みに扱うことで成り立っている。

「僕のバイト先も、評判は良くないけど。居酒屋《石清水》。知ってる？」

「ああ」由佳里は頷いた。「ネットで見たことあります。かなり厳しいんですよね」

「どうかな。他の居酒屋チェーンを知らないから。でも、まあ天国みたいな職場じゃないですよ。むしろ、天国行きになる人もいるくらいで」

　由佳里が、小さく吹き出した。「尾崎さんって、面白いですよね」

「そうかな」冗談を言ったつもりはなかった。先日、死んだという某支店長を思い出しただけだ。

「そんなに、ひどいって訳ではないんですよ。少し、ボランティアにのめり込み過ぎちゃって。有休の範囲ではやってるんですけど。あんまり、いい顔されないし。口では〝良い活動だね〟なんて言ってくれても。今日も、無理矢理休んだようなもので」

「クビにされるとか？」

「いえ。解雇されたりまではないですけど。出勤しても気まずいって言うか。それとなく、嫌味な当て擦りされたりして。転職しようかなとも考えてるんです。もっと理解のあるところに。でも、実際問題として、そんなところがあるのかどうか……」

「《寿ライフ・サポート》に、就職するって訳にはいかないいんですか？」

「あそこは、完全にボランティアだけで運営してるんで」由佳里が、寂しげな笑みを見せた。「そうできたら、いいんですけどね」

そうか、と言って宗秀は腕を組んだ。真剣に考えている自分に、気付いた。放っておけ／深入りするな。頭の中で、別の自分が囁く。分かっている、充分に。

「ごめんなさい。こんな暗い話をお聞かせして」由佳里が、頭を下げる。

「そんなことないですよ」宗秀は、右手を顔の前で振った。「僕で良かったら、いつでも。そうだ、良かったら夕食でも一緒に。そこで、もう少し話を聞かせて下さい」

「いいんですか」由佳里が視線を上げた。

「勿論。そうだ。じゃあ有名なブラック企業でも見学に行きましょう。僕のバイト先だけど」別の支店なら問題ないだろう。俯いた由佳里が、笑っていることに気付いた。

「何か？」

「ホント、尾崎さんって面白いですね」

「そうかな」宗秀も笑った。
笑っている場合か――別の自分が叫んでいた。

23

「話がある」

来栖惟臣は、成海果歩に声を掛けた。

《カモメ第三ビル》一二階。時刻は、午後三時を回っていた。

公安調査庁からの恫喝後、本部に戻った。張偉龍に会った旨告げると、部長の厚川聡史が微かに眉を上げた。「成果は？」

「ありません」来栖は、正直に答えた。「北朝鮮のテロ情報は知っているようですが」

成果なし――課長代理の今田宏が、鼻を鳴らした。喜んでいるように見えた。

公安調査庁との経緯は、報告しなかった。公式ルートでの抗議等は考えていない。既に、次の手を打ってある。熊川が動き始めているはずだ――上には内緒で。

方針は決まらず、散会となった。手詰まりなのは本当だ。徐大淳の件を告げるつもりもない。誰も信用するな。唯一、確実なことだった。

成海を三階下、九階の隅へと連れて行く。《カモメ第三ビル》は外観の印象よりも広く、デッド・スポットのような場所もある。

「何です、こんな場所に？」質問というより、抗議に近い。「告白ですか？」

「それもいいな」九階は、貸会議室への備品倉庫が大半を占めている。階段傍のスペース。日中でも薄暗く、人もあまり来ない。「昨日の夕方、何してた？」

「昨日は、自由に情報収集するということに、なっていたはずですが？」

「たまプラーザ駅の傍で、徐大淳の娘と会ってただろ？」

成海の表情は動かなかった。「それが、何か？」

「何を話してた？」

「徐大淳については、お互い干渉しないのでは？」

廊下の窓から陽が差し込み、逆光になる。「あの娘を使って、何を企んでる？」

「言ったはずですよ。徐については、私にも多少の伝手があると」

「協力者《タマ》か？」表情の変化は感じられなかった。「未成年者を協力者として獲得・運営するには、警察庁《サッチョウ》の事前承認が要るはずだが？」

「取ってますよ、勿論」薄く、微笑ったように見えた。「貴方じゃあるまいし」

協力者の獲得・運営は、公安捜査員にとって活動の肝だ。失敗は許されず、対象の選定には神経を使う。特に未成年者や女性を選ぶ場合は、細心の注意が必要とされる。

成海が続けた。「でも、よく気付きましたね」

「あからさまな立ち聞きは、どうかな？ 父親を探らせるにしたって、やり方がある」

「注意するように言っておきます」平然と言い放った。

「いや、引っ込んでるように言っておけ。何もするな、と」

「何ですか、それ？」

初めて、成海の表情が動いた。崩れたと言ってもいい。露わな不快感。

「邪魔なんだよ、単純に。それだけだ」

「勝手なこと言わないで下さい」窓からの光が、顔に差す。表情は、憤怒に近い。「なら、お訊きしますけど。徐と、何の話を進めてるんですか？ 何を企んでるんです？」

「いずれ、分かる。それまでは、誰にも言う気はない」

「ふざけないで下さい」

「ふざけてなどいない。大真面目さ」

「そちらがそういうつもりなら……」

相手の言葉を遮った。携帯が震えていた。廊下へと進んで行った。徐大淳からだった。携帯に出る。

「徐だ」事務的な口調。「日時と場所が決まったぞ」

「ちょっと待て」視線を向けた。成海は、先刻の場所に留まったままだった。「受け渡しについては、こちらの意向も酌んでくれるんじゃなかったのか？」

「約束した覚えはない」徐は言い切った。「言ったはずだ。扱う量が量だし、本国も注目してる。《ツカショー》が、どこまで信用できるかも問題だ。そっちの希望を聞いてやる余裕はないね」

「塚原はOKだと言ったろ？　分かった。どこに行けばいい？」

「明日の午後七時に、馬車道付近に来てくれ」

「馬車道？」来栖は訊き返した。「シャブ二〇〇キロだぞ？　そんな街中で、どうやって受け渡しするつもりだ？　大丈夫なんだろうな？」

「心配ない」徐の声に、迷いは感じられなかった。自信に満ちている。

「受け渡しの方法は？」

「追って連絡する」

「駄目だ。今、説明しろ。二〇〇キロの《北モノ》を紙袋に入れて、手で提げて帰ってのか？」

「心配要らないと言ってるだろう」徐の声が明るくなった。「あんたは、明日の七時に《ツカショー》連れて、馬車道辺りを流してろ。金と一緒に、な。手ぶらでいい。全部、こっちで用意する。久々の上客だからな。悪いようにはしないさ」

　主導権を渡す気はなかった。狙いは覚醒剤ではない。徐を確保すること。その上で、テロ関連情報を訊き出す。受け渡しの無事云々はどうでもいい。むしろ、如何《いか》に無事に済まさないか、だ。

「少しは、信用してくれないか？　丸投げはないだろ。こっちだって大枚叩《はた》くんだ」

「金を出すのは、あんたじゃない。《ツカショー》だ。あんたは、紹介するだけだ」

「だからこそさ。ただ金持って来てくれじゃあ、説明が付かない」

「それが、あんたの仕事だろ？」鼻を鳴らす音が聞こえた。「また連絡するよ」

一方的に、電話は切られた。成海が近付いて来ていることにさえ、気付かなかった。

「徐大淳、ですか？」成海の声に、顔を上げた。「一体、何やらかす気なんです？」

「おれは、行くところができた。お前は、徐の娘でも誰でも会って来い」当面の障害は、成海だった。「じゃあな、後は好きにしろ」

「《クルス機関》と呼ばれる理由が分かりましたよ」成海が口角を吊り上げた。「究極の自分勝手、唯我独尊。〝おれこそが警察だ〟みたいな顔してるからですね。組織の中の歩く一人組織」

来栖は答えなかった。踵を返す。

「そういうの、最近では何て呼ぶか知ってます？　《ぼっち》って言うんです。一人ぼっちって意味」

立ち止まって、軽く振り返る。「そっちも似たようなモンだろ」

「そういう態度だと、女子にモテませんよ」

背後からの声に、手だけ挙げて応えた。

24

「尾崎さんのアパートに、行ってもいいですか？」

尾崎陽一こと呉宗秀は、顔を上げた。泉野由佳里からの思い掛けない言葉。喫茶店から出たところだった。勘定は、宗秀が払った。由佳里は割り勘を申し出たが、断った。日本の若い男なら、ここは全額出す場面だ——《平壌学院》でも聞いたことがある。

「まだ、時間ありますし」由佳里は続けた。「私のアパート、結構離れてるんです。お聞きしたところだと、尾崎さんの方が近そう」

住所は、由佳里に告げていた。この後は、居酒屋《石清水》に行くつもりでいた。横浜駅西口の支店。バイト先の桜木町店とは離れている。関係ない日本人を居室に入れる——禁じるルールはない。言うまでもないからだ。黒井凜子は一応、《補助工作員》だった。かと言って、強硬に反対するのも不自然。見られて、困る物もない。

「御迷惑だったら」由佳里が、慌てたように付け足す。「でも、まだ居酒屋に行くには時間が早いし。どこかで、時間潰せないかなって考えただけですから。気にしないで下さい」

「いいですよ」

結局、そう答えた。揃って、相鉄線に乗った。十数分も揺られれば、最寄りの和田町駅に着く。一緒に降りて、アパートへと歩いて行った。

「やっと帰って来た」聞き覚えのある声。見覚えのあるシルエットが立ち上がる。「誰、その女？」

黒井凜子。宗秀は、思わず呟いていた。「……マジかよ」

「お邪魔でしたあ？」凜子が、顔を突き出してくる。いつも通りの制服姿で、奇妙な表情を浮かべていた。「ごめんなさいねえ」

何か腹立つ——宗秀は、大きく息を吐いた。

凜子を見ると、由佳里は目を丸くした。宗秀は、頭をフル回転させた。まさか《補助工作員》だと紹介する訳にもいかない——しても分からないだろうが。「……あ、親戚の子」

「従妹《いとこ》の凜子ですう」甘えたような声を出した。「もう、お兄ちゃん。デートなら、そう言ってよ。これじゃ、何か小姑《こじゅうと》みたいじゃない」

「……そ、そんなンじゃねえよ」何とか、声を絞り出した。怒鳴り付けたいのを堪《こら》えつつ、調子を合わせてくれたことに安堵していた。賢い娘だ――クソガキだが。

「じゃ、私帰りますう」凛子が微笑った。あからさまな作り笑いだ。「じゃね、お兄ちゃん」

「あ、私が帰ります」由佳里が、慌てたように言った。宗秀の方に向き直る。「親戚の方と約束があるなら、言って下さったら良かったのに。すみません。何か、気を遣わせちゃったみたいで」

「……いや、そういう訳じゃあ」

「今日は帰ります」由佳里が頭を下げた。「また、話聞いて貰えますか?」

「勿論」宗秀は答えた。「また、連絡します」

ありがとうございます、と言って由佳里は歩き出した。途中、凛子と視線が絡み合った。一瞬、足が止まる。宗秀は、二人の顔を見較べた。何を言い、どうすればいいのか――まるで分からなかった。背中を一筋、汗が流れ落ちる。

凛子が宗秀の腕を取り、進み始める。「行こ、お兄ちゃん。お母さんから届け物あるから」

部屋の鍵を開けながら、由佳里の方へ視線を向けた。向こうも、こちらを見ていた。視線が合うと、微笑って頭を下げてきた。同じようにした。歩き出した由佳里の背中を見ながら、息を吐いた。脇腹を、肘で突かれた。

凛子が、こちらを睨んでいる。「早く開けろよ」

宗秀は舌打ちした。


「何しに来たンだよ？」

成り行きで、またアパートに上げてしまった。

「来ていいって言ってたじゃん」

「言ったけど、そのときは携帯に連絡しろとも言ったよな」

「したよ」凛子が口を尖らせた。「出なかったけど」

「あ？」先日渡した《トバシ》の携帯——置き忘れていた。「ああ」

「ああ、じゃないよ。全く」凛子は、大きく舌打ちした。「何度も電話したのに、返事ないから心配になって来てみたら、女連れ込もうとしてやがンの。何やってンの？」

「いいだろ、別に」

「工作員のくせに、何ナンパとかしてンの？　それも、任務な訳？」

「そうじゃねえ、言《っ》ってんだろ」

「だったら、何だよ？」凛子が、奇妙に顔を歪める。大袈裟に、首を左右に振って見せた。「全く、けしからんねえ。たるんどるンじゃないかい？　本国の委員長様はお怒りだよ、君ィ」

「ふざけんな。で、今日は、何なンだよ?」

少し真顔になった。「……リーダーのこと、何か分かったかなと思って」

「あ?」リーダーこと新川公彦——スパイクの手触り。調べるまでもない。「ああ」

「〝ああ〟とか、気のない返事ばっかり。やる気あンの? ちゃんと調べてくれた?」

「調べたよ」他に言いようがない。「もう少し時間が掛かりそうだ。粛清とかだと、調べてもすぐにどうこうできるモンじゃないし」

「何か、頼りないなあ」大きく息を吐いた。「まあ、いいけど。それより……あの女、マジで何?」

「え?」何なのだろう。自分でも分かっていない。「何でもいいだろ」

「彼女?」

「違う。知り合いだ、ただの」

「ふうん」納得したような顔には見えなかった。「拉致でもするつもりかと思った」

本気か/冗談か。「おれは、そっちの担当じゃない。やったこともないしな」

「でもさ。宗秀なら韓流ババアとか、観光バス単位で拉致できンじゃない? 見た目もいいしさ」

「イケメン、か?」

「どこで、そういう言葉覚える訳？」凜子は、口を尖らせたままだ。「とにかく、携帯は持ち歩いといてよ。そっちが言い出したんだからね」

「分かったよ」宗秀は、置きっぱなしにしてあった携帯を手にした。「悪かった」

凜子の顔が明るくなった。「そうだ。いいこと考えた」

「何だ？」コロコロ機嫌が変わるので、ついて行けない。

「緊急時の暗号、思い付いた」上機嫌で続ける。「工作員っぽいでしょ」

「遊びじゃないんだけど」

こちらの抗議など、意に介する風もない。「メールならさ。すぐ出られなくても大丈夫じゃん。後で読めばいい訳だし」

「緊急なら、後から読んでも意味が……」

脇腹を肘で突かれた。「うるさいなあ。いいんだよ。気分の問題だから、気分の」

「はいはい」素直に従った方が、面倒がなさそうだ。「どんな暗号にすンだよ」

「〝ｙｓｋｅ〟」

「何だ、それ？」

「山下公園の頭文字」得意気に話す。「分かる？　山のｙに下のｓ、公のｋと園のｅ。そのアルファベットの後に、四桁の数字を入れるの。１７３０なら、一七時三〇分の意味。そのメールが入ったら、指定の時間に山下公園のベンチまで来て。初めて会ったトコ」

「つまり、〝ｙｓｋｅ１３４５〟なら、〝一三時四五分に、山下公園で〟って意味か」

「そういうこと」腕を組んで、何度も頷く。「呑み込みが早いじゃん。待ってるから、必ず来てよ」

「何か、チャラくね？」

「一々文句が多いんだよ。女の腐ったみたいにさ。北朝鮮の男って皆、そんな風に女々しい訳？」

「分かった、分かった」宗秀は折れた。「それで行こう」

満足そうに、頷く。使うことはないだろうが、邪魔にもなるまい。

「じゃあ、暗号も決まったし。私も帰ろうかな」凜子が立ち上がった。「彼女によろしく。心配しなくても邪魔したりしないから。応援してるよ」

「だから、違うって」

「はいはい」凜子が、三和土で靴を履く。「またね、イケメンさん」

そのまま外に出て行った。宗秀は舌打ちし、大きく息を吐いた。

来栖惟臣が自宅に着いたときには、午後一〇時を回っていた。最近では、早い方だ。徐大淳を罠に嵌める段取りは、ある程度だが付いた。受け渡し方法が曖昧なままでは、細部まで詰めることはできない。ある人物の了承が、得られただけだった。

午後七時過ぎ。来栖は、県警本部から少し離れた喫茶店に居た。相手が、指定した時間と場所だった。

向かい側で、腰を下ろしている。全身がごつい男。身長は同じくらいだが、肩幅や胸板は倍あるように見える。白いポロシャツが、はち切れそうだ。一〇月でも半袖が似合う。組んだ長い足には、茶色いスラックス。顔は四角く、頭は角刈り。元は甘いマスクで、繊細な印象さえあった。特定の対象を相手としている内、合わせるように印象が変わっていった。

福居《ふくい》健史《たけし》。神奈川県警刑事部組織犯罪対策本部薬物銃器対策課警部補。同期きっての二枚目だったのは、昔の話。今は道を歩けば、ヤクザが避けて通る。典型的なマル暴だった。

「何だ、急に呼び出して」福居は、足を組み直した。「随分ご無沙汰だ。忙しいんじゃないのか？」

「忙しいのは、お互い様だろ」来栖は答えた。「手伝って欲しいことがあるんだ」

閉店まで一時間。注文したブレンドとアメリカンは、既に届いている。店内には、二割も客は居ない。二人は、隅の席に座っていた。店内が見渡せる。県警関係者は皆無——好都合だ。

親しい同期はいない。公安に行くと、程度の差はあれ誰でもそうなる。捜査一課の赤木久也も、弱みで動かす情報源に過ぎなかった。福居とも、会えば挨拶を交わす程度。それでも、自分と似たものを感じていた——目的のためには、多少の横紙破りも気にしない男。

「手伝って欲しいって」福居は、怪訝な表情を浮かべた。「何を?」

「二〇〇キロの《北モノ》、欲しくないか?」

「シャブか」福居の眉が、微かに動いた。「どこから?」

「徐大淳」来栖は、視線を逸らさない。「知ってるか?」

「《コリアン・マフィア》」目の奥を窺われている。「前は、薬物関係でもヤンチャしてやがったから、ウチも追ってたが。今は、せいぜい《ネトウヨ》のデモに嫌がらせする程度だろ?」

「ルートは復活させた」

「何故?」

「ちょっと、徐に用があってね」来栖は、ブレンドに手を伸ばした。「それで、取引をまとめた」

「囮捜査か？」福居の頬が、一瞬震えた。「馬鹿なことを。そんな真似をしても挙げられないぞ。県警に恥をかかせた挙句、自分も叩き出されるのがオチだ」

「まともに送検するつもりはないさ」コーヒーを飲んだ。福居の顔。怖《お》じている様子はない。「訊きたいことがあるんだ。脅せればいい。だから、徐の身柄は渡せない。こっちで預からせて貰う」

「あ？」福居の表情が、初めて大きく動いた。「何だ？　こっちは、無料《ただ》働きか？」

「シャブは、丸ごとやるよ。お駄賃、手土産。どっちとしても充分だと思うけどな。それと、結果が出るまで、上には言わないで欲しい。お前の班だけで、動いてくれると助かる」

福居を窺う。顔は元に戻っていた。無表情。沈黙が流れた。来栖は待った。向こうも考えている。公安が仕掛けた罠——違法捜査。動くに値するか／危険はないか。損得勘定も重要だ。旨味がなければ、手駒を動かすことはできない。

「……いいだろう」福居の表情は変わらない。「当面、おれの班だけで当たる。で、どうする？」

後は、分かっている範囲で打ち合わせて別れた。

来栖は、関内にあるアパートメントに住んでいた。中華街からも離れていない場所だ。本格的な洋風の造りだが、相当古びている。港街の名残――遺跡と言ってもいい。

携帯が震えた。

塚原章吾――闇金。「あんたからの着信があったから」

徐からの連絡後、何度か連絡していた。「どうして出なかった?」

「従業員と呑んでたんだよ」塚原は、不機嫌そうに答えた。「で、何?」

「例の取引だ。明日の夜七時。馬車道だ。一〇分前には来い。到着したら連絡しろ」

「面倒臭えな。あんたに全部任せて、おれは自宅待機って訳にはいかねえの?」

「マジで言ってンのか?」来栖は、口調を変えた。鋭く重い声。

「……分かった、分かった」塚原は折れた。「冗談だよ。言ってみただけさ。でも、パクられたりしねえよな。信用してるから、この話に乗ったんだぜ。そんなことになったら、洒落になンねえぞ」

「心配ない。一旦連行されるぐらいのことはあるだろうが、すぐに釈放さ」

「頼むぜえ」塚原は、懇願口調になっていた。「言われた通りにはするから。後これを最後にして、おれを解放してくれると助かるンだけど。あの外人にも言ってくれよ」

「自分で、《ビル爺》に頼むんだな」

《ビル爺》――CIA。大事な財布を手放すはずもない。

アパートメントのエントランス。人影が動いた。「……じゃあ、また明日」

携帯を切った、目の前に、成海果歩が立っていた。

来栖は、成海を自分の部屋に上げた。外観のレトロさに較べて、中は狭いだけだ。家具も多くない。殺風景な部屋。椅子とテーブルは、キッチンにしかなかった。そこに座らせた。

「ビールでも呑むか?」冷蔵庫を開けた。《ハイネケン》が数本入っている。緑色の瓶を二本、手に取った。栓抜きは、テーブルの上に放り出してあった。栓を開けて、手渡す。「今日は、何だ?」

成海は、ビールを受け取った。「徐大淳に会っている理由は、何です?」

「しつこいな。答えないことは、もう身に染みて分かってるだろ?」自分の瓶も、栓を開けた。一口呷る。「そんなことのために、わざわざ人の家まで来たのか?」

「一応、一緒に捜査している訳ですから」

「それなら言わせて貰うが、徐の娘のことは、そちらも伏せていた。お互い様だろ?」

「私のは、正当な情報収集活動です。来栖さんの行動と一緒にしないで下さい」

「どこが、どう違う?　〝自分を棚に上げる〟って言葉知ってるか?」

「私は、きちんと承認を得た上で動いています。徐大淳の件、上には一切報告していませんよね」

「報告はするさ」向かい側に、腰を下ろした。「成果が出たときに。それまでは、伏せておく」

「何故？」

「《水漏れ》だよ」ビールを呑む。「どこかから情報が漏れてる。組織内に、北の《モグラ》が居る可能性がある。徐は貴重な線だ。事前に潰されたくない。そっちも、気付いてると思ってたが？」

　来栖の問いに、直截には答えなかった。「……情報漏れの件は、確かなんですか？」

「おれが、《北朝鮮ハイジャック・チーム》のリーダーである新川公彦の線を追い始めた途端に、奴は消された。救対組織の《アザミの集い》で高見雅春に会った直後に。それまで警察内部でしか、この話はしていない。おれの動きが殺害の動機なら、組織内から漏れたことになる」

「県警内部からと、お考えですか？」

「その可能性もあるが、報告自体は警察庁《サッチョウ》の警備《ビ》局長まで上がってる。その途中で、何人の手を経てるか。どこから、誰が漏らしてるかなんて想像も付かない」

「全員の〝洗濯〟が必要だ、と？」

「そんな暇ないだろ？　関係者全員の《基調》と《行確》など、不可能だ。何人いると思う？」

　新川報告に関わった者全員の基礎調査と行動確認。時間も手間も掛かり過ぎる。《モグラ》として追及するなら、決定的証拠が必要となる。到底、テロの期限には間に合わない。

「それで、徐の件を上に伏せてるのですか？」成海は、ビールを呷った。瓶からラッパ呑みだ。「そんなの単独行動、いえ独断専行の理由にはなりませんよ」

「言い訳はしない」成海を見た。視線がきつい。「結果さえ出ればいい。過程は問題じゃない」

「何年、警察に居るんです？」成海が、微かに口元を曲げた。嘲りの色が混ざっていた。「そんな子供じみた言い草が通るとでも？　逆ですよ。結果は重要じゃない。重視されるのは、過程です。上を無視して結果を出しても、握り潰されるのがオチ。評価などされません」

「おれの評価など、どうでもいい」

「じゃあ、何のために、そこまで熱心に動いてるんです？」

「テロを阻止するためだ」

「〝国民の生命と財産を第一に〟」音に出して、鼻を鳴らした。「それこそ、信じられませんね。入りたての新採じゃあるまいし。そんな初心《うぶ》には見えませんけど」

「失礼な。これでも順法精神を重んじる立派な警官だと思ってるんだがな、自分では」

「優秀な方とは思いますよ」成海は微笑んだ。「立派な警官かは知りませんけど」

「優秀か」唇を曲げた。「あんたもな。徐の娘を使うのが、正当な捜査活動とは思えないが」

「私は、《国テロ》の北朝鮮担当です。当然、徐大淳も視察対象としています」

「で、未成年者を使うのか？　実の娘を獲得・運営して？　明らかにやり過ぎだろ」

「それでも、法に反している訳ではありません。対して徐大淳の件は、まともな捜査ではないでしょう？　違法か、それに近い規則違反を伴うものでは？」

「課長代理に告げ口するか？」ビールを呑む。「お前、そういうタイプだよな。男子が悪さしてたら、すぐ先生にチクる奴。そっちも、学生の頃はモテなかったろ？」

「半分だけ正解です」成海もビールを呷った。「先生に、よく報告はしました。密告ではなく。馬鹿な男子が多くて。後は、間違いです。モテなかったなんてコトはありません。貴方とは違って」

「なるほど」来栖は、首筋を掻いた。「おれに関しては、認めるよ。女子に人気のある方ではなかったな。お陰で、未だ女に免疫がない。そんなダサい男の自宅に、モテモテで魅力たっぷりなあんたがやって来る。男は舞い上がり、目をハート形にして何でも喋るだろう。そう思ったか？」

成海が、ビール瓶をテーブルに叩き付けた。立ち上がる。「帰ります」
踵を返した成海の右腕を、来栖は背後から摑んだ。振り返らせて、唇を合わせた。
時間にすれば、ほんの数秒。先に唇を放したのは、来栖だった。視線が絡み合う。
黙ったまま、成海は右の平手を振るった。抵抗せずに、受けた。頬が痺《しび》れる。その手
を摑んだ。左腕も摑み、キッチンの床へと押し倒していく。再び、唇を重ねた。
今度は、少しだけ時間が掛かった。来栖が顔を上げる。「言ったろう？　免疫がな
いんだ」
成海が、上半身を持ち上げた。今度は、向こうから唇を重ねて来る。再び離れたと
きには、薄く微笑ってさえいた。「その割には、慣れてますね」
「お陰様で」来栖は言った。「もう少し、抵抗するかと思ったけど」
「もっと柔らかいところにして下さい」成海は言った。「ここだと、背中が痛いので」

「来栖さんは、どうして警官に？」

来栖と成海は、並んで横たわっていた。シングル・ベッド。少しでも身体を動かす
と、ずり落ちそうになる。一〇月とは言え、裸では少々肌寒い。

「おれは……」来栖は、天井を見上げる。「力が欲しかった」

「力？」

「生まれも育ちも、あまり良くなくてね。そんな考えを持つようになった」

「それが、《クルス機関》のルーツですか？」口調は軽いが、嗤ってはいない。「それで、情報収集のためには手段を選ばないようになった、と。外国人スパイまで、手玉に取るほどに」

「必要なのは、情報だ」

「………」

「ミサイルを何万発揃えたところで、何も守れはしない」来栖は続けた。「情報がない限り、な。ある外国が、挑発行為を行ったとする。本気で核をぶち込んで来るほどイカれたか、それともハッタリか。前者なら、最新防衛設備が必要になる。金を惜しんでる場合じゃない。しかし、後者なら？　そこに正確な情報がないと、ビビって無駄な防衛費をレイズさせられる羽目になる。少子高齢化、格差や貧困、防災・減災対策。課題山積の、この国でな。予算は行き届かず、国内情勢は不安定になり、国力は削《そ》がれる。その外国は、簡単に日本を国際社会から蹴り落とせる。自分の手を一切汚さずに、だ」

「……なるほど。分かる気はします」成海の反応は、正直意外だった。「でも、なぜ独断で？　誰かと一緒に動いた方が、効率的では？」

「諜報の世界は騙《だま》し合いだ」来栖は吐き捨てた。「誰も信用できはしない。一人でやるしかないのさ。だからこそ、とことんまでやる。単独で半端な真似をやると、命取りになりかねない」

「私も、信用できませんか？」

少し考えた。「……例外はない」

「胸がキュンとするようなセリフですね」大袈裟に鼻を鳴らした。「徐の娘、梨花を獲得したとき、彼女は学校で酷いイジメに遭ってました。横浜市内でも、有数の私立女子高に通っています。二年生です。在日コリアンであることは伏せて、通学していたそうです」

「その話は、聞いたことがある」徐宅での会話を思い出していた。

「彼女は、自分が在日コリアンであることをクラスメイトに告白しました」成海は続けた。「理由は分かりません。自分のルーツを隠し続けることに疑問を持ったのか、それとも父親への反発からか。徐も近所では、通名の〝達川〟で日本人として通ってますから」

「思春期の娘を、理解できないようだった。お前なら分かるだろ？　女同士だ」

「女子高生のことなんか分かりません。若くもありませんし。女ではありますが」

「そうじゃないかとは思ってたよ」来栖が嗤うと、腕を軽く殴ってきた。「それで？」

「告白当初は、クラスメイトも戸惑っていたようです。どう接したらいいのか、分からなかったのでしょう。でも、攻撃は、すぐに始まりました。彼女を《拉致子》と呼んで、仲間外れにしたのです」

「《拉致子》？」来栖は、眉を寄せた。「何だ、それ？」

「在日なら、拉致に関与しているだろう。北朝鮮を手助けしている日本人の敵だと」

「今の高校生は、そんなことマジで考えてるのか？」

「さあ。私には何とも」成海は、首を傾げた。「理由なんか、何でもいいんじゃないでしょうか？　自分達とは違う異物を見つけ出して、排除したいだけ。面白半分に。若いほど、余裕がなくなってるようです。《スクール・カースト》なんて言葉もありますし。学校の中まで、格差社会。子供は、大人の世界を映す鏡なんでしょうね。皆、弾き出されたくなくて汲々《きゆうきゆう》としているみたい」

「イジメなら、昔からあった。学校に、イジメとテストは付き物だからな」

「一段と陰湿化しているようです。ただ、梨花にはイジメがきっかけでできた友達がいます。校内では浮いてた娘らしいのですが。《拉致子Ⅱ》などと呼ばれて、爪弾《つまはじ》きにされているとか。相当逞しい娘らしく、常に堂々としてるって感心してました」

成海は、枕元のビール瓶に手を伸ばした。「ある意味ツイてました。梨花には申し訳ないですけど。㉆が、そういう状況にあったのは。何か摑めればと、偶然近付いただけでしたが」

「嘘吐け。《作業員》が《作業》に当たるのに、対象の《基調》も《行確》も行わないなんてあるか。偶然なんかじゃない。近付く前には、娘の素性や状況を丸裸にしていたはずだ」

ビールを呑んだ。温くなっている。「ビール、換えて来よう」

「いいですよ。勿体ないから」成海は瓶を渡さなかった。

「どうやって、落とした？」

「父親です」成海は、事もなげに答えた。「梨花は自分のルーツや、父親に対して疑問を抱いていました。〝なら、自分で調べてみたらどうか〟と。〝父親が普段、何をしているか〟長年、父親に対して複雑な感情を抱いていたのでしょう。反発はしているが、嫌いな訳じゃない。そんなところでしょうね」

温いビールを口に含む。「自分にも覚えがあるのか？」

ビールを呑み、成海は一呼吸置いた。「私の父は、警察官でした」

成海の横顔を見た。特に表情はなかった。

「警視庁の」成海が続けた。「堅物で、融通の利かない男。当然、組織の中で上手く立ち回るなんて無理。出世には無縁の万年巡査部長。退職まで交番勤務。本人は満足しているようでした。絵に描いたような優しいお巡りさん。家でも、そうです。怒られた覚えないし。遊んで貰った記憶もありませんけど。実直で仕事一筋。家庭のこと

く。温いビールは、舌に纏《まと》わり付く。

も、自分のことまで放ったらかし」

「いい警官じゃないか」来栖は、瓶に口を付けた。温いビールは、舌に纏《まと》わり付く。

「耳が痛いよ」

「私は、嫌」強い口調だった。「母は、数年前に亡くなりました。胃癌です。気付いたときは手遅れでした。父に尽くして、自分の病気にも気付けなかった。父も、後を追うように逝きました。過労と、ストレスからの深酒が原因です。肝不全でしたから」

「…………」

「母のようにはならない」唇の端を噛んでいる。「父のようにも。組織内でも上手く立ち回って、上へと昇っていきます。下働きのままで、終わるつもりはありません。絶対に」

第六章　一〇月一七日——土曜日

26

呉宗秀にとって、鎌倉は初めてではなかった。二カ月前にも来たことがあった。真夏の暑い時期。大仏が観たかった。偶然、TVで見た。くだらないグルメ情報の、ついでのように紹介されていた。何故か、心魅かれた。奈良の大仏も観たいが、そんなチャンスは訪れないだろう。

観光名所とは、逆の方向に歩いていた。国道からも逸れ、小さな車道沿いに進んで行く。寂れた一画だった。白いTシャツにジーンズ——道に迷った観光客にでも見えれば、幸いだ。

数分進むと、廃モーテルが見えてきた。潰れて、二年以上が経過している。二階建てだが、屋根が高い。雑草が繁茂し、廃屋の趣だった。有名な心霊スポット。女のうめき声がする——絞殺された女の霊とか／飛び降り自殺した女の霊とか。様々な噂／いわくつきの物件。未だに買い手が付いていない。

建物に近付いて行った。入口は、チェーンで封鎖。〝売物件〟の文字と、不動産業者の看板。門は、黒い鉄格子だ。コンクリート塀が、左右に広がっている。右手に歩いて行く。

一〇メートル弱歩くと、勝手口があった。鉄製のドアは蝶番《ちょうつがい》から外され、立て掛けられている。肝試し目的の若者が、入り込むためらしい。警察の注意も、効果は上がっていない。

「どこにでも、阿呆《あほう》ってのは居るからな」白竜海が言っていたことがある。「特に日本の若い連中ってのは、どうにもならねえ。実に、性質が悪い」

廃モーテルの心霊情報自体、白がネットに流したものだった。人を寄せ付けないため——逆効果になっていた。敷地内に足を踏み入れ、指定された場所へ。時刻は、午前九時三〇分を過ぎている。舗装の割れ目から、雑草が芽吹く。踏みしめるように歩いて行った。建物は元々クリーム色をしていたようだが、色褪せてベージュに近い。円を描くように、客室が配置されていた。一階は駐車場。セットになった二階が客室。駐車場に扉はなく、暗闇が口を開ける。秋晴れの陽射しが、影の暗さを際立たせる。指定された部屋の、駐車場へと入って行く——九号室。

身を潜めて、待つこと十数分。微かな足音が、耳に届いた。徐々に近付いて来る。

「佐藤《さとう》さん、居るかい?」

佐藤満竹《みちたけ》——白の偽名だった。男の声には、怯えた響きがある。標的は、指定通りに到着した。

昨日、黒井凜子が帰った後に連絡があった。メールで、簡単に暗号化されていた

——〝山下公園で、指令を受け取れ〟山下公園のベンチ。《DLB》。暗号化されたハングル。時間／場所／標的。

男が、駐車場に足を踏み入れて来た。宗秀は、背後に回り込んだ。気配を感じたのか、背中が微かに震えた。左腕を首に巻き付け、右掌で後頭部を押さえる。瞬時に、力を加えた。男の頸骨が砕ける。大きく一つ痙攣して、そのまま動かなくなった。絶命した身体を、暗闇の奥に横たえた。体格のいい男だった。身長も高い。薄いニットのセーターにスラックスという格好だ。死体と一緒に、更に数分待った。男の名は知らない。佐藤を訪ねて来た人間が標的——指令内容は、それだけだった。別の足音が聞こえた。聞き覚えがある。

「《光明》?」朝鮮語。白の声だった。「済んだか?」

「ああ」宗秀も、朝鮮語で答えた。「出ても大丈夫か?」

「おれ以外には、誰も居ない」

宗秀は、足を踏み出した。小太りの男。カーキ色のジャケットに、薄いグレーのスラックス。黒いTシャツ。真ん中分けの髪が、丸い顔の上に乗る。白竜海だった。朝鮮人民軍総参謀部偵察総局工作員。サイバー関連の専門家で、《プランK》の技術面を担当。他の工作員や、《補助工作員》の手配も行う。田窪洋平／尾崎陽一の死体処理も仕切った。年齢は上だが、《金正日政治軍事大学》で共に訓練を受けた。体力面では劣るものの、頭脳の優秀さには舌を巻く。

「死体は？」

「奥に転がしてある」白の質問に、宗秀は答えた。「あの男は、何者だ？」

「防衛省の職員さ。《プランK》では重要な役どころだったが、用が済んだんでね。始末して貰った」

役どころとは何なのか——訊かなかった。《プランK》には、それぞれの役割がある。自分一人で、動かしている訳ではない。「死体は、どうする？　このまま放置しておくのか？」

「後で、人を呼ぶ。首を折ったんだろ？」

宗秀は頷いた。白も頷く。「OKだ。ここの屋上から、投げ落としておく。肝試しに来た馬鹿な若造辺りが、見つけるだろう。事故か、自殺か。それとも殺人か。警察も、すぐには判断できないはずだ」

判明した頃には、《プランK》は終了している。「レーザー・サイトはできたのか」

「ああ」白は、ジャケットのポケットに手を入れた。「これだ」

会議等で使うペン型のレーザー・ポインタ。そこ等の文具屋で売っている安物だ。後部から、五〇センチ程度のUSBケーブル。「ここを、PCに接続して使うんだ」

宗秀は眉を顰めた。「正気か？　こんな物で大丈夫なんだろうな？」

「我が国の技術をもってすれば、な」

「本気で言ってるのか？」

「心配するな。使っている機器は、全て日本製だ」

上層部に聞かれたら、反逆罪に問われるような会話。二人の間では、自然にできた。

「まだ微調整中なんでね。ノート型で充分だからな。接続するPCと一緒に、後で渡す。明日、決行当日の朝になるだろう。持ち運びや、受け渡しの心配は要らない」

「任せるよ」宗秀は、白を信頼していた。

「そっちは、順調か？」

白が訊いてきた。少し心配そうな顔をしている。

「問題ない」順調——黒井凜子／泉野由佳里。「夕方、最終の打ち合わせがある」

「分かった。事態が変わったら、すぐに連絡しろ」

宗秀は頷いた。白も、満足そうに頷き返す。「もうすぐ、《父上》に会えるな」

《父上》——太道春。白を紹介したこともあった。もう一度、宗秀は頷いた。

「きっと、お喜びになるだろう。一緒に報告できる日を、楽しみにしてるよ。……よし、早くここから消えろ」白は、手を振った。「後は、やっておくから。任せとけ」

頷いて、踵を返した。与えられた役割に、集中すべきだ。自分に言い聞かせた。

27

中華街に着いたときには、午前一〇時を回っていた。

今朝目覚めると、成海果歩の姿はなかった。来栖惟臣はベッドから起き上がり、寝室を出た。キッチンのテーブルに書置きがあった——〝先に出掛けます　果歩〟。

シャワーを浴び、身支度を整えてから自分のアパートメントを出た。懐で、携帯が震えた。熊川亘だった。「待ってたぞ。遅かったな。今、どこだ?」

「自分のアパートです」

「揃ったか?」

「勿論」熊川は、得意気に答えた。「どこで渡しましょうか?」

「《カモメ第三ビル》の一ブロック手前に、コンビニがあったな」

「ああ、あの……」熊川は、コンビニエンス・ストア・チェーンの名前を言った。店内に、飲食できるコーナーが設けられている。「朝飯食いながら、待ってますよ」

「そうしてくれ。午前九時には行くから」

「了解」熊川は、携帯を切った。

懐に仕舞おうとすると、スマート・フォンが再度震えた。成海だった。「今、どこにいる?」

「ホテルを出たところです」成海は答えた。「今朝、一度戻ったので」

「どうして、そんな面倒なことを？」

「昨日と同じ服だと、周りから色々勘繰られるじゃないですか」

来栖は、黒の上下に赤みがかったシャツ。タイはない。違うのは、シャツの色くらいだ。「へえ」

「そうですよ」と成海。声が、少し明るかった。「女は、そういうところに気を遣うんです。その辺が理解できないと、モテるようにはなりませんね」

嬉《うれ》しそうに笑った。来栖は、鼻を鳴らした。成海は訊いた。「今日は、どこに行けば？」

「中華街だ」来栖は答えた。「昨日と同じ場所」

「また、あの中国人スパイに当たるつもりですか？」

「そうだ」怪訝そうな成海を無視して、続けた。「じゃあ、午前一〇時に」

来栖は、携帯を切った。


張偉龍は昨日と同じ、中洋折衷のカフェに居た。席も同じ、屋外のオープン。服装まで一緒だった。真っ白なスーツに、赤いタイ。「あの男は、いつもあそこに座ってるんですか？」

成海も変わらない。黒いパンツ・スーツに、白いブラウス。「マジ着替えて来た？」

「え？」成海が顔を上げた。「全然違うじゃないですか。ホント鈍いんですね」

「それは、失礼」来栖は、携帯を取り出した。張の番号を呼び出す。番号は交換してあった。互いに、必要になることもあるからだ。三コールで、相手が出た。

「しつこいな、あんたも」張は言い放った。「役には立てないと言ったはずだ」

「《公調》の視察が張り付いてるぞ」

公安調査庁。張は、周囲を見回したりはしなかった。一瞬だけ言葉が途切れ、返事が少し遅れただけだ。「……狙いは、何だ？」

「あんたと、仲良くお話がしたいだけさ」来栖は答えた。「ヒモなしで」

「……《華々飯店《かかはんてん》》って、北京料理屋知ってるか」

有名な店だった。グルメ・ガイドにも、度々登場する。構えは小さいが、本格的な北京料理店だ。素朴な家庭料理に定評があった。知っている、と答えた。

「あそこに来い。心配要らない。あれは、おれの店だ」

「《華々飯店》が、あんたの経営とは知らなかった。手広くやってるってのは聞いていたが」

「ほんの一部さ。先に行っておいてくれ。店には、話を通しておく」

電話は切られた。張が、右手を挙げるのが見えた。タクシーを停めたようだ。

張がタクシーに乗り込むと、途端に動き出す車があった。ワン・ボックス・カー一台に、乗用車が二台。公安調査庁の視察だろう。走り去ったところで、成海に声を掛ける。「行くぞ」

「《華々飯店》って、張の経営ですか？　学生の頃、行ったことがありますよ」

「最近、買収したんだろう。あそこは老舗だからな」

中華街を歩く。時間が早いためか、幾分静かだ。昼どきや夜なら、喧騒《けんそう》と煌《きら》びやかさが増す。

中華街大通りから、細い路地へ。小さめの飲食店が並ぶ。まだ開いている店は少ない。《華々飯店》も、準備中の札が掛かっていた。構わず、ガラス戸をノックした。

「来栖という者だ」

中から、人の動く気配がした。ガラス戸が開けられた。小柄で、目の細い男が顔を出した。齢は三〇前後か。白いコック用の服を着ていた。無愛想に言った。「社長から聞いてる。入って待て」

店内は薄暗く、さほど広くない。テーブルが、八脚ほど並んでいるだけだ。この狭い店が開けば、表に長蛇の列ができる。男が、一番奥の席を示した。「そこに座れ」

並んで、腰を下ろした。成海が口を開いた。「御馳走してくれそうな雰囲気じゃないですね」

「招かれざる客だろうからな」

店内には、他に誰も居ない。一〇分以上経過し、張が顔を出した。「待たせたな」

「まいて来た」張が、向かいに腰を下ろす。流暢な日本語で続ける。「で、何だ？

《公調》の視察は？」

まさか、《公調》のマークをリークしたぐらいで、貸しができたとは思ってないよな。

それとも……」

成海に、視線を向けた。「餌《えさ》は、そちらのお嬢さんかな？」

「あんまり旨くないぞ」来栖も、成海を見た。「警察庁《サッチョウ》の《国テロ》だ」

成海が、張に目だけで挨拶した。こちらに、鋭い一瞥が向けられる。無視した。

「……なるほどねえ」張は、何度も頷いた。「それじゃあ話すことはないね。時間の無駄だったな」

「待てよ」来栖は視線を上げた。「東村海人《ひがしむらかいと》って知ってるだろ？」

張の表情は、変わらなかった。一瞬だけ下瞼が震えたのを、来栖は見逃さなかった。

「パソコンはあるか？」来栖は、張に訊いた。

「どうして？」

答えずに、来栖はＵＳＢメモリを右手で翳した。一時間前に、熊川から渡されたものだ。成海の視線が動いた。こちらの手を見ている。

奥の厨房へ、張は声を張り上げた。早口の中国語だった。先刻の小柄な男が、ノートPCを手に戻って来た。引っ手繰るように受け取り、張は起動を始めた。

「東村海人は」PCを見つめる張を眺めながら、来栖は続けた。「針子《はりこ》電子の社員だったな。中堅どころの電子メーカーだが、成長著しい会社として有名だ」

張は答えない。PCが、まだ起ち上がらないようだ。微かな苛立ちが、表情から見て取れた。

「中でも針子電子の売りは、極秘開発中の次世代半導体だ。東村は開発チームの一員で、若手のホープだと言われている。まだ、二八歳なのに。大した奴さ」

右手を伸ばしてきた。こちらの話など、全く聞いていないような素振りだった。USBメモリを渡してやった。PCに接続し、タッチ・パッドでデータを開き始める。

「そんなエリートが、たまたま熱烈な親中派で中国語も堪能《たんのう》。きっかけは『三国志』。相当のマニアで、何度も縁《ゆかり》の地目当てに中国へ旅行している。大学時代には、留学経験もあるそうだな」

PCのディスプレイに視線を据えたまま、張は一言も発しなかった。データが開いたのだろう。眼球が、上下に動き始める。来栖は、口元を歪めた。

「東村はある日、一人の中国人と出会う。若きエリートは、日本の研究体制に不満を持っていた。中国男は、言葉巧みに誘い込んでいく。次世代半導体が狙いの工作担当官《ケース・オフィサー》だったからだ」

返事はなかった。表示されたデータを読み終えたのだろう。眼球の動きも止まっていた。

「東村は、協力を快諾した。いや、多少は抵抗したかな？　怪しまれないように。結局は、男の言いなりになる。そして、スパイ野郎は次世代半導体の情報を入手し始める。そんな都合のいい話が、あると思うか？」

来栖は、少し身を乗り出した。「罠だよ、《公調》の」

張の肩が、微かに震えた。成海は、双方の顔を見較べている。

「《ＰＳＩＡ《ピーシア》》の？」張は、公安調査庁を英略称で呼んだ。日本語に堪能でも、英語の方が舌に馴染むようだ。「これは、どこから手に入れた？」

「話さないのは、知ってるはずだ。あんただって、そうだろ？」

「データから見て」ＰＣに目を落とす。「《ＰＳＩＡ》のサーバーをハッキングしたってところか」

来栖は軽く、首を傾げて見せた。昨日、熊川に命じた。公安調査庁のサーバーをハッキングしろ——張を視察する狙いを探り出せ。奴にとっては、朝飯前の芸当だった。主だった企業／官庁は、全てハッキングしたことがあると言う。セキュリティ・ホールの位置も把握している。

成海は口を開かない。成り行きを凝視している。張が居なければ、質問の嵐だったろう。

「何のために、《ＰＳＩＡ》はそんな真似を？　《公調》に、逮捕権はないはずだ。あったとしても、何の罪に問える？　我が中国とは違い、スパイ行為を直接罰する法律も存在しないこの国で？」

「そうだな。お宅の国には、《反スパイ法》がある。これが中国だったら、とっくにブタ箱だ。だが、産業スパイに関しては、日本でも法改正が行われた。知ってるだろ？　それに、あんたは表向きジャーナリスト兼実業家だ。外交官じゃないから、特権もない。その点、他国のＣＯとは毛色が違う。微罪でも訴追はできるさ。あんたの諜報員生命は終わりだ。《公調》としては、その東村を懐深く潜入させて情報を取るか、あんたを嵌めてダブルにするか。そんなトコだろう」

日本企業の最新技術を盗み出すのは、中国人諜報員の通常業務と言える。社員等の獲得・運営も。今回は、逆手に取った形だった。日本側に籠絡されたことを、本国に知られる訳にはいかない。言いなりになるしかなかっただろう。公安調査庁の描いた絵は、精緻かつ卑劣。かなり思い切った策略だ。

「なるほどね」張が、薄笑いを浮かべた。「《ＰＳＩＡ》が、そこまでするとは思わなかったな。で、どうして、そのことをおれに？」

「貸しだよ」

「ほう」張は、ノート型ＰＣを閉じた。ＵＳＢメモリは引き抜き、上着のポケットに収める。「そいつは、どうも。ありがたくて、涙が出る。だが、日本人同士だ。もっと仲良くすることを、覚えた方がいい。お互い、国を守る機関だろ？　縄張り争いや、いがみ合いばかりしているのは感心しないね」

「御忠告、胸に留めておくよ」

「それで、おれにどうしろと？」

「次世代半導体は諦めろ。東村某からは手を引いて、しばらく身を潜めるんだな」

「そうした方が、利口なようだ」ＰＣを摑み上げて、張は腰を上げた。「お気遣い、痛み入るよ。この借りは、いずれ返すから」

「駄目だ」来栖は、立ち去ろうとする張の右腕を摑んだ。「今、返して貰おう」

上方から、張の視線が下りてきた。隣では、成海が張の右腕を見ている。

「あんたは、もう切り札を全部切っちまったんだよ」腕を摑まれたまま、張が口を開いた。「手札をオープンにして。頼まれもしないのに、おれを助ける道を選んだのさ。確かに、おれは罠に嵌まっちまった。間抜けなことにね。素直に認めるよ。だが、誰に、何ができる？　《ＰＳＩＡ》の罠をバラした段階で、詰んでるんだよ。公安も《ＰＳＩＡ》も、おれに指一本触れられない。こっそり国外に出て、バカンスにでも繰り出すことにするよ。あんたの忠告通りにな」

「素敵な休暇をプレゼントするために、ネタをくれてやった訳じゃない」

「へえ？」張は、薄く微笑った。「じゃあ、どうするつもりさ？」

「この件を、マスコミにバラす」

　張の視線が、来栖を向いた。成海の目も、だ。

「一流誌でなくていい」来栖は続ける。「三流ゴシップ誌で充分だ。中国人諜報員が、日本企業の社員をエージェントに仕立て上げようとした。狙いは、次世代半導体。実は、全て日本の公安調査庁が企てた罠だった。読み物としては最高さ。そちらの人民の間じゃあ反日がブームらしいが、その反動で中国嫌いの連中は日本でも相当に増えている。そういう輩は大喜びだろうな。かなりの反響になる。報道は、実名でして貰うよ。あんたの名前は、世界中で轟くことになる」

「そんな与太は、ただの噂にしかならない。誰も、まともに受け止めたりしないさ」

「その通り。ただの噂さ。だが、中国の指導部は、その噂をどうするかな？」

　無言のまま、張はこちらを見つめていた。睨んでいると言ってもいい。

「スルーしてくれればいいがな。御国の共産党や国家安全部は、そんな甘い組織ではないはずさ。連中は、あんたを見捨てる」張の腕を放し、店内を見回した。「サイド・ビジネスも上手くいってるようだし。スパイ稼業なんざ見切りを付けて、第二の人生に歩み出すといい。それが、できればだが。最近の中国は開放路線だし。成功してるビジネス・マンには優しいさ。新しい門出も祝福してくれるだろう。更迭だの粛清だの、前近代的なことにはならないよ。北朝鮮じゃあるまいし」

二人の視線は絡んだままだった。マスコミに流す――結果は、張も身に沁みて分かっている。軽く息を吐き出すと、口を開いた。「……北朝鮮、ね」

「まあ、座れよ」来栖は、手で椅子を指し示した。「遠慮は要らない。あんたの店だ」

短く息を吐いて、張は元の席に腰を落とした。PCをテーブルに置く。「何が、訊きたい？」

「改めて言う必要があるか？」

「北朝鮮のテロ、か」張は、足を組んだ。「おれは何も知らないぞ」

「そんな言葉が聞きたいんじゃない。それこそ与太だ」

「ホントに、何もないのさ。情報と呼べるようなレベルのモノは。だが、ある程度の推測ならある」

推測。中国国家安全部の諜報員が口にする以上、何らかの裏付けはある。「それでもいい」

「あんたの役に立てばいいがね」

張は、口元を歪めた。

「これは、おれが持ってるあらゆるルートから入って来た断片的な情報を繋ぎ合わせて、導き出した推論だ」張は話し始めた。「確たる証拠はないし、テロ計画に直接結びつく訳でもない」

「前置きはいい」

「いいや、付き合って貰う」張は、右手の人差し指を立てた。細かく左右に振る。「でないと、多分あんたも納得しないだろう。おれがするのは、そんな類の話さ」

店内には張と来栖、その隣に成海。昼近くだというのに、薄暗い。

「一つ断っておくが、今回の件に我が国は一切関わっていない。公式には、な」

「じゃあ、どうやって断片的な情報とやらを集めた？」

「公式には、と言ったろ？　全く関わりがない訳じゃない。初めに、一つ訊きたいんだが。日本と中国、それに北朝鮮。これらの国に共通する権力構造の特徴は、何だ？」

来栖は吐き捨てた。「世襲」

「その通り」張が、人差し指を振る。「一番特徴的なのは、うちの《太子党《たいしとう》》だな」

軍部や政界の高級幹部を、親や親類縁者に持つ子弟のことだ。広い意味では、学閥の同窓生抜擢《ばってき》も含まれると言う。現在の中国軍幹部や政府高官に多く、勢力を誇っていた。「北朝鮮には、《烽火組》と呼ばれる一団がある。世襲前衛集団、文字通り世襲の幹部達だ。委員長様の権力基盤を支えていて、北朝鮮版《太子党》なんて揶揄する奴もいる」

「日本と同じだな」来栖は、短く鼻を鳴らした。

「《太子党》や《烽火組》のように名前こそないが、日本の政界を牛耳っているのも二世、三世の世襲政治家だ。東アジアの主立った国は、世襲による一部の限られた人間が権力を独占している」

「違うと思います」成海が口を挟んだ。「日本は、中国や北朝鮮のような一党又は一族独裁ではありません。もっと民主的です。選挙がありますし、政権交代も平和に行われます」

「選挙なら、北朝鮮にだってある」張が、口元を歪めた。「投票率は、日本などより遥かにいい。我が国に脱北して来た連中が、わざわざ選挙のために帰国するくらいだからな。もっとも、脱北してることを当局に知られないためだが」

「選択の余地のない、形式だけの選挙でしょう?」

成海は食い下がった。

「選択の余地?」張は、薄く嗤った。「なら、日本にはあるのか? 選択の余地とやらが? 《地盤》や《看板》を受け継いだ二世、三世ばかりが、権力を独占しているこの国に?」

「あんたの言う通りだよ」来栖は、割って入った。「票田とブランド名。それらを受け継いだ連中が、圧倒的に有利だ。親から子へ。そうした慣習が、日本政界を支えてる。じゃあ、韓国はどうだ？」

「最近は、同様の状況になりつつあるな。元々は、北なんかより政情の荒れた国だった。軍事独裁、クーデターに誘拐何でもござれ。だから核や拉致で評判が地に落ちても、未だに日本には北のシンパがいる。カリスマによって、平和に保たれた地上の楽園。東洋のキューバか。今じゃ笑い話だな。ただ、当時は北朝鮮の方が、韓国より経済力も上だったからな。それ等を喧伝《けんでん》されて、北への帰国事業に乗った在日コリアンは、地獄を見たって話だが」

北朝鮮への帰国事業に対しては、朝鮮総聯を始め日本政府やマスコミまで一丸となって支援をした。帰国した在日を待ち受けていたのは差別と貧困、耐え難い過酷な生活だった。

張が続けた。「今の東アジアは、一種の冷戦状態にあると言っていい。《東アジア冷戦》だな。そいつは、言ってみれば世襲権力者同士のいがみ合いだ。奴等はそうやって非難し合うことで、互いの権力基盤を支え合っている。日本の政治家が靖國参拝する。中韓が、それに反発。日本の政治家が、またそれに反論。そうやってやり合えばやり合うほど、国内での支持率は上がっていくって寸法だ」

「東アジア情勢の講義は、もういい」来栖は、左眉を歪めた。「本題に入れ」

「権力の世襲と」張は、人差し指を下ろした。「実質持ちつ持たれつの各国の対立は、密接な関係にあるってことだ。じゃあ、世襲の権力者が最も嫌うのは何か？」

「国内の敵、か」

「その通り。外国からの侵略でも、領土問題でもない。その手の話は、自分の権力基盤を強化してくれるだけだからな。国境内に、自分達に取って代わる勢力が現れること。世襲の権力者が最も恐れているのは、それさ。なら、勢力を盤石にするためには、どうすればいいか？」

「国境の外に、敵を作ればいい」

「そうだ。だから、東アジアの各国は互いに牽制《けんせい》し合う。日本政府は、韓国や中国が自国固有の領土へ不当に進出していると主張し、韓国や中国は、日本が過去を反省せず軍国主義を復活させようとしていると反発する。だが、所詮は口だけだ。今どき日本が侵略したり、中国や韓国が日本を占領したりすると思うか？　そんな真似したら、世界中から袋叩きだ。その程度の知恵なら、世襲のバカ殿にもある。だが、そのバランスが崩れたら？　ある国で、世襲権力者の足元が危うくなってきたとしたら？」

視線を、来栖と成海に往復させた。「さて、お互いに共通認識はできたようだな。本題に入ろう。日本と北朝鮮だが、この両国に関しても同じ理屈が当て嵌まる」

「持ちつ持たれつの関係だ、と？」

訊いたのは、成海だった。一つ頷いて、張は続けた。「日朝間にも、同様の素地はある。今回のテロ情報も同様だ」

「出来レースか」来栖は呟いた。

「張さんは、仰いましたよね。日中韓の対立は、持ちつ持たれつの結果だと。今度のテロも同じ。そうお考えなんですか？」

「おれの想像や妄想じゃない」成海の問いに、再び右手の人差し指を立てた。「断片的な情報を集約、分析して導き出した結論さ。そう、来栖の言う通りだよ。今回のテロは、出来レースだ」

「北朝鮮は日本にテロをしてやることで、日本政府高官の評判を上げてやろうとしてるってことか？」

「だから、安心していい」張の口角が上がった。「今回のテロは、何万人もの死者が出るような類のモンじゃないはずさ。そうなったら、日本の国力自体を削ぐ結果になっちまう。本末転倒だ。あくまで目的は、世襲の高官が国内における権力基盤を盤石にすることだからな。なのに、テポドンに核でも積んでぶち込まれたりしたら、それどころじゃなくなる」

北朝鮮の核開発レベルは、格段に上がっていると言われている。核弾頭をミサイル類に搭載するには、相当に小型化する必要がある。その難関さえ、クリアしているという噂だ。

「純粋に日本へダメージを与えるなら、特殊部隊を原発に送り込むとか。BC兵器もある」B—生物《バイオ》／C—化学《ケミカル》。カルト集団による《地下鉄サリン事件》は、国民に恐怖の記憶を植え付けた。「だが、そんなことはしない。大規模ながら、深刻かつ甚大な被害は与えないテロ。見た目が派手なだけ。実質的被害は少なく、日本人の心に強いインパクトを与える。そんな、どデカい花火を打ち上げるつもりさ」

「一種のハッタリか」

「そうも言えるな。逆の意味で、サイバー・テロもないな。地味過ぎる。〝また、北朝鮮がやってるよ〟ってなくらいのモンで。日本国民は皆、スルーしちまうだろう」

「だが、分からないことがある」頷きながらも、来栖は訊いた。「北の高官は何のために、そんな真似をする必要がある？　日本のために、そこまでしてやる義理はないだろう。ただでさえ、核や拉致で世界中から顰蹙買ってるんだ。自分で、自分の首を絞めるようなモンだ」

「北朝鮮と日本の関係は、現時点では膠着《こうちゃく》状態だが、それも永遠には続かない。いずれ動きがある。それも遠くない内に。戦後賠償は北朝鮮にとっては勿論、日本にとっても見過ごせない旨味がある。日本にとって、《戦後賠償ビジネス》は奇跡的復興の一因だからな」

「確かに、戦後賠償は単なる謝罪じゃない。対象国は勿論、日本にとっても大きなビジネス・チャンスだった。お前の言う通りさ。戦後日本は、その好機を利用して経済大国へと上り詰めた」

「イケイケ・ドンドンの昭和なら、話は簡単だ。今は、暗黒の平成。安く買い叩きたい日本と、高く売り付けたい北朝鮮。両国の国交正常化が遅々として進まない原因の一つだと、おれは考えている」

「国交正常化と戦後賠償を見据えた上で、日本の政府高官に貸しを作る。自分達が悪役になってまで。それが、北朝鮮サイドの狙いか。委員長様の命令か？」

「さあな」張は、欧米人のように肩を竦めて見せた。「国を挙げての計画か、ある高官が独断で突っ走ってるだけなのか。中国の情報機関でも、北朝鮮の真意は謎だらけなんだよ」

「あんたが分析に使った断片的な情報とやらは、どこから仕入れた？」

「答えないのは知ってるはずだ。あんたのリークに見合うと、思っていただければ幸いだけど」

日本政府と北朝鮮指導部の高官。両者だけで計画が進められるはずがない。何者かが仲介した。可能性が高いのは、中国共産党の高官。恐らく、同じ世襲の《太子党》

メンバーだ。

張が、どこから情報を入手したか——中国も一党独裁とは言え、一枚岩ではない。様々な思惑と利害関係が絡み合っている。諜報員にとって最も価値があるのは、自国の上層部に関する情報だ。

大規模で派手なテロ——日本へのダメージは少なく、インパクトは強い。裏では日本と北朝鮮双方の高官が手を組み、糸を引いている。だが、テロの全容は？　肝心の工作員は？

「断言するよ」張が、右手の人差し指を振る。「今回のテロを立案したのは、日本の政府高官だ。全ての黒幕は、そいつだよ。それだけは、間違いない」

28

「尾崎さん」

呉宗秀が鎌倉から戻ると、泉野由佳里が待っていた。午前一一時を回っている。

「ごめんなさい、突然に」由佳里は、大きなスーパーのレジ袋を提げている。薄いピンクのワンピースを着ていた。「携帯に連絡したんですけど、繋がらなくて」

「……ああ、ごめん」由佳里に知らせてある携帯は、朝から電源を切ってあった。余計な連絡を遮断するためだ——殺しのときは。「で、何？」

答える代わりに、由佳里はレジ袋を掲げた。「一緒に、昼食でもどうかと思って」

自分は、どんな顔をしたのか。訝しげに、由佳里が続ける。「御迷惑でなかったらですけど……」

「……ん？」咄嗟《とっさ》に答えた。「そんなことないよ」

言った後から、自分の状態を反芻《はんすう》する。人を殺めた形跡——微塵《みじん》もないはずだ。

「良かった」由佳里が破顔した。「台所、お借りしてもいいですか？」

アパートに上げる。由佳里は、手早くエプロンを身に着けた。「パスタ、大丈夫ですか？」

「ああ、好きだよ」《父上》——太道春は、イタリアンも好物だった。

「ガーリック入れますけど、構いませんか？　この後、誰かにお会いになるとか？」

「バイトは休みだし。人には会うけど、パスタぐらいなら大して臭わないでしょ」

宗秀の言葉に、由佳里は頷いた。夕刻からは、《日出ずる黄金の国を守る会》本部で会合がある。明日のイベントに関する打ち合わせだ。アルバイトは、一週間の休みとしていた。居酒屋《石清水・桜木町店》——もう二度と行くこともないだろう。「そっちこそ、仕事はいいの？」

「土曜日じゃないですか」由佳里は、微笑って答えた。「……まあ、来週からも行きませんけど」

「どういうこと？」

「辞めたんです」由佳里は、顔を曇らせていた。「て言うか、クビになったって感じ？……昨日の夕方、派遣会社の人から電話があって。派遣先からクレームが来てるって。これ以上ボランティア活動で欠勤が続くようなら、人を替えて欲しい、と」

「別の会社に、派遣して貰えばいい。もっと理解のあるところにさ。何も辞めることないよ」

「そう簡単じゃなくて」目尻を下げた。懸命に、明るい表情を作ろうとしている。「派遣会社も、〃ウチも同じ考えだ。仕事に専念できないなら、辞めて欲しい〃。はっきり言われちゃいました」

「ひどいな……」言ってから、宗秀は困惑した――本気で、そう思っている自分に。「ボランティアって素晴らしいのに。分かってないな。馬鹿な連中だよ。日本人にも色々いるんだな」

由佳里が目を丸くし、くすくすと笑い始める。宗秀は訊いた。「どうしたの？」

「何か、尾崎さん。自分が、日本人じゃないみたいな言い方するので」

宗秀は一瞬、固まった――見抜かれた訳じゃない。「……そうかな？」

怪訝な顔で、由佳里が覗き込んでいる。「ごめんなさい。冗談のつもりだったんですけど……」

「勿論、分かってるよ」感情が顔に出たのか。話題を変えろ。「これからどうするの、仕事とか？」

「いっそ、《寿ライフ・サポート》の会員にでも、なっちゃおうかな。ロクさんにも言われちゃいました。〝会に仕事探して貰え〟って。昨晩、電話くれたときに。つい愚痴っちゃったんですよね」

「そうだよ」宗秀は微笑った。作り笑いではなかった。「今まで、他人のために頑張ってきたんだから。今度は、自分がして貰う番だよ」

「そう言って貰えると、嬉しいです」由佳里も微笑んだ。「じゃあ、部屋で待ってて下さい」

手伝うと言ったが、断られた。テキパキ働く由佳里を見る。鍋を火に掛け、ガーリックと鷹《たか》の爪を細かく刻む。沸騰したら、パスタを投入。フライパンを熱して、オリーブ・オイルを張った。

テーブルへと振り返ったとき、由佳里の動きが停まった。宗秀は訊いた。「……どうかした？」

「……これ、どこで？」由佳里が見ているのは、緑色の紙片。《寿ライフ・サポート》のチラシだ。田窪洋平／本物の尾崎陽一が、自分に渡そうとした。あの晩拾って来て、そのままにしてあった。

「……ああ、それ？」宗秀は、何気ない風を装った。「この前、《寿ライフ・サポート》を見学に行ったときに貰ったものだけど。それが、何か？」

「……違います」小さいが、はっきりした声で由佳里は反論した。「会で配っているチラシは皆、黄色い紙。これは緑色。田窪さんだけが印刷した物なんです。〃自分のラッキー・カラーだ〃と言って。〃経費の無駄だ〃って、他の会員さんと喧嘩になり掛けたからよく覚えています」

何故、すぐに処分しなかったのか。『故郷』という詩に魅かれ、捨てる機会を逸していた。

「どうして、これがここにあるんですか？」由佳里が詰め寄って来た。「尾崎さん、もしかして田窪さんと会ったんですか？」

頸骨を砕いたときの感触。「……いや、それは拾ったんだよ。この前、見学に行ったときに」

「そんなはずありません。緑色のチラシは全部、田窪さんが持って帰ったんですから」

ごまかせ——言い包《くる》めろ。できないなら——

「田窪さんがどこに居るか、御存知なんですね？　知ってるんでしょう？」

——殺せ。

「鍋、噴いてるよ……」コンロでは、鍋が沸騰していた。「フライパンも焦げてるみたいだし……」

「はぐらかさないで下さい！」

「……いや、マジで火事になるから。とりあえず、火を消そう。その後、説明するから……」

納得した顔ではなかったが、由佳里はコンロの方へと振り返った。ツマミを回して、火を消している。背後に回り込んだ。左腕を、彼女の首へと伸ばす。この方法で、何人殺しただろう？

左腕を、由佳里の首に巻き付けた。宗秀は、自分の右肘を摑もうとする。

由佳里が振り返る。「……嫌！」

右肘を摑む。腕に力を込める。右掌を、由佳里の後頭部へ――

両腕を振り回して、由佳里が暴れ始めた。右手がフライパンの取っ手に当たり、宙に舞った。宗秀の右頰を掠《かす》める。皮膚が焼ける。幼い頃の記憶が、脳裏を過《よぎ》る。《管理所》で、背中に圧し付けられた鉄棒。灼熱《しゃくねつ》の金属――全身から、脂汗が噴き出た。

床に落ちたフライパンが、大きな音を立てた。フローリングに、オリーブ・オイルが広がる。腕から、由佳里が滑り出した。逃がすな。内なる声の命令。彼女が振り返った。手には、包丁が握られていた。

同時に、宗秀の体勢が崩れた。油に、足を取られた——気付くまでの一瞬。右脇腹に、鋭い痛みが走った。素早く視線を走らせる。右脇腹に、包丁が突き立っている。柄を、鮮血が滴る。白いTシャツに、赤い染みが広がっていく。

「ああ！」自分以上に驚いているのは、由佳里だった。「ごめんなさい、そんなつもりじゃ、私……」

半狂乱になって、謝罪を繰り返している。逆に、宗秀は冷静さを取り戻した。損傷の状態に、神経を集中する。傷は浅い。刃は骨の下から入り込んでいるが、内臓を傷付けてはいない。重要な血管の切断もなかった。出血量はあるが、静脈からのものだ。少し身体を捻っただけで、包丁は抜け落ちた。床に当たって、軽い音を立てる。その上に、鮮血が滴り落ちていく。

呆然《ぼうぜん》としている由佳里の背後に、宗秀は回った。左腕を首に、右肘を掴み、右掌で後頭部を押す。機械的な動作——一瞬で、頸骨は砕けた。

由佳里は絶命した。綺麗な死体だった。即死——身体が弛緩する暇さえ与えなかった。目を見開いたままであることを除けば、ほぼ完璧だ。死んでいるようには見えないが、急速に重さを増す。全体重が、伸《の》し掛かっていた。遺体を、床に横たえた。

傍らには、フライパンが転がっていた。手でずらすと、半円形の焦げ跡が付いている。その横にも、血が落ちる。自分の傷を見た。Tシャツは既に、右半分が赤く染まっていた。脱ぎ捨てて、傷口を押さえる。血は止まる気配がない。

夕方からは、《日金会》の打ち合わせがある。それまでに、出血を何とかしなければならなかった。病院は論外。傷は浅い／広くもない。数針の縫合で済むだろう。

シンク下の棚を開け、奥の壁を叩き割る――後からの細工だ。奥に、簡易医療キット。小さくて、白いアタッシェ・ケースのようだ。真ん中には赤十字のマーク。テーブルに置き、スライド式のツマミをずらす。蓋が開いた。

様々な医療器具。消毒液の封を切り、傷全体に振り掛けた。傷口が泡立ち、激しく沁みる。小さな注射器で、局部麻酔を掛ける。掌サイズの器具を取り出した。形状は、事務用品に似ている。《スキン・ステープラー》――傷口を縫合する器具だ。手にしたTシャツで、右脇腹の血と消毒液の泡を拭い取った。

左手の皮膚用ピンセットで、傷口の形状を整える。右手に《スキン・ステープラー》を持ち、縫合用の針を打ち込んでいく。事務用品で、紙を留めるのと同じ要領だ。五針で済んだ。刃物は小型だった。包丁と言うより、果物ナイフに近い。大判の絆創《ばんそう》膏《こう》を貼り付けた。吸水性に優れている。血が、服に染み出してくることはないだろう。

応急措置を終え、由佳里の死体を見下ろした。床に横たわったまま、一ミリも動いていない。生気を失った、定まらない視線が空間を見つめている。

白竜海に連絡――駄目だ。数々のルール違反を犯した。白に知らせれば、本国に報告される。粛清や処分はどうでもいい。いつ、どんな理由で処刑されるか——心配するだけ無駄だった。問題は、《プランK》から外されることだ。《父上》は失望するだろう。それだけは避けなければならなかった。

死体の処理は、自分一人で行う——夜を待つ。近場に放置するしかないが、やむを得ない。一日だけ、時間が稼げればいい。明日には、全て片が付く。

見開いたままの由佳里の瞳。宗秀は、そっと閉じてやった。

29

午後七時一〇分前。来栖惟臣は、ホテルのロビーに入った。比較的新しい、中堅どころのビジネス・ホテルだった。最上階には、横浜の夜景が望める大浴場が備えられていると言う。

塚原章吾は、既に到着していた。ソファに座り、スマート・フォンをいじっている。

来栖は近付いて行った。「待ったか?」

「いや、今着いたトコ」

ボディ・ビルダーのような体型。スマホに夢中で、顔さえ向けない。向かいに、腰を下ろした。海外旅行に使うようなキャリー・バッグ。色はグレー。

「金か？」

そう、とだけ答えた。スマホから、目も上げなかった。片手は、傍らのバッグから離さない。

二億円キャッシュ。《見せ金》——最初は渋ったが、最終的には呑んだ。トップ・クラスの闇金でも、多額の現金を常に保有してはいない。金主に頼み込んだはずだ。

「ホントに、《見せ金》で済むンだろうな？」スマホから顔を上げずに、塚原は吐き捨てた。平静を装ってはいるが、焦りが滲んでいる。この金を失えば、この世から消え去ることになる。

「心配ない」来栖は立ち上がった。「行くぞ」


成海果歩とは、昼過ぎに別れていた。張偉龍との会談が、終わった直後だった。

「この後は、徐大淳ですか？」成海が訊いてきた。「いい加減、話して貰えませんか？ 徐に対して、何を企んでるのか。それとも、まだ私が信用できませんか？」

「……」少し間を置いて、来栖は答えた。「《北モノ》の取引だ」

「《北モノ》？」成海は目を瞠った。「シャブ、ですか？」

ああ、と来栖は答えた。成海が続ける。「一体、どれくらいの量を？」

「二〇〇キロ」平然と続ける。「末端価格で、約一二〇億。キロ一〇〇万。二億円の取引さ」

「どこから、そんな金を？」

「ちょっと、アテがあってね」

「正気ですか？」成海は詰問口調になった。表情も険しくなる。「囮捜査ですよね？」

「勿論」来栖は口調を変えない。「おれが、シャブ中に見えるか？」

「少なくとも、マトモな警官には見えません」表情の険しさが増す。「何を考えてるんです？　そんな真似したって、徐を訴追なんてできませんよ。薬物に関して、警察にはそんな捜査手法は認められていません。《マトリ》なら、ともかく。貴方のクビが飛ぶだけで終わりでしょうね」

麻薬取締官。《麻薬Ｇメン》とも呼ぶ。厚生労働省が所管する司法警察員。違法薬物に関する取締が任務だ。捜査権も逮捕権もある。拳銃や手錠等も所持している。

《マトリ》を引き合いに出したのは、囮捜査が認められているからだ。麻薬取締官の切り札であり、警察との大きな相違点。一時期は潜入捜査も行われていたが、現在は一切ないと言う。潜入中の違法行為が、処罰の対象となり得るためだった。

「送検するつもりはない。シャブを取り上げるだけでいいんだ。それで、徐を追い詰めることができる。北本国から送られて来た貴重な品だからな。多少は、口が軽くなるだろう」

「保護を求める代わりに情報を提供する、と？　そんなに上手くいくでしょうか？」

「いって貰わないと困る」肩を竦めて見せた。

「噂は、本当だったんですね」大袈裟に息を吐く。「《クルス機関》は、情報収集のためなら手段を選ばない。違法捜査でも何でもやる」

来栖は答えなかった。ただ、視線を外しただけだ。

「取引は、いつですか？」

「今夜だ」来栖は答えた。「ついて来るか？」

「勿論です。放っておけませんから。勝手な真似されて、とばっちり喰らうのも御免ですし」

「その方が、都合がいい。目の届かないところで下手な真似されるよりは、な」

これ見よがしに、舌打ちした。「場所は、どこで？」

「馬車道だ」


来栖は塚原と連れ立って、ビジネス・ホテルを出た。成海は、周辺に潜んでいるはずだった。気配は感じられない。連絡も禁じていた。黙って、ついて来るだけだ。

福居健史と、その部下達も近辺に待機していることだろう。薬物銃器対策課の中でも、極めて優秀との評判だった。

ホテルの前で待った。馬車道に来い――それ以上の指示は受けていない。どこに進めばいいか、皆目見当も付かなかった。塚原が、口を尖らせた。「これから、どうすンだよ？」

「黙って、待ってろ」

数分が経過した。スーツの懐が震えた。千一憲からだった。「来栖だ」

「そのまま、真っ直ぐ歩け」

名乗りもせずに、命令口調で千は言った。

「どこに居る？」

「さあ、どこかな？」面白がっているように聞こえた。「よく見えるぜ、二人ともな」

周囲の建物。屋上を見回す。通りは、中層のビル群に挟まれている。どこから見ているか、判別は不可能だ。逆に、こちらを捜し出すのは容易だろう。それほど距離のある通りではない。

「隣に居るのが、《ツカショー》か」千は続けた。「見るのは、初めてだな」

「徐大淳も一緒か？」

「ああ。隣に居るぜ」

「替われ」

「連絡は、おれがする。お前等は言われた通りにしろ。そう難しいことは言わないさ。

長い間のことでもないしな。さあ、左を向いて通り沿いに進め。その後のことは、追って指示する」

当面は、言われた通りにするしかない――来栖は、左に足を向けた。「行くぞ」

「どこに?」当然の質問を、塚原はした。無視して、歩き出した。

ホテルは、馬車道の海寄りにあった。街中に戻って行く。外は宵闇だった。街灯に照らされ明るいが、所々に闇のような影が点在している。

「どこまで行くンだよ?」一、二分で、塚原は音を上げた。キャリー・バッグを引っ張りながら、不平を漏らす。「これ、重てえンだぞ。自分で持ってみろよ」

「遠慮しとくよ」

スマート・フォンが震えた。千だ。「白い車が見えるか? 大型のワゴン車だ」

視線を向ける。数台の車が、整然と駐車していた。コイン・パーキング。一番手前に白い大型ワゴン車。大きさはトラック並みだ。塚原が訊いてきた。「どうした?」

顎でワゴン車を指し、来栖は歩を進めた。塚原も、黙ってついて来る。車の背後に辿り着いた。人の気配はない。乗っている人間も居ないようだ。無人のワゴン車だけが、静かに佇んでいる。

ワゴンは、アイス・クリームの運搬車らしい。店名はペンキで塗り潰されているが、身の丈ほどもあるアイスを抱えた子供が微笑んでいる。〝美味しーい、冷たーい〟の文字が残っていた。

「洒落か？」塚原が呟いた。「オヤジ・ギャグにもなってねえぞ、こんなの」

《エス》／《スピード》——数多《あまた》ある覚醒剤の隠語に、《アイス》がある。千に連絡した。「中か？」

「上客だからな」千は答えた。「至れり尽くせり、だろ？　車は一晩貸してやる。好きなところで、ブツを降ろせ。明日、社長の家まで届けてくれればいい。車まで、サービスはできねえからな」

「金は、どうする？」来栖は訊いた。「車のキーは？」

「今から、使いの者にキーを届けさせる。そいつに、バッグごと金を渡せ。まさか、そのバッグ代まで寄越せなんて言わねえよな？　必要経費の内だろ、そんなモン」

「確かめなくていいのか？」

「どのみち、お前等の素性は割れてるんだ」千は、短く鼻を鳴らした。「二〇〇キロのシャブを抱えて、逃げも隠れもできねえだろう。一円でも足りなきゃ、即座にケジメ取って貰うさ」

「この中に積んでるのが、メリケン粉じゃないって保証がどこにある？　こっちも確認させて貰うぞ。ブツが間違いなくても、数キロちょろまかされたら？　後日、補塡って訳にはいかねえからな」

「ンなケチな真似するかよ」

「どっちにしても、パシリとは取引しねえ。きっちり商売したいんなら、徐大淳が自ら下りて来い。用心棒紛いの大男共は、願い下げだ。一人で向かわせろ」

すぐに返答はなかった。徐は傍らに居るのだろう。何事か相談している気配が伝わってくる。

「いいだろう。おれと社長が向かう。二人と二人。文句はないだろ、《チョッパリ》」

返答を待たずに、通話は切られた。塚原が、こちらの顔を覗き込んでいる。「どうなった？」

「徐大淳が、直々に現れる」

「大丈夫なンだろうな？」塚原が、眉を寄せた。「おれは、この金渡す気ねえからな」

「黙ってろ」車に、盗聴器が仕掛けられている可能性もある。

道路を渡って来る二つの人影があった。徐大淳／千一憲。周囲に、他の人間は見当たらない。

「待たせたな」先に口を開いたのは、徐だった。来栖に右手を振り、塚原に笑い掛けた。「あんたが、《ツカショー》さんか。噂は聞いてるよ」

「こいつが、車のキーだ」千が、鍵を差し出した。「こいつと、そのバッグを交換しよう。それで、今日の取引は一旦終了だ。あんたは確認が必要だと言うが、こんな公衆の面前で札束数えたり、シャブ取り出したりできねえだろ。どちらも逃げられねえんだ。そこは、信用で行こう」

「……いいだろう」来栖は、塚原に向かって顎をしゃくった。

一瞬、塚原は逡巡する様子を見せた。金主から集めた二億。来栖はキャリー・バッグの取っ手を掴み、引っ手繰った。車のキーを手にするのと、バッグを千に手渡すのが同時だった。

四方から、サーチ・ライトが浴びせられた。来栖／塚原／徐／千——四人の姿が、青白い光の中に浮かび上がる。目が眩むほどの光量だった。

「《マトリ》だ！」拡声器越しの声が、辺り一帯に響き渡る。「《ガサ》だ！」

「動くな！」

反射的に走り出そうとした塚原に、千が怒鳴った。来栖は、視線を向けた。彼の手には、拳銃が握られていた。セミ・オートマティック。先日、コリアン・パブ《ピョンヤン》で見せられた物と同型だった。今度は、銃種も確認できた。

「ベレッタ」来栖は呟いた。「《マトリ》の銃か」

イタリアのベレッタ社製。《マトリ》が最近、同拳銃に移行したとは聞いていた。前は、アメリカ・コルト社製の三八口径回転式が主流だった。

「命を預けるんだ」千が、口角を吊り上げた。「手に馴染んだ物じゃないとな」

奴の素性は分からない。少なくとも、千一憲などという在日コリアンでないことだけは確かだ。銃を構えたまま、続ける。「あんたも、だ、徐大淳」

徐は、微動だにしていない。余裕なのか、狼狽しているだけなのか。表情からは読み取れなかった。

一〇人前後の男達に取り囲まれていた。服装は様々。スーツ／ジャンパー／ポロシャツの者も居た。女も数名混じっている。一番年嵩で、スーツ姿の男が近付いて来た。身分証を提示する。

「関東信越厚生局麻薬取締部横浜分室の浦部《うらべ》です」左手で、書類を掲げる。「覚せい剤取締法違反の疑いがあるから。これ、令状。協力してくれるね？　車の鍵、貸して」

掲げられた令状は、捜索差押許可状だった。今回の強制捜査を、裁判所も認めている証拠だ。来栖は、車のキーを渡した。浦部の役職は、《情報官》だった。

「ナンバー2が、わざわざお出ましか」

来栖の呟きに、浦部は反応しなかった。分室長に次ぐ地位だ。捜査主任的な役割を果たしている。今回も、実質の責任者だろう。

若い麻薬取締官が、浦部からキーを受け取る。二人一組で、ワゴン車の後部ドアを開けた。中には、段ボール箱が山積みされていた。「今から、これ開けて。中身の検査するから、いいね？」

麻薬取締官の一人が、段ボールのガム・テープを引き剝がした。封じられていた蓋が開く。ビニールの包みが無数に詰められていた。中身は、白い小さな結晶。

「すげえな」麻薬取締官の一人が呟く。手には、小型の試験管が握られている。細長く透明で、ゴム製のようだ。もう一人が、包みを一つ取り上げた。

「この試験管に、袋の中身入れて」浦部が続けた。「青くなったら覚醒剤だから。分かるね？」

「何だよ、あの筒？」塚原が、隣で囁く。

「《Xチェッカー》」来栖も、小声で答える。「簡易鑑定試薬キットだ。シャブのテストに使う」

浦部が、若い取締官の方へ頷く。二人は作業を始めた。

一人が包みに、小さな穴を開ける。小さなプラスティック製の匙《さじ》で、ごく少量の内容物を取り出す。もう一人が持つ試験管に、結晶を入れた。口に、蓋が嵌め込まれる。慎重で素早い動作だった。管内部には、更に細長いガラス管が入っていた。その中には、無色の液体試薬が満たされている。《シモン試薬》と呼ばれるものだ。覚醒剤に反応すれば、青藍に変色する。取締官はゴム製の試験管越しに、ガラス管を折った。漏れ出て来た無色の試薬が、瞬時に青藍色に変わった。

若い取締官が呟く。「……こりゃ、上物だ」

「反応出たね」浦部が腕時計を見る。「一九時三七分。覚せい剤取締法違反で現行犯逮捕」

麻薬取締官達が、徐と塚原に手錠を掛けた。来栖は、周囲を見回した。どこかに成海と、福居の班が潜んでいるはずだ。成り行きを見ているのか、一切の反応を示さない。傍に千――そう呼ぶしかない男が、近付いて来た。「あんたが《マトリ》の取締官だったとは、な」

「これで、お前は終わりだ」千は言った。笑みさえ浮かべていた。「残念だったな、《チョッパリ》」

30

車窓を流れる夜景は、いつもと同じだ。灯りの点った家々の群れ。横浜は港町であると同時に、巨大な住宅街でもある。午後八時を過ぎたところだった。

呉宗秀は、相鉄線に揺られていた。ドアの傍に立ち、横にはキャリー・バッグを携えている。色は黒。地味／最も軽量／容量が最大。《日出ずる黄金の国を守る会》本部での打ち合わせは、順調に終わった。後は、アパートに残してきた懸案事項を片付けるだけだった。

午後四時。身支度を終え、宗秀は洗面台に向かった。鏡で、自分の顔を確認する。頰の火傷は目立たず、痛みもない。問題は、顔色と目の下の隈。額には、脂汗も浮かぶ。訊かれたら、風邪でも引いたと答えよう。

右脇腹の傷は、痛みを増す一方だ。麻酔の効果が薄れてきている。鎮痛剤を、洗面台の水で飲み下す。効き目の持続時間を考慮し、服用を我慢していた。絆創膏は貼り換えた。出血は続いていたが、先刻に較べれば少量。服装は、濃紺のシャツにジーンズ。色の濃いものを選んだ。血が滲《にじ》み出ても、すぐに気付かれることはないだろう。

泉野由佳里の死体には、白いシーツが掛けてあった。他の物は、全て片付けた。フライパンは洗って戻し、零れたオリーブ・オイルも拭き取った。コンロの鍋も同様。食品類は全て捨てた。パスタ／ガーリック／鷹の爪。焦げ目だけが、フローリングに刻まれている。

《寿ライフ・サポート》のチラシはコンロで火を点け、シンクに落とした。黄色も緑も。燃え尽きた灰は、水で流す。《日金会》の打ち合わせは、午後五時から本部ビルで始まる。明るい内は、死体を動かせない。その時間もなかった。

アパートに置いていくしかなかった。数時間のことだ。訪ねてくる者もない。工作員同士の行き来は禁じられている。来るとすれば、黒井凜子ぐらいか。前もって連絡するよう言ってあるし、中に入れなければ気付かれることはないだろう。死体が腐敗臭を放ち始めるのは、もっと先だ。

アパートを出た。ドアを閉めるとき、白いシーツが目に入った。目を逸らした。注意して施錠し、ノブを回して何度も確認した。


定刻の五分前には、本部に到着した。事務所はビルの三階だが、同じフロアには会議室もある。打ち合わせは、そこで行われる。受付を済ませ、宗秀は会議室に入った。

長机と椅子が、教室形式に並べられていた。十数人の人間が、腰を下ろしている。最終的に、参加者は三〇人を超す。明日のイベント用スタッフだ。

最後列、一番隅の席に宗秀は腰を下ろした。極力、目立たぬようやり過ごしたい。

脇腹の傷は、痛みも治まっていた。一時的に、薬が効いている。服の上から、傷口に触れてみた。布越しに、絆創膏の感触が伝わってきただけだ。心配ない。明日も、問題なくやれる。

「どしたの？　こんな隅に座っちゃって」話し掛けられて、宗秀は顔を上げた。沢野健太だった。相変わらずの革ジャン姿。「何か、具合悪そうじゃね？」

「ちょっと今日、風邪気味なんだ。熱はないんだけど、頭が少し痛くて……」

「分かる、分かる」左腕を、軽く叩いてくる。「風邪引いてると、辛いよな。大丈夫か、明日？」

「ああ」宗秀は、作り笑いを浮かべた。「今晩は、薬飲んで早く寝るよ」

「はい。静かに」聞き覚えのある声が響いた。「空いてる席に座って下さい。前の方から詰めて」

宮脇晴久。最前列は、こちら向きに席が設けられていた。背後に、ホワイトボード。

「資料は席にお配りしてますけど、ありますか？」

各々が、資料に手を伸ばす。君ノ宮隼人が入って来た。

「じゃあ、打ち合わせを始めます。まず、君ノ宮先生から御挨拶があります」

「君ノ宮です」君ノ宮が口を開いた。それ以外の人間は、最前列に腰を下ろした。

「……皆さん、御存知だと思いますが、今回のイベントは……」

イベントの趣旨は、誰もが知っていた。後は、お決まりの挨拶。日本賛美と他国――主に韓国／中国／北朝鮮に対する罵詈《ばり》雑言。「……明日のイベントは我が《日金会》が、れっきとした市民団体として認知されるために欠かせない貴重な機会ですので、是非とも会員皆様方の力を合わせて、成功させたく存じます。何卒御協力よろしくお願い申し上げます。頑張ろう！」

「君ノ宮先生、ありがとうございました」宮脇の言葉に、君ノ宮が腰を下ろした。代わりに立ち上がる。「……それでは私の方から、イベントの概要について御説明いたします」

　概要も知っていることばかりだった。特に強調されたのが、参加者について、だ。

「……これだけのメンバーが集まるということは、我々の活動の正当性が認められたということです。明日のイベントは、必ず成功させる必要があります。会員の失態はイコール君ノ宮先生の、会自体の信用に関わります」

〝そうだ、その通り〟と、合いの手が入る。「……役割ごとに分かれていただき、パート・リーダーの指示で打ち合わせとなりますが、心して取り組むようお願いします。では、始めて下さい」

　宗秀は、役割分担を確認した。《場内警備》――遊撃班だ。事前に出しておいた希望通り。ある程度、自由に場内を動き回ることができる。打ち合わせ内容にも、問題はなかった。計画の支障となる要素――《プランK》を妨げるものは、何も。

「これなら、楽勝じゃん」沢野が話し掛けてきた。同じパートだった。「基本、会場パトロールするだけじゃん。で、不審そうな奴がいたら連絡して、皆で排除するだけだろ。簡単、簡単」

　楽勝――宗秀も、そう思った。沢野とは違う意味で。

「イベント開始は、正午ですから」宮脇が締めた。「明日は、午前九時集合ということで。皆さん、体調には充分気を付けて。それでは解散します」

会合が終了したのは、午後七時過ぎだった。前祝いで呑みに行こう――沢野の誘いを断り、本部ビルを出た。横浜駅西口のデパートに向かった。売り場を探すのに、時間が掛かった。店員には訊けない――余計な記憶を残したくなかった。案内表示を凝視し、早足で移動した。

ほぼ狙い通りの物を購入したときには、一時間近く掛かっていた。相鉄線のホームへと急いだ。

電車内には、似たようなキャリー・バッグを持つ者が三人は居た。街を歩くと、五人に一人が転がしている。奇異な目で見てきたが、今日はこちらが見られる番だった。一番大きい。ここまでの容量は、必要なかったかも知れない。

泉野由佳里は、女としても小柄な方だからだ。

31

「……だから、何度も言ってるだろう」嘆息交じりに、来栖惟臣は続けた。「これは、捜査活動の一環だ。公安の。よって詳細を、他省の取締官にお話しする訳にはいかない。以上」

「公安の捜査って」麻薬取締官は、眉を寄せた。「闇金の金で、北朝鮮からシャブを買うことが、ですか？　そんなの、聞いたことないですよ」

関東信越厚生局麻薬取締部横浜分室は、中区北仲通の横浜第二合同庁舎内にある。その一室に、来栖は拘束されていた。取調室は満杯なのか／警官ということで気を遣ったか。通常の会議室のようだ。

二時間が経過している。取締官も三人目。名は、西《にし》。馬車道で、《Xチェッカー》を使った男。細身で、真面目そうな壮年。もっとお堅い仕事が似合う。疲れた顔をしていた。神経を病んだ銀行マン。

時間が掛かるのは仕方ない。人間を拘束するには、大量の書面を必要とする。《マトリ》も所詮、役所。仕事の半分以上は、事務処理だ。

「ギャンブルで首が回らなくなった警官が、闇金に手を出した挙句、言いなりにシャブの仲介をした」西が続けた。「そっちの方が、よっぽどしっくり来ますけどね」

「そうなるように、絵を描いたんだ」

「そもそも、警察って囮捜査禁止じゃありませんでしたっけ？　ウチと違って」

広い部屋ではなかった。長机が二つに、パイプ椅子が四脚。薬物防止のキャンペーン用だろう。チラシやポスターの束が、壁際に積まれている。〝ダメ、ゼッタイ〟の文字も見えた。一緒に映っているタレントは先日、危険ドラッグで挙げられた女じゃなかったか。

「県警の外事課にも問い合わせましたけど。〝そんなことは知らない〟って言ってましたよ。〝許可した覚えもない〟って。今田さんって課長代理ですよね。上司が知らないってアリですか？」

「言ってないんだ、初めから」

「上司に無断で、囮捜査を？」西が、目を丸くした。「有り得ないでしょう。無茶苦茶ですよ」

「お前じゃ、話にならない」こんな会話を、二時間／三人に繰り返していた。「千一憲を呼べ」

「誰です、それ？」

一応は、惚けて見せた。下手な芝居だった。

「あの潜入だよ」来栖は、西の目を見据えた。「本名は知らないがな」

千／千田一憲。本名ではない。在日コリアンも嘘八百だ。潜入用のニセ経歴《レジェンド》／偽装身分《カヴァー》。

「あいつを、ここに呼んで来い。今すぐに」来栖は続けた。「でなきゃ、完黙。完全黙秘だ」

来栖は、机の上に両肘を突いた。西から、目は逸らさない。向こうも、こちらを凝視していた。数分で、根負けしたようだ。「……ちょっと待ってろ」

西は、会議室を後にした。来栖は立ち上がって、室内を一周した。壁際、特に天井周辺に視線を這わせた。カメラ類は見当たらない。マイク等も同様だった。

入口の上に、小さな換気口。カメラとマイクは、格子の向こうだ。

徐大淳と塚原章吾は、どこにいるのか。徐は黙秘。塚原はベラベラ歌っている——公安の刑事に脅されて、無理矢理云々。

ドアが開いた。千一憲／千田一憲。来栖は、声を掛けた。「あんたのことは、どう呼べばいいんだ？」

「お好きなように」男は、肩を竦めて見せた。「あんたみたいな悪徳警官に、本名を教えることはできない。これからの捜査に差し障るからな」

「じゃあ、千田でいいな」

「まあ、座れよ」そう言って、千田は向かい側に回った。「囮捜査と言い張ってンだって？　警察では違法のはずだ。バレたら、あんたのクビだけじゃ済まねえだろ？」

「お互い様さ。現在《いま》は、《マトリ》も潜入捜査は禁止だろ？　古き良き昭和じゃないんだ」

「表向き、ないことにしているだけさ」千田は、平然と言った。「おおっぴらに〝潜入捜査してます〟なんて認めたら、相手を警戒させちまう。確かに、頻度は減ってるがな。それだけ、徐率いる《コリアン・マフィア》の脅威を重要視したってことだ」

「お疲れ様。苦労して潜り込んだはいいが、《北モノ》のルートは、ほとんど死んでたんだろ?」

嫌味を無視して、千田は訊いた。「これが囮捜査なら、塚原はどうやって引き込んだ? シャブのディーラーを嵌めるのに、闇金が協力する謂れはないだろう?」

「色々あってね。塚原の供述は、こちらと一致してるんじゃないのか? おれの借金は偽装だ。書類一式揃ってはいるが、一円も借りていない。警官専用カジノ云々も嘘っぱちだよ。おれの銀行口座を調べてみろ。妙な金の流れは、一切ないはずだ。一発で分かることさ」

「それが、不思議なところでな」その辺りは、全て調査済みのようだ。「塚原の供述も大筋では、あんたの言い分と一致してる。公安と闇金。何で、そんなに仲が良いのか理解に苦しむよ」

「仲良しな訳じゃない」

「脅してるのか?」

来栖は、答えなかった。千田は、小さく鼻を鳴らした。

「尿検査は、シロだったろ?」

連行されてすぐ、尿は採取されていた。

「ああ。そこは、素直に認めるよ。だが、あんたは売るために取引したんだ。自分でズケるためじゃない。売り物に手を出さない奴は多い。そうでないと、商売として成り立たないからな」

「ズケるつもりも、売るつもりもない」

「上司には内緒。仲間のバック・アップもなし。唯一の協力者は闇金業者。これが、真っ当な捜査と言えるか？　北朝鮮のテロが絡んでるからって、常軌を逸してる」

伏せていた目を、来栖は上げた。「……そういうことか」

「？」千田は、訝しげな顔をした。

「あんた、韓国からいくら貰ってる？」

千田の表情に、変化はなかった。「……何言い出すんだ、唐突に？」

「おかしいとは思っていたのさ」千田の言葉を無視して、来栖は続けた。「〝徐大淳に当たってみろ〟と、ＮＩＳの朴は言った。最初は、別筋からの情報かと思っていたが」

朴慶星。徐大淳に接近するきっかけ。ならば、その情報はどこから入手したのか？

「あんたは《コリアン・マフィア》に潜入したが、シャブでガンやってたのは昔の話だ。《北モノ》のルートは、実質死んでたんだからな。あんた等は、ドラッグ以外興味がない。暇してるところに、朴が近付いて来た。〝徐大淳の情報を提供しろ。無料とは言わない〟てなトコか。潜入捜査も行き詰まってたし、小遣い稼ぎにはなる。

ＮＩＳの情報源が、まさか《マトリ》の取締官とはな」

「……話としては、面白いな」千田は表情を崩さなかった。「だが、公安のスパイごっこに巻き込むのはやめて貰おう。迷惑だ」

「じゃあ何で、あんた。先刻、北朝鮮のテロ云々を持ち出した？」

「それは、あんたが……」

「おれは、囮捜査の目的が北のテロだとは一言も言っていない」

視線が絡み合った。先に逸らしたのは、千田だった。「……とにかく、あんたはシャブに手を出した立派な犯罪者だ。おれが見た行いや言い草も、悪徳警官そのものだった。今更、〝あれは囮捜査だった〟などと言ったところで、後付けの言い訳にしか聞こえねえよ」

　ドアがノックされた。千田が誰何《すいか》した。「誰だ？」

　薄くドアが開き、浦部が顔を見せた。情報官、と呟き千田はドアへと近付いて行った。何事か耳打ちされる。潜入捜査官の顔色が、見る見る変わっていった。「……マジすか、それ？」

　千田が戻って来て、椅子に腰を落とした。来栖は訊いた。「釈放か？」

「調子に乗るなよ」千田の額には、血管が浮かんでいた。「汚ねえ真似しやがって」

　警察庁が、厚生労働省に圧力を掛けたか。本省同士のやり取りだ。末端の出先機関など、口を挟む余地もない。首を回して、伸びをする。「徐大淳の身柄も、こちらに渡して貰おう」

千田の視線が上がった。「何だと？」

「徐は、こちらで取り調べる」

「ふざけンじゃねえぞ、おい！」

机越しに、千田が摑み掛かろうとして来た。浦部が押し止める。

来栖は、浦部に視線を向けた。「そういう指示でしたよね、浦部情報官？」

千田も、目を向ける。「本当ですか？」

視線が、往復した。ゆっくりと、浦部は頷いた。降伏する仕種にも見えた。

「先に調べるだけだ」来栖は、二人の顔を見較べた。千田は、悔しさを滲ませている。浦部には、一種の諦観が浮かんでいた。「終わったら、徐は返してやる。煮るなり焼くなり、好きにしろ」

何もできないだろうが――口にはしなかった。徐から見れば、来栖が行ったことは違法な囮捜査だ。《マトリ》が何を言い張っても、まともに送検することは不可能だろう。

「後、塚原は釈放してやってくれよ」来栖は続けた。「金も返してやってくれ。あいつは、おれの貴重な協力者《タマ》なんだ。お手伝いの駄賃が、二億の没収とムショ送りじゃあ酷過ぎる」

「……どこまで、つけ上がる気だ」千田が口を開いた。絞り出すような声だった。

「警察庁《サッチョウ》がバックに付いた途端、強気じゃねえか？　庁と省。役所としての格は、こっちの方が上なんだ」

「じゃあ、もっと格上の省庁から、圧力が掛かったらどうする？」

来栖が問うのと、ドアがノックされるのが同時だった。入って来たのは、西。おずおずと口を開く。

「……分室長が、塚原を釈放するように言ってるんですけど。金も返せって……」

「分室長が？」と千田。

「どうして？」と浦部。

西が、耳打ちした。浦部は目を丸くし、千田は呆然と呟いた。「外務省だと……」

「そういうことだ」来栖は、歩き出した。「時間がない。急いで手続きしてくれ」

机を回り込んで、千田が前に立ちはだかった。無言のまま、来栖の目を見据える。

「シャブは、全部くれてやるよ」来栖は、鼻から息を抜いた。「二〇〇キロの《北モノ》だ。押収だけでも、充分手柄になる。それで満足しろ」

千田は黙ったまま、立ち塞がり続けている。その肩に、浦部が手を置いた。半歩だけ足を動かし、道が空けられた。来栖は、その隙間に足を踏み入れた。

「これで済むと思うなよ」千田は、口元を歪めた。嗤ったようだ。「おれは、執念深いんだ。この借りは、必ず返す。覚えておけよ、《チョッパリ》」

来栖は、第二合同庁舎の一階に下りた。成海果歩が待っていた。もうすぐ日付が変わる。

「少しは懲りましたか？」

「何のことだ？」

近付いて来た成海に、素っ気なく返した。

「礼は、いいですよ」成海が微笑む。嫌味な笑みだった。「苦労しましたけど」

「本庁の警備《ビ》局長に泣き付いただけだろ」

「そういう言い方します？」嫌味な笑顔は、そのままだった。「相当やり合ったみたいですよ、厚労省と。警備《ビ》局長が何て言ってたか、訊かないんですか？」

「興味ない」

「怒ってはいなかったですよ」つまらなそうに口を尖らせた。「〝とりあえず不問に付す〟だそうです。成り行きを見るみたいですよ。徐大淳から、何を引き出せるのか？結果待ちだとか」

携帯が震えた。《ビル爺》――ＣＩＡ。

「困りますね、来栖さん」出た途端、《ビル爺》は抗議を始めた。「無断で、《ツカショー》を使って貰っては。私達の大事な資金提供者なんですから」

「資金提供者？　ただの金蔓でしょう」

「Ｏｈ！　そんな下品な言い方しないで下さい。ミスター塚原は、我々の活動に理解を示し、自ら協力を申し出てくれている有り難い方なんですから」

大袈裟に肩を竦める様が、目に浮かぶようだ。「今日も、キャバクラですか？」

「とんでもありません。緊急事態だと呼び出されたんですから。至福の一時を邪魔した罪は、重いですよ。これは、貸しです。必ず返して貰いますから」

塚原が《マトリ》に逮捕された——貴重な資金源が潰される。確かに、緊急事態だった。外務省を通じて、厚生労働省に圧力を掛けたのはＣＩＡだ。外務省も、重い腰を上げざるを得なかっただろう。アメリカ中央情報局直々の申し出。無視はできない。相手が悪過ぎる。

「塚原は解放されますよ。金も無事です。それより、この前お願いした件どうなりました？」

「何のことです？」

「新川公彦の通信記録ですよ」

殺害された《北朝鮮ハイジャック・チーム》のリーダー／通信記録の提供依頼。

「言ったでしょ？」平然と答える。「時間掛かるって。しかも、こんな邪魔されたのじゃあねえ……」

「急いで下さい。忙しいので、こっちは、時間がないんです」

「はいはい。これで。塚原の件、くれぐれもよろしくお願いしますよ」

電話は、一方的に切られた。成海が顔を寄せてくる。「ＣＩＡ、ですか？」

「一々食えない爺ィだ。塚原というか、奴の金が気になって仕方ないそうだ」

「《ツカショー》？」わざとらしく、目を丸くする。「呆れましたね。金のアテって、闇金だったんですか。それはともかく、よくＣＩＡが直で動いてくれましたね？」

「何のために、色々面倒見てきたと思ってる？　亡命手伝って、闇金嵌めて資金源にして。コツコツと、小さな努力を積み重ねたのは」

「〝コツコツ〟って、ここで使う言葉ですかね？」

顔を上げると、当の塚原が階段を下りて来るところだった。キャリー・バッグを大事そうに抱えている。金も返して貰えたようだ。

「オツトメ、御苦労さん」

来栖が声を掛けると、右手の中指を突き立ててきた。

「あちこちで嫌われてますすね」

「行くぞ」成海の嫌味は、無視して言った。「徐大淳の身柄を貰い受ける」

32

呉宗秀は待っていた。時計の針を見る。深夜〇時を三〇分過ぎている。もうじき、最終電車が通り去る。アパートは住宅街にある。一気に、人通りが減るはずだ。

泉野由佳里の死体は、キャリー・バッグに納まった。骨を折ることもなく。身体は、死後間もなく折り曲げておいた。その後、白いシーツを掛けた。死亡からの時間——最も死後硬直が顕著になると、計算したからだ。死体を傷付けなかったことに、安堵する自分を不思議に思った。

午前一時近く。宗秀はアパートを出た。周囲を窺う。人影はない。死体の入ったキャリー・バッグを抱えた。小柄なはずの由佳里は、想像以上に重かった。額に、汗が浮かぶ。道路に出すまでのことだ。後は車輪を使って、転がして行けばいい。

人通りは少なかった。たまに擦れ違う人間も、こちらに注意を払うことはない。寒々とした道路を、宗秀は進んで行った。死体の入ったキャリー・バッグを引っ張りながら。等間隔に、街灯が設置されている。濃い影が、路面に浮かび上がる。

もうすぐ、全てが終わる。一二時間後には、日本中が大騒ぎだ。混乱に乗じて、自分は国外に脱出する。《父上》——太道春が待つ祖国へ。

二〇分ほど歩いただろうか。足を止めた。小さな橋の袂《たもと》。帷子川には、無数に掛かっている。

キャリー・バッグを置き、橋へと数歩進み出た。欄干から、川を見下ろす。水量は少なかった。至る所に泥が堆積して、雑草が繁茂している。橋の陰に隠れるように、宗秀はバッグを開いた。

体育座りのような格好で、由佳里はバッグに納まっていた。静かで、眠っているようにしか見えない。首だけが、不自然な方向を向いている。宗秀は、死体を引き摺り出した。

バッグに納めたまま、放置することも考えた。発見までには、より時間が掛かる。見つかった後が問題だった。バッグに入れられた死体――遺棄されたものと判断される。殺人の線が濃厚となり、警察の捜査も徹底されるだろう。マスコミや、世間の注目も集めるはずだ。

事故か／自殺か／殺人か。判然としない状態にしたかった。欄干から川面まで、五～六メートル。人間が落ちて死に至るには、充分な高さだ。警察の判断まで、多少は時間が稼げる。

必要なのは一二時間――たったの半日だ。

周囲を見回した。人の気配はない。由佳里の死体を、橋の欄干から放り投げた。頭が下になるように。落下の衝撃で、首が折れたように見せるため。薄いピンクのワンピースが、宙に舞う。花弁が漂うように、ゆっくりと落ちて行った。

雑草は深い。身の丈を超えるものもある。由佳里は、草叢《くさむら》に消えた。落下音は、思いの外大きかった。灯りが点ったり、物音を立てている建物はない。

キャリー・バッグの中には、由佳里のハンド・バッグも入っていた。ブランド品ではない、茶色の地味な代物だ。川へと投げ落とした。中身は点検済みだ。携帯を始め、大抵の物はそのままにしておいた。下手に小細工すると、却って怪しまれる。

空になったキャリー・バッグを閉じた。立ち上がり、歩き出す。軽くなり過ぎて、転がすと跳ね上がりそうになる。アパートに置いて行こう。自分に捜査の手が及んでも、その頃には北朝鮮国内だ。尾崎陽一は、忽然《こつぜん》と消える。代わりに、海の向こうで呉宗秀が復活する。

ゆっくりと進んで行く。道路には、人影も物音もない。街灯の灯りがあるだけだ。

由佳里とのことは、何も思い出さなかった——全て忘れようとしていた。カフェでの会話／《寿ライフ・サポート》／ロクさんの誕生日パーティ。何一つだ。

宗秀は、一度も振り返らなかった。

33

「私を、どうするつもりだ？」

徐大淳は、口を開いた。机の向こう、奥の椅子に腰を落としている。《カモメ第三ビル》の一〇階。元は、物置だった小部屋だ。取調べ等に使うため、改造してあった。

来栖惟臣は、徐の向かいに座った。午前二時を回っている。身柄を貰い受けるのに、時間が掛かった。あの書類／この手続き――たらい回し。《マトリ》の、せめてもの抵抗／嫌がらせ。

「何もできないだろう」徐は、口元を歪めた。嘲笑うような笑みだった。「あんたが、やったことは違法だ。日本の警察が、薬物の囮捜査を禁じられていることぐらい、私でも知っている」

「千一憲の正体には、気付かなかったのか？」来栖は訊いた。「奴が、潜入だということに？」

「身元は完璧だった。元々、人からの紹介だったんだ。かなり信頼できる筋からね。数年前だ。日本の公権力が本気になって掛かって来たら、私などにはどうもできんよ」自嘲か／謙遜《けんそん》か。表情からは読み取れなかった。「もう済んだことだ。さて、そろそろ帰らせて貰おうかな」

来栖は視線を上げた。「訊きたいことがある」

「話すことは何もない。答えなかったら、どうする？」

「あんたを、釈放する」

「……ふざけてるのか？」

「マジさ」来栖は、足を組んだ。軽く、背を反らす。「二〇〇キロのシャブは、《マトリ》が押収したままだ。なのに、あんたの身柄だけが無罪放免。北本国は、どう考えるかな？」

徐は答えなかった。来栖は続けた。「貴重な《北モノ》は消え、あんただけが無事。違法捜査が、どうこうなんて言い訳は通用しないさ。偵察総局は、そんなに甘くない。日本の当局と、何らかの取引が行われたと疑って掛かるだろう。海に沈むか、山に埋められるか。あんたの命が一週間と保たないことに、それこそ二億賭けてもいいね」

「余計なことを話せば、一週間が三日になる」徐は、平静なままに見えた。「違うか？」

「取引に応じれば一定期間、身柄を勾留してやる。北に言い訳が立つ程度には。その後も、あんたを視察下に置く。家族や仲間ごと。公安なら、お手のモンなのは知ってるだろ？」

「執念深いのも、な」

「少なくとも日本国内に居る限りは、連中も易々とは手が出せない。いくら、北の偵察総局といえども。あんたの安全は保証する」

来栖は一呼吸置いて、続けた。「……あんたの娘も」

視線が絡んだ。先に逸らしたのは、徐だった。息を吐き、軽く目を閉じた。「何が訊きたい？」

「日本に潜伏している北朝鮮の工作員が、大規模なテロを画策している」

「テロ？」徐が眉を寄せた。「北が？　馬鹿な。イスラム過激派じゃないんだぞ。何の得がある？」

「北朝鮮単独じゃない。日本や、中国の高官も絡んでるらしい」

「……どこからの情報だ？」

答えずに、来栖は首だけ傾けた。

「話すはずもない、か。……申し訳ないが。私は、その件には一切関わっていない。そんな話は、今日初めて聞いた。お役には立てそうもないな」

「直接に関わってなくても、察知はしていたんじゃないのか？　最近、変わったことはなかったか？」

「このところ、私と北本国との関係は資金調達が主でね。日本国内で金を作っては、特殊なルートで送金していただけだ。シャブに関しては、あんたからの話があるまで死んでいたしな。後は、《カウンター》のような表立った活動ばかりだった」

「何か、あるはずだ。崔国泰はどうだ？　知ってるか？」

「崔国泰？」顔色が、少し変わった。「先日、死亡していたな。新聞で読んだよ」

「殺されたんだ。恐らく、北の工作員の手で。面識はあったのか？」

徐は、少し考え込む顔になった。数秒後、口を開いた。「半年前のことだ。珍しく、北本国から指令が届いた。暗号化されたメールでな。〝ある工作員に会って、その指示に従え〟と。工作員の名前は記されていなかったが、日時が指定されていた。向こうからやって来るとのことだった。で、現れたのが、崔国泰だ。それまでには会ったこともなかった」

「奴の指示は？」

「他愛もない話さ。〝ある日本人に、《ハニー・トラップ》を仕掛ける。場所と女を提供しろ〟」

「《ハニー・トラップ》？」来栖は、眉を寄せた。「中身は？」

「その日本人は朝鮮女、それもロー・ティーンが好みだという話だった。全く反吐《へど》が出る。私は、そこまで鬼畜じゃない。いくら北本国の指令でも、な。幼児体型の三〇女を用意してやったよ。その日本人とやらは、充分満足したらしいがね。ちなみに、国の役人とのことだったが」

「場所は、あんたの店を使ったのか？　あのコリアン・パブ」

「そう。《ピョンヤン》だ。指定された日時に、崔とは違う男がターゲットを連れて来た。ちょっとした有名人だったので、少し驚いたよ。朝鮮人じゃない。日本人だ」

「新川公彦か」

「その通り。《北朝鮮ハイジャック・チーム》のリーダーさ。こいつも殺されてたな。殺ったのは……」

「同じ工作員だろう」

「帰国してたことも聞いてなかった」徐は、こめかみを指で揉む。「その役人も、新川には気付いていなかったな。大分老けていたし、変装もしていた。単に、奴を知らなかっただけかも知れんが」

「どうして、そう思う？」

「若かったからな。まだ、三〇代半ばだろう。《しらとり号》事件なんて、知ってる世代じゃない」

「その《ハニー・トラップ》の件、千一憲は知ってるのか？」

「千と呼ぶのが、正しいかどうかは知らんが。段取りを手伝わせたからな」

その情報が、ＮＩＳ――朴慶星に流れた。来栖は続けた。「その国の役人とは、何者だ？」

「北本国も崔も新川も、その日本人が何者かは話さなかった。ただ、国の役人と告げただけだ」

「独自に調べなかったのか？」

「調べたさ」徐は、ニヤリとした。「事の一部始終は、録画してあった。調べるのは容易だったよ。島潔史《しまきよし》。防衛省防衛政策局の三等空佐だ。あの若さなら、相当なエリートだな」

「その島には、どんな交換条件を持ち掛けたんだ？」

「詳しくは、聞いていないんだ。私は、島と女の映像を崔に渡しただけだからな。その後、連絡は一切取っていない。北本国からの指令も、それが最後だった」

「他には？」

「何も」徐は、肩を竦めて見せた。「これで全部だ。その後のことは、何も知らない」

「ここで待て」来栖は立ち上がった。「これからのことは、後で伝える」

「……さすがに疲れたな」徐が呟くように、口を開いた。「まさか、こんな目に遭わされるとは」

「あんたも、そろそろ潮時じゃないか？　身内に、あんな虫が入り込むようじゃな。足を洗って、実家の商売でも手伝ったらどうだ？　その方が、娘さんも喜ぶだろう」

「……余計なお世話だな……」

徐の声は、囁きに近かった。最後の方は、消え入るようだった。

廊下に出ると、熊川亘と成海果歩が立っていた。来栖は話し掛けた。「頼みがある」

「もう、調べてありますよ」

涼しい顔で、熊川は答えた。取調室の横には、同じ大きさの部屋がある。ディスプレイから、モニターすることができる。

「島潔史。三五歳。防衛大学校を首席で卒業、エリート中のエリートですよ。新型機の導入を担当していました。鎌倉在住で、妻と私立の小学校に通う息子が一人」

「新型機？」

「ほら、最近話題になってるじゃないですか。無人偵察機。《グローバル・ホーク》でしたっけ」

来栖は、成海を見た。一緒に喫茶店で見たTVの映像。内閣官房長官／防衛大臣／横浜市長が、横一列に並んでいた。「……あれか」

成海が頷いた。来栖は訊いた。「詳しい住所は分からないか？　会ってみたい」

「無理ですね」

即座に、熊川が答える。笑みさえ浮かべていた。

「どうして？」

「今日の昼頃、死体で発見されました。鎌倉の潰れたモーテルで。屋上から落ちたみたいですね。鎌倉署に帳場が立ちました。事故、自殺、殺人。あらゆる方面から調べてるようです」

「死因は？」

「首の骨が、ぽっきり」熊川は、自分の首に軽く手刀を当てた。「崔国泰と同じですよ」

第七章　一〇月一八日――日曜日

34

「島潔史は、《RQ－4グローバル・ホーク》導入プロジェクト・チームのリーダーでした」熊川亘は、ノートPCを見ながら、告げた。「攻撃能力は持たない、世界最大級の高高度無人偵察機です」

《カモメ第三ビル》一一階の一室。《デスク》専用としている小会議室だった。OA機器類に占拠されている。来栖惟臣と成海果歩も同席していた。

「《グローバル・ホーク》については」熊川が続けた。「陸・海・空の三自衛隊が合同で進めていました。防衛装備庁とも連携して。ただ、無人とは言え飛行機ですからね。チーム内では、航空自衛隊が主導権を握っていたようです。それで、リーダーも三等空佐の島が務めていたという訳で」

「チーム・リーダーである島を、《ハニー・トラップ》で籠絡したのなら」成海が、口を開いた。「やはり、狙いは《グローバル・ホーク》なんでしょうね」

「でも、何のために？」熊川が、疑問を呈した。「確かに日本は勿論、アメリカにとっても最高機密ですけど。その情報漏洩をテロとは言わないでしょう」

成海が腕を組む。「《グローバル・ホーク》に対する破壊工作とか」

「導入したばかりの新鋭機を爆破されたら、日本政府は赤っ恥かくことにはなるでしょうね。機体だけで二五億円。センサー類や管制・整備器材合わせたら、導入費は数百億と言われてますから。大損害ではありますよ。でも、大規模テロって言うんですかね？　ニュアンス違うような」

昨晩は結局、完徹となった。《カモメ第三ビル》には、シャワー室もある。それを使い、歯を磨き、髭を剃った。後は、自販機の紙コップ入りコーヒーを一杯。今の時刻は、午前八時過ぎだった。

「本部には、報告したんでしょう？」成海が、視線を向けてきた。「何て言ってましたか？」

「別に……」来栖は吐き捨てた。

「色々やらかしてくれるね、君は」

今田宏——外事課長代理は、大袈裟に息を吐いた。

三〇分前。来栖は、一二階の本部——大会議室に居た。他には、厚川聡史——警備部長が座っている。来栖は、《マトリ》に確保されてから、ずっと詰めていたようだ。

来栖は、口を開いた。「〝とりあえず、不問に付す〟と聞いていますが」

「警察庁《サッチョウ》の警備《ビ》局長が、勝手に言ってるだけだろう？」今田は、声を荒らげた。「我々は承服しておらんよ。君がやったことは、完全な違法捜査だ。本来なら、即座に懲戒免職だよ。相応の処分を覚悟しておくことだ。そうですよね、部長?」

厚川は眉一つ動かさず、恰幅のいい身体を軽く斜めに向けた。「徐大淳は、何か吐いたか?」

来栖は、説明した。島潔史に対する《ハニー・トラップ》から、最新鋭無人偵察機導入まで。厚川は訊いた。「じゃあ。狙いは、その無人偵察機ってことか?」

「分かりません」来栖は答えた。

「分からんって」今田が顔を顰めた。「もっと締め上げたらどうなんだね?」

「徐は、《トラップ》の目的自体には関わっていません。これ以上、問い質《ただ》しても時間の無駄です」

徐の身柄は、取調室に放り込んだままだ。《マトリ》と交わした約束。渡したところで、向こうには何もできない。徐と家族の身が、危険に晒されることになる。

「どうせ、また取引でもしたんだろ」今田が吐き捨てた。「我々は知らんよ。君が勝手に約束したことだ。責任は、自分で取るんだね」

「ネクラーソフは、猶予は七日って言ってたんだよな」今田を遮って、厚川が割り込んだ。「今日、どこかでテロが起こっちまっても不思議じゃないってこったな。それも、我々の管轄内で」

今田が息を呑んだ。来栖は口を開いた。「今までの工作員の動向から察するに、神奈川県内で事が起こる可能性は充分に考えられます」

厚川の視線が、来栖を向いた。「何とか食い止められねえか？」

「……自分は、後方支援の情報収集のみと伺っていますが……」

「警備局長《ビ》も、そんなこと言ってられねえだろ」薄く嗤った。「警察庁《サッチョウ》も警視庁も、大した成果を上げてるとは聞いてねえ。なりふり構っちゃいられねえさ」

「自分が摑んでいるのも、周辺情報ばかりです」

「それでも、一番核心には近付いてるんじゃねえか？」

「でも、あまり調子には乗らないコトだね」今田が口を挟んだ。「どんな手柄を立てようと、君がしでかしたことが帳消しになる訳じゃない。勘違いはしないようにね」

「ンなコトは、後回しだ！」厚川の一喝。今田が竦み上がって、飛び上がる。椅子を回して、恰幅のいい身体を正面に据えた。「どんな手段を使っても構わねえ。必ずテロを食い止めろ。いいな」

「……怒られに行ったようなモンだったな」来栖は、再度吐き捨てた。「《マトリ》だったら、普通にやってることだ。どうして、お巡りはやっちゃいけない？」

「そういうのを屁理屈と言うって、幼稚園で習いませんでした？」

成海が、半笑いで窘《たしな》めた。

「テロは、今日にでも起こるんですよね」熊川が呟いた。「手掛かりなし。手詰まりですか……」

来栖も、成海も答えなかった。手詰まり——その通りだった。

「朝飯にでもするか」来栖は立ち上がった。「買って来てやるよ」

《カモメ第三ビル》の外に出た。快晴だった。早朝にも拘《かかわ》らず、鋭い陽光に目を射抜かれた。

背後から、羽交い絞めにされた。一人が首に腕を巻き付け、残りの二人が左右の腕を一本ずつ固めている。ビル横の路地に、引き摺り込まれた。薄暗い。眩しかった太陽が遠ざかる。自分達以外に、人の気配はない。訊くまでもなかった。首に腕を巻き付けているのは、浜崎賢介——公安調査庁。突き出た腹が、背中に当たる。

「口臭がひどいな」来栖は吐き捨てた。「歯周病か？　加齢臭も。若い連中に嫌われるぞ」

「汚い真似してくれるじゃない？」浜崎が囁いた。「張が、姿を消したのよ」

張偉龍——中国国家安全部。こちらの忠告に従ったか。

「あんたでしょ？　あの子に、余計なこと吹き込んだの？」腕に力が込められる。「うちのサーバーから、ハッキングされた痕跡が見つかった。確か、県警は攻撃型のハッカー飼ってたよね？」

「だったら、どうした？」来栖は鼻を鳴らした。「お前等には関係ない」

「〝ミイラ取りがミイラに〟って、知ってる？」浜崎は、臭い息を吐き出し続ける。「お巡りが泥棒してりゃ、世話ないよね。世も末よ。この落とし前は、付けて貰うよ。正式なルートで抗議することも考えたんだけどね。表沙汰にできないことしでかしたんだから。だったら、相応の報いを、ね」

「張に仕掛けた罠も、一種の違法行為。表沙汰にできないのは、そっちも同じだろ？」

「だから？　心配しなくても、命までは取らないよ。私は優しいから。腕の一本ぐらいで辛抱してあげる」

　浜崎が哄笑を上げた。右腕を摑んだ男が、力を込め始めた。

「そこで、何してる？」

　低い声が響いた。よく通るが、大声ではない。路地の入口に、人影。福居健史――薬物銃器対策課警部補。「お前、公安調査庁の浜崎だな。何するつもりだ？」

「何って」声音には、微かに困惑の色が混ざっていた。「あんたに関係ないでしょ」

「公務員同士でも、公務執行妨害は成立するんだぞ。本部まで顔貸して貰おうか、すぐそこだ」

　首に掛けられた腕が、微かに緩んだ。逆に、両腕を摑んだ男達は力を込めていく。

背後と、両脇から迷いが伝わってくる。浜崎が、首から腕を外した。

「……いいわ。あんた達も放して」

両脇の男達が、来栖の腕を解放した。浜崎が、前に回り込んだ。

「組織犯罪対策本部《ソタイ》の福居でしょ、あんた?」浜崎が言った。「覚えておくことね。私は、執念深いから」

「ああ」福居が答えた。「おれも、忘れっぽい方じゃない」

「これで済んだと思わないでね。貸しは、必ず返して貰うから」

吐き捨てると、浜崎達は路地を出て行った。一度も振り返りはしなかった。

福居が大柄な体をずらし、道を空けてやった。《公調》の一行は、姿を消した。

来栖は、福居に笑い掛けた。「助かったよ」

「先を越されただけさ」福居は、来栖を見もしなかった。「部下の前で、いい恥かかされたしな。おれがするつもりだったんだ。もっと徹底的に。あれじゃあ、生温い」

「《マトリ》が仕掛けてくるなんて、思いもしなかったんだ。未だに潜入捜査までしてるとは」

「《クルス機関》らしくもないな、言い訳とは。鈍ったんじゃないのか? シャブは、どうなった?」

「《マトリ》が、全部持ってった」

「……そうか」福居は立ち塞がったままだった。「お前を痛めつけても始まらんからな。それより、うちの班は昨晩あそこには居なかった。囮捜査も《コリアン・マフィア》も、何のことか知らん。お前等が勝手にやったことだ。おれ達は関係ない。全部、握り潰すんだ」

「…………」

「こいつは、貸しだ」元々大きな体格が、更に膨れ上がった。「必ず返して貰う。いいな、来栖」

「何か、浮かない顔してますよ？」

《カモメ第三ビル》一階。成海果歩が、声を掛けてきた。

「あっちからも、こっちからも借りができてね」

来栖は、両手に提げたレジ袋を机に置いた。テイク・アウトのコーヒーとサンドウイッチ。

「今みたいな生き方じゃ、仕方ありませんね。その手の借りで、自己破産するんじゃないですか？」

「最高だよ、そのオバハン・ギャグ」

成海の顔が歪んだ。熊川が口を開いた。「これ、来栖さんの奢りでいいんスか？」

ああ、と来栖は答えた。自分のコーヒーだけ取り、残りは成海と熊川に渡した。

コーヒーを一口啜り、来栖は自分の携帯を取り出した。同期の赤木久也——捜査第一課警部補を呼び出す。留守電に切り替わる寸前で、応答があった。「何だよ、来栖ちゃん？　おれ、忙しいんだよ」

「港北署の帳場に行ってるのか？」

港北署には、崔国泰の捜査本部が設置されている。「いや、別ントコ」

「昨日、発見された防衛省職員の死体《ロク》。島潔史三等空佐だよな。崔と同じ死因だろ？」

「耳が早いね、相変わらず」

「じゃあ、今は鎌倉か？」

「いや、保土ケ谷署。今朝ね、女の死体《ロク》が上がったの。犬の散歩してた老人が見つけてね。帷子川の畔《ほとり》で、草叢に横たわってた。死因が、崔や防衛省と同じ。頸骨が綺麗に折れてる」

「何者だ、その女？」

「えーと。名前は泉野由佳里」棒読みだった。手元の資料でも、読み上げているようだ。「年齢は二三歳。職業は派遣社員。ああ、元か。二日前に退職してる。寿町の福祉団体でもボランティアしてたみたいだね。《寿ライフ・サポート》、知ってる？」

いや、と来栖は答えた。「他殺か？」

「崔も、防衛省も他殺って決まった訳じゃないよ。あらゆる方面から鋭意捜査中。この娘もね。バッグも携帯も現金も、そのまんま。物盗りの線はないね。興味あンの？」

「何か、変わった点はないのか？」

「……別に」赤木は、間を置いた。「いや、一つだけ。携帯に、変な番号が登録されてた。女の素性とも合わないし、他に登録された番号と較べても、浮いた感じのヤツ」

「どこの番号だ？」

「《日金会》って知ってる？」

「名前ぐらいは、な」先日、徐大淳に連れられて参加した《カウンター》。

「変でしょ？　どう見たって、《ネトウヨ》って感じじゃないんだよね。その女は」

死因が同じ、三つの死体。北朝鮮工作員／防衛省職員／派遣社員。泉野由佳里――福祉団体のボランティア。携帯には《ネット右翼》の番号。「その女と《日金会》の関係。調べてるのか？」

「勿論調べてるけど」赤木は怪訝そうに答えた。「何、何か知ってるの？」

「分かったら、すぐに教えろ。いいな？」

返事を待たずに、通話を切った。成海と熊川は、サンドウィッチをコーヒーで流し込んでいる。

「熊川」来栖は、声を掛けた。熊川が、ストローを銜えたまま顔を上げる。「食い終わったら、保土ケ谷署管内で発見された女の死体《ロク》について洗ってくれ。名前は泉野由佳里。死因が、崖や島と同じだ。おれは出掛ける。話を聞きたい人間がいるんだ」

成海が立ち上がった。「私も行きます」

押し問答している時間はなかった。「好きにしろ」

35

海老名市内に、藤山剛士《ふじやまたけし》のオフィスはあった。駅や商店街、市役所といった市の中心部からは、少し離れた位置になる。一四階建てマンション最上階の一室だった。来栖惟臣は、成海果歩と応接室で待っている。移動には、自分の《スカイライン》を使った。日曜の早朝だ。道は空いていた。

「何だ。こんな朝早くから、押し掛けやがって」

吐き捨てながら、初老の男が入って来た。言葉使いの割に、穏やかな口調だった。顔立ちも柔和。中肉中背。トレーナーにスラックス。六〇代半ばのはずだが、物腰からは年齢を感じさせない。藤山剛士。新右翼団体《五晴会《ごせいかい》》の元・代表。現在は団体を解散させ、個人で講演や執筆活動を行っている。

「ちょっと、教えて欲しいことがありまして」来栖は立ち上がった。「時間がないものですから」

「で、アポなしか？」

向かいのソファに、藤山は腰を落とした。不機嫌な振りをする好々爺《こうこうや》。

藤山との出会いは、一〇年前に遡る。右翼団体等を担当している公安第二課に配属となった。その中には、藤山が組織した《五晴会》のような新右翼団体も含まれる。

新右翼は、新左翼に対抗する形で誕生した。六〇～七〇年代、安保闘争等の高まりに伴う新左翼勢力の拡大。反発するかのように、右翼思想を持つ学生達も組織化された。誕生当初は、暴力闘争も辞さない構えだった。既存の右翼団体とも一線を画する新右翼を、公安当局は警戒した。《五晴会》も、何度となくメンバーが検挙されている。

時代は変わる。新左翼は衰退し、新右翼も路線変更を余儀なくされた。暴力路線から脱却して久しい。それでも、公安の視察は続いていた。《五晴会》は、二年前に解散した。時代的役割を終えた——藤山の声明。柔軟な思想の持ち主でもあった。最近では宿敵の新左翼とも、共同でイベントを開催するほどだ。

公安第二課に配属された頃、《五晴会》は現役の団体だった。活動に陰りこそ見え始めていたが、全国でも一、二を争う規模を誇っていた。公安の視察は、協力者の獲得・運営から始まる。来栖も、《五晴会》メンバーに《作業》を仕掛けた。それが、藤山の知るところとなった。

「こそこそと、汚い真似をするな」藤山は、来栖を一喝した。「訊きたいことがあるなら、おれのところへ堂々と直接に来い！　おれは、逃げも隠れもせん！」

そうすることにした。主義・主張はともかく、活動内容に警戒すべき点は見当たらない。それ以降解散まで、逮捕者を出すような活動は一度たりとも行われなかった。来栖の質問に、藤山はできる範囲で答えてくれた。それは、現在でも続いている。

「《日出ずる黄金の国を守る会》について、知りたいんですよ」

「《日金会》？」藤山は顔を顰めた。「爽やかな日曜の朝にやって来て、何かと思えば、あの連中の話？　おれとあいつ等が、どんな関係か知ってるだろ？」

「前は、仲良かったんでしょ？」

《日金会》結成当初、藤山は擁護する立場だった。君ノ宮隼人の理解者でもあった。今は、袂を分かっている。過激な《ヘイト・スピーチ》を始めとして、活動を先鋭化させていったからだ。

「やめてくれ」藤山は吐き捨てた。「あのレイシストども。ネットの枕詞付きでも、右翼なんて呼んで欲しくないね。一緒だと思われちゃ困る。伝統右翼も、任侠《にんきょう》系右翼も同じ考えさ。皆、蛇蝎《だかつ》のごとく嫌ってるよ。おれは、確かに日本という国を愛している。だからって、どうして他民族を貶める発言を繰り返す必要がある？　ある女を愛したからって、他の女を侮辱して回る必要なんかないだろ？」

来栖は、薄く笑った。成海は、目を丸くしている。

「そういう訳でな。最近の動向は知らん。市販の本でも読んだ方が、分かるんじゃないか？　それこそネットで検索するとかな。せっかく来て貰って、悪いんだが」

「専門家の意見を聞きたいんですよ」来栖は、藤山の目を見た。「あれ程、注目を集めている団体ですからね。藤山さんも、気に掛けてはいるでしょう？」

「本当に、新聞や週刊誌で言われているようなことしか知らないんだ。ただ、主宰の君ノ宮は、昔から権力志向の強い人間だった。すぐ、そういう人種とお近付きになろうとする」

「そう言えば」成海が口を挟んだ。「先日も、人気の若手政治家とネットで口論してましたよね」

「もっと情けないのは、あいつ等に自ら擦り寄って行く政治家がいることさ。知らないか？　今日だと思ったが。ほら、ここに出てる」

藤山は、傍らの新聞を引き寄せた。神奈川の地方紙だった。指し示されたのは、一五面辺りの広告欄だ。「政治家は、人気商売には違いないが。付き合う相手は選ぶべきだ。違うか？」

イベント名は、《強靭《きょうじん》な祖国——気高き日本を考える》。主催は《日金会》、各種民間団体や企業等。出演者は、右寄りの著名人達——《ネット右翼》と、大差ない発言で知られる。大学教授による基調講演。その後は、パネル・ディスカッション。他に、特別ゲストとして政治家が二名。防衛大臣──仲田弘泰／横浜市長──高原鉄三郎。

「……これって？」成海が呟いた。

開催時刻は正午。場所は、《横浜赤レンガ倉庫》。

「ありがとうございました」言い捨てて、来栖は立ち上がった。

「こんなのでいいのか？　まあ君ノ宮に会ったら、よろしく伝えといてくれ。ほどほどにしろってな」

「失礼します」成海と連れ立って、藤山のオフィスを後にした。

《カモメ第三ビル》の駐車場に《スカイライン》を入れたところで、懐のスマート・フォンが震えた。午前一〇時三〇分を回ったところだった。相手を確認する──《ビル爺》／CIA。成海を手で制して、来栖は電話に出た。「はい」

「我々は、神です！」《ビル爺》は、いきなり叫んだ。「どうして、CIAに〝the〟が付かないか、御存知ですか？　GODに〝the〟を付ける人間がいないのと、同じ理由です」

「……それ、映画で聞いたことありますよ。『グッド・シェパード』でしょう？」冷たく答えた。「例の件、何か分かったんですか？」

「勿論です」興奮状態で続ける。「黒井凜子という女性、知っていますか？」

「いいえ」聞いたことがなかった。「その女が、何か？」

「新川公彦の膨大な通信記録の中で、彼女だけが異質でした。横浜市内の私立高に通う女子高生。すごいと思いませんか？　《エシュロン》は万能。運営する我々こそ、真に神と呼ばれるに相応しい。ＣＩＡこそが、神なのです！」

「結構、時間が掛かりましたね？」このタイミングで連絡してきた狙い――《エシュロン》の検索結果は、とうに出ていたはずだ。「靴底に、マイクロ・フィルムを隠してた時代じゃあるまいし」

「機械のすることですから」悪びれた様子はなかった。「馬車馬を鞭打《むち》つようにはいきませんよ」

「その黒井凜子という女。何者かは分かっているのですか？」

「いいえ。通話内容も他愛のないものばかりで。暗号化しているのでしょう。新川と彼女の間で、何らかの取り決めがあったんでしょうね。携帯番号を申し上げますから。後は、よしなに」

　携帯番号と、黒井凜子が通う女子高名が告げられた。「他には、何か？」

「Ｏｈ！」《ビル爺》は嘆息した。「欲張り過ぎると、ロクな結果になりませんよ。昔話にもあるでしょう。《舌切り雀》。小さな葛籠《つづら》にしておきなさい、来栖さん」

このタイミングで、情報をリリースした理由。問い質したところで、答えはしないだろう。小さな葛籠——利口な選択かも知れない。「どうも。大変助かりましたよ」

「どういたしまして。我々は、同盟国じゃないですか。これが、アメリカの正義です」

狸爺め——来栖は呑み込んだ。「カウ・ボーイみたいな言い草ですね」

「知りませんでしたか？　私は若い頃、ジョン・ウェインに似てると言われたモノですよ。ちょうど『駅馬車』の頃の、ね。彼が一番格好良かった時期です」

「喩《たと》えが古いですよ」

「映画も人間も、名作は時間に朽ちないモノです」

「ＯＫ。Ｍｒ．リンゴォ・キッド」来栖は言った。「これから、仇討ですか？」

通話を終えた。成海が訊いてきた。「誰です？」

「《ビル爺》だ。新川の通信記録が分かった」

携帯で、熊川亘を呼び出す。一コールで出た。「来栖さん。どうですか？」

「新川公彦の協力者らしい人物が分かった。《ビル爺》からの情報だ」

「ＣＩＡから？」熊川の声が跳ねた。「《エシュロン》ですか。それなら確かだ」

来栖は、黒井凛子の名前／学校名／携帯番号を伝えた。

「㊊の写真はないんですか？」

「学校のサーバーから盗み出せ」来栖は、平然と告げた。「至急だ。後、携帯のＧＰ

Ｓから所在を割り出してくれ。今から、そっちへ上がる」

「その必要はありませんよ」熊川の声は、明るく告げた。「すぐ出ます。そこで、少々お待ちを」

成海に、待つよう伝えた。数分後、スマホが震えた——メール着信。

開封し、添付ファイルの写真を開く。制服姿の少女が映し出された。目鼻立ちはくっきりとして、面長。髪は長い。背中の半分は越しているだろう。

続いて、コール。熊川の呑気な声。「メール、届きました？　今は生徒の情報も、全てコンピュータ管理ですからね。楽なモンです。ただ、入学当初の写真ですから、印象は少し変わっているかも知れません。黒井凛子は二年生なので」

公安捜査員は一度見た顔は忘れないし、再度見れば即座に判別できる。一～二年の変化で面識率が落ちることはない。いくら成長期の少女といえども。「ＧＰＳの追跡結果は？」

「近くにいますよ。馬車道付近ですね。北東方向へ移動中。このスピードなら徒歩でしょう」

「分かった、ちょっと待て」

来栖は、成海に向き直った。熊川から告げられた情報を伝える。

「……私に黒井凛子を追尾しろと？」先んじて、成海が訊く。「単独ですか？」

「セオリーに反するのは分かってる。馬車道だ。熊川と連絡を取り合いながら、㊍を追え。接触はするな。視察だけだ。行先の見当が付いたら、直ちに連絡してくれ。その段階で指示する」

「来栖さんに、指示される覚えはないんですが」

「お願い、懇願、おねだり。どうとでも言い換えてやるから、おれの言うとおりにしろ。頼む」

「しょうがないな」成海は、大袈裟に息を吐いた。「本部への報告は？」

「放っておけ。写真は一年以上前の代物だ。印象が変わっている恐れがある。大丈夫か？」

「馬鹿にしてるんですか？」

熊川との通話に戻った。「㊍は、成海に任せる。ＧＰＳの追跡を続けて逐一伝えろ。それから今日、《日金会》が《赤レンガ倉庫》で開催するイベントについて、詳しく知りたい」

了解です、と熊川は答えた。携帯を切る。

「すぐに向かってくれ」成海に、視線を戻した。「位置は、熊川から随時連絡がある」

「おねだり、ですもんね」

振り返ると同時に、気配が消えた。

「《強靭な祖国――気高き日本を考える》」熊川が呟いた。「チャーミングなタイトルだことで」

「お前の感想はいい」来栖は吐き捨てた。「どんなイベントなんだ?」

「《日金会》サイドから言い出した企画みたいですね。日本万歳。《反日》、《自虐史観》クソ喰らえ。日本に媚びない外国人は出て行け。再軍備、核武装ｅｔｃ．〝強くて、美しい日本〟ってヤツですよ」

《カモメ第三ビル》一一階。《デスク》専用の小会議室。熊川は、数台並ぶノートPCの一つに向かっていた。来栖は、傍らの椅子に腰を落としている。

「あの団体には、結構なスポンサーが付いているんですよ。老舗の大企業辺りは相手にしていませんが。ベンチャーなら、かなり名の通った会社が名を連ねてます」

ディスプレイを、来栖に向けた。《日出ずる黄金の国を守る会》スポンサー・リスト――名前程度なら、七割方知っていた。「狙いは、何だ?」

「主宰の君ノ宮隼人に箔《はく》を付けることでしょうね。あちこち手を回したみたいですよ。で、これだけの著名人を引っ掻き集めた。筆頭は防衛大臣と横浜市長。二大タカ派政治家ですからね」

「二大? ウチのボスを忘れてるぞ。関本光照。内閣官房長官兼国家安全保障相」

「ああ。《タカの真似をするセキセイ・インコ》」熊川は、声に出して嗤った。「あんなの呼んだら、却って箔が落ちると思われたんじゃないですかね。肝心なときに、腰が引けるって評判ですから。それに、今度のテロ事案の責任者でしょう？　こんなトコで、遊んで貰ってちゃあ困りますよ」

「他のメンバーは？」来栖の質問を受け、熊川は参加メンバーを読み上げていった。

海江田《かいえだ》嗣夫《つぐお》。基調講演を担当。著名な大学教授。日本の近現代史が専門。幕末から昭和初期の日本に対する批判を、《自虐史観》とし徹底糾弾。人気のポイントとなっていた。

田子《たご》浜義巳《はまよしみ》。パネラー。元は、国営放送のアナウンサー。当時から〝四季ある美しき故郷〟が口癖。退職後は、評論家に転向。〝勝つ国日本〟を合言葉に、講演／執筆／TV出演多数。

有村幸正《ありむらゆきまさ》。パネラー。作家。小説『零《れい》式の風神』がベスト・セラー。映画も大ヒット。マスコミへの露出も増加。作品の評価は〝歴史の真実を伝える名作〟／〝戦争を美化した駄作〟と二分。

「よくもまあ、こんな連中ばかり集めましたよね」熊川が嘆息した。

懐の中が震えた。来栖は、スマート・フォンを取り出した。成海だ。「どうだ？」

「黒井凛子は、《赤レンガ倉庫》に向かっています」

黒井凜子発見の報は、数分前に受けていた。「確かか？」

「その先には、海しかありませんよ」

「分かった」確証はないが、確信は深まっていく。「おれは、《赤レンガ倉庫》に行く」

「お供します」

熊川はノートPCその他、愛用のIT機器類をモバイル・バッグに詰め込んでいく。

「そっち系は任せた」来栖は言った。「おれは、他の装備を用意する」

36

《横浜赤レンガ倉庫》は新港ふ頭の上屋施設として、明治末期から建設が開始された。当時の最先端技術を導入。竣工《しゅんこう》と同時に貿易の要所、横浜の顔として欠かせない存在となっていく。

二〇世紀後半、本牧ふ頭へと世代交代。取引量は減少し、一九八九年には用途廃止。その後も横浜を象徴する観光名所として、市民や観光客達に愛されてきた。

一九九二年三月。横浜市は、国から倉庫を取得。〝港の賑《にぎ》わいと文化を創造する空間〟を事業コンセプトに、整備開始。二〇〇二年四月には、新たな文化・商業施設として再スタートを切った。

向かって右側に、少し短めの一号館。向かい合うように、長めの二号館が建つ。その間にはレール跡が残り、両館の長短によって生み出されたスペースはイベント広場となっていた。周辺も公園として整備され、《赤レンガパーク》とも呼ばれている。

一号館は、各種文化イベントに活用される多目的スペース。二号館は、レストラン等の飲食・物販店が入る商業施設。駐車・駐輪場／バス停／タクシー乗り場等——交通の便も、格段に上がった。

来栖惟臣はバス停近くに足を止め、生まれ変わった歴史的建造物を眺めている。昔観た刑事ドラマ——エンディングで、主人公二人が倉庫前を走っていた。

《強靭な祖国——気高き日本を考える》は、イベント広場で開催される。ステージが設置され、数百ものパイプ椅子が整然と並ぶ。手前には、入口と受付が用意されていた。既に、長蛇の列。入場料は一人千円。盛況なところを見ると、高い買い物ではないのだろう。

スマート・フォンを取り出し、成海果歩を呼び出した。「今、どこだ？」「㊉は？」

「貴方から、北東に二〇メートルほどのところです」

人に紛れるように、成海が佇む。有名デパートの紙袋を提げ、近付く。

「あちらです」成海は、列の一角に視線を向けた。

黒いYシャツに、ブラック・ジーンズ——黒井凛子。写真の印象よりは華奢《きゃしゃ》に感じた。延々続く人の列、静かに並んでいた。手元のスマホに、視線を落としている。

紙袋を、成海に差し出した。「タイミングを見計らって、こいつを身に着けろ」

成海の視線が、デパートのロゴと少女を行き交う。「……何です？」

「防弾ベストと」声のトーンを落とした。「……拳銃だ」

Ｓ＆Ｗ・Ｍ３６０Ｊ——通称《ＳＡＫＵＲＡ《サクラ》》。近年、導入が進められている最新の小型軽量回転式拳銃。

三八口径／装弾数五発。アメリカのＳｍｉｔｈ《スミス》＆《アンド》Ｗｅｓｓｏｎ《ウエッソン》社が開発し、日本警察仕様に製造した。黒い革製のヒップ・ホルスターに収められ、防弾ベストと紙袋に入っている。予備の実包はない。

「おれも熊川も、装着済みだ」

本部を出る前から、拳銃は腰の後ろに携帯した。防弾ベストは、上着の下に着込んでいる。ボタンを留めて隠してはいるが、着膨れたラインが浮かんでいた。

「あくまで護身用だ。工作員は生かして確保しろ。最低でも、口が利ける状態にはしておけ」

「それは了解ですが……」成海は、紙袋を受け取った。「この後、私はどのように？」

「視察を続けてくれ。接触を図る奴がいたら、連絡しろ。余計な動きはしなくていい」

「独断では動きませんよ」成海は、薄く嗤った。「貴方の真似は危なくて」

黙って鼻を鳴らし、来栖はイベントの本部席へと向かった。運動会で使うようなテントが立てられ、〝本部席〟の垂れ幕が下がっている。

「だから、捜査の一環だって言ってるでしょう」熊川亘が、珍しく声を張り上げていた。身分証を突き付けている。「間違いなく警察だから。この会場に、不審者が紛れ込むという情報が入ったんですよ」

相対しているのは、痩身で背の高い男だった。三〇代前半。デザイナーズ・ブランドの眼鏡を指で押し上げた。見覚えのある顔。《日金会》とは先日、一悶着あった。自分が出張ると。面倒になりかねない。そのため、交渉は熊川に任せた。

「……どうします、宮脇さん？」

隣に立つ青年が、眼鏡の男に声を掛けた。二人とも、黄色い蛍光色のスタッフ・ジャンパーを羽織っていた。背中にはイベント名と、日の丸があしらわれている。

「刑事さん、公安でしょ？」宮脇は、冷たく言い放った。「いい思い出ないんですよね、正直言って」

来栖は一歩踏み出した。会員の視線が、一瞬で集まる。「それは、おれのことかな」

「てめえ！」本部席の後方から、若い男が叫んだ。デモのときに叩きのめした奴だ。「この前の、在日びいきのデカじゃねえか！」

「誰か。沢野くん、止めて！」

宮脇が叫んだ。沢野が両脇を抱えられ、後ろに下がらされる。

「貴方……」宮脇が、こちらを向いた。「先日は、在日の《カウンター》に付いてましたよね」

「あのときは、あっちの警護が任務だったんでね」平然と、来栖は答えた。「今日は、こちらのイベント保護を言われてる。我々は、どちらの主張に与《くみ》するものでもない。単に、仕事なんですよ」

「打って変わって我々を守って下さる、と？」

「この会場に入れて下されば」来栖は、淡々と続けた。「別に、入場料払ったっていいんですよ。それなら、単なる客だ。文句ないでしょう？」

一瞬だけ、宮脇と視線が絡んだ。即座に、向こうから外した。

「……それには及びません、おい」傍にいた会員へ呼び掛けた。「これから、刑事さんが警護に入って下さる。会場内の警備班全員に徹底して下さい」

会員は頷き、携帯用無線機を取り上げた。宮脇は、こちらに向き直る。「これで、いいでしょう？　警備担当には、身分証を提示して下さい。会員達には、ちゃんと言っておきますから」

「御協力感謝します」軽く頭を下げ、熊川に視線を向けた。「行くぞ」

午前一一時五〇分。イベント開始は正午だった。後、一〇分しかない。来栖と熊川は会場内に居た。既に、参加者の入場は始まっている。席が次々と埋まっていく。

来栖は、ステージの背後がスクリーンになっていることに気付いた。「……ねえ、ちょっと」

傍を通り掛かったスタッフに、声を掛けた。《日金会》の会員とは、雰囲気が違う。同じジャンパーを着ているが、髪は刈り込まれ、身体は鍛え抜かれていた。「あれは、何か上映するの?」

「……ああ、あれですか?」スタッフは、少し言い淀んだ。「……一応、サプライズなんですけどね」

身分証を提示した。男の表情が一変して、真顔になった。反応も、会員とは異質だ。

「ここの上空に、《グローバル・ホーク》が待機しています。二万メートル近くの高高度に」

「《グローバル・ホーク》って、最近導入された無人偵察機の?」

「はい。先日、青森の三沢基地に、三機配備された内の一機が来ております。あそこで操縦しています」指差された先は、本部席の奥だった。テントが張られ、各種の電子機材が設置されている。作業着姿の男達が、機器の操作に集中していた。それで分かった——この男も自衛官だ。

「その偵察映像を」自衛官が続けた。「あのスクリーンに映し出す趣向です。大臣の意向でして」

防衛大臣――仲田弘泰。スクリーンの前には、プロジェクターが設置されていた。来栖が礼を言うと、自衛官は機敏な動きで一礼し去った。

熊川が、耳に口を寄せてきた。「《グローバル・ホーク》って、マジすか?」

「……らしいな」来栖は、空を仰ぎ見た。秋晴れで、雲一つない。

最新鋭の無人偵察機が、上空で待機している。高度二万メートルだ。視認できるはずもなかった。

正午になった。

《強靭な祖国――気高き日本を考える》の開会が、高らかに宣言された。司会は、最近フリーになった元キー局の女子アナウンサー。アナウンス力よりも、ビジュアルを売りにしている。

まずは、《日金会》主宰――君ノ宮隼人の挨拶。参加者やゲストに厚く礼を述べた後、お馴染みの愛国論をぶち上げる。《ヘイト・スピーチ》は控えめだった。各種マスコミも、取材に訪れている。

基調講演に移った。大学教授――海江田嗣夫が、壇上に上がる。小柄で一見、温厚そうな老人だ。原稿を壇上に置き、にこやかに参加者達を見回す。老眼鏡を、懐から出して掛けた。

口を開いた途端に、雰囲気が一変した。勇ましい文言を、声高に並べ立てていく。

〝……現在の日本は、かつてない危機的状況下にある。今こそ国民一人一人が、我が民族を侮辱し、貶め、傷つけようとする輩に対しては、武力行使も辞さないとの覚悟を持つことが必要である……〟

来栖は、半分も聞いていなかった。周囲に、視線を巡らせる。海江田が拳を振り上げる度に、興奮した参加者が合いの手を入れる。

講演が始まって、一五分ほど経っただろうか。懐で、スマート・フォンが震えた。取り出して、相手を確認する。赤木久也——捜査第一課。

「帷子川で見つかった死体《ロク》」赤木は、いきなり切り出した。少し息が弾んでいる。「泉野由佳里が、《日金会》の番号を登録してた理由。苦労したんだから。ネタを公安《ハム》に回してるのバレたら……」

途中で、遮った。「前置きはいい」

「はいはい」赤木は、溜め息を吐いた。「一五日の木曜日。彼女は、《日金会》の会員を訪ねてる。本部の受付にケバい女が居るんだけど、そいつが覚えてたよ」

「泉野が訪ねた会員の名は？」

「えーっとね、ちょっと待って。あった……」勿体付けるように、一呼吸置く。「尾崎陽一だって」

尾崎陽一。「泉野由佳里は、その尾崎陽一に何の用だったんだ?」

「さあ、そこまでは。後、知ってる? 今日さ、《日金会》が《赤レンガ倉庫》でイベントやってるの。尾崎もさ、そこに居るって。受付の女が言ってたよ。感謝してよ、これ特別サービスだから」

「今、その会場に来てる」

「え?」赤木は、素っ頓狂な声を上げた。「何それ? ちょっと待って……」

待たずに、通話を切った。来栖は踵を返して、本部席へと向かった。


「おい、尾崎」声を掛けられて、呉宗秀は振り返った。尾崎陽一と呼ばれるのも、そう長いことではない。「変わったことない?」

声を掛けてきたのは、《日金会》の会員だった。同じ警備班に所属している。沢野健太から紹介されたことがあった。気弱そうな同年配の男だ。「うん、大丈夫」

「いいよなあ、この講演」感極まったように呟いた。「さすが、海江田先生だよ」

小柄な老人が語気荒く、観衆を煽り続ける。高尚で上品な単語を使っているが、宗秀には聞こえた——世界中を火の海にしろ、日本だけ除いて。

「じゃあ、おれ。あっちの方、見て来るから」

講演に聞き入る会員へ告げ、宗秀は歩き出した。刻限が近付いている。泉野由佳里の死体を遺棄した後は、自分のアパートで夜を明かした。一睡もできなかった。早朝から床を抜け出し、身支度をして、会場の《横浜赤レンガ倉庫》に直接向かった。由佳里の死体が発見されたことは、携帯のニュース・サイトで知っていた。今朝の六時頃だと言う。思ったよりも早かった。

アパートの鍵は途中、道路側溝の排水枡《ます》に捨てた。もう戻ることはない。《プランK》が終了すれば、他の工作員や《補助工作員》が掃除を行う。全て綺麗に片付けられる。何の痕跡もなく。

宗秀は、二号館へと歩を進めた。背中には、小型のバック・パックを背負っている。

「ああ、居た！」

背後で上がった大きな声。振り返るまでもなかった。黒井凛子。

足を止め、舌打ちを堪え、息を吐いた。その後で、振り返った。「何しに来た？」

黒いシャツにブラック・ジーンズ。少し崩した笑みを浮かべて、凛子が走り寄って来る。「《日金会》のイベントがあるってネットで見たから。あんたに会えるかなって。だから、友達誘ってね。女の子が一人で来るようなイベントじゃないし。何？　私、お客だよ？　もう少し優しくしてよ。当日券、千円も払わされたんだから」

高いよね、と凛子は文句を言った。少し口を尖らせている。周囲を見回す。こちらに、目を向けている者はいない。皆、講演に夢中だ。

「早く、帰れ」凜子の耳元に、宗秀は口を寄せた。「ここから去るんだ、今すぐに」

「何？」視線を向けてくる。少し真顔になっていた。「ここで、何するつもりなの？」

囁き声で続けた。「話すことはできない」

「今朝、帷子川の傍で、女の人の死体が発見されたでしょ？」凜子も、真顔で続ける。

「あの人さ。宗秀と一緒に居た女《ひと》だよね？　ＴＶのニュースに写真が出てたよ」

宗秀は答えなかった。ただ、凜子の目に視線を据えていた。

「殺したの？」

数瞬の後、微かに頷いた。

「……リーダーも、宗秀が？」声が小さく、語尾が消え入りそうだった。

スパイクの手触り。今までは、否定し続けていた。「……そうだ」

凜子に、驚いた様子はなかった。ただ、悲しげだった。視線を逸らし、地面を見つめた。

「とにかく、ここを離れろ」

「ねえ」凜子は顔を上げた。毅然とした表情。「これから、何が起こるの？」

「すぐに分かる。講演が終わるまでには、ここを出ておけ。いいな？」

「その後、宗秀はどうするの？」

「この国を去る」正直に答えている自分が、不思議だった。「もう会うこともないだろう。元気でな。色々とすまなかった」

言い捨てて、宗秀は《横浜赤レンガ倉庫》二号館へと向かう。

「宗秀！」

凛子の呼び掛けにも、振り返ることはなかった。


途中、熊川が寄って来た。「どうしたんですか？　怖い顔して」

「工作員の身元が、分かったかも知れない」

「マジですか？」熊川が、大きく目を見開く。「誰です？」

「尾崎陽一」来栖は答えた。「《日金会》の会員だ。死体で発見された女が、《日金会》本部にそいつを訪ねてる。尾崎某は当然、偽装身分《カヴァー》だ。闇で戸籍等買い取って、《背乗り》したんだろう」

本部席に入ると、宮脇が立ち塞がって来た。迷惑そうな表情を隠さない。「……まだ、何か？」

熊川が、来栖の前に出た。向こうより目線一つ背が高く、体格は倍以上だ。

宮脇が怯《ひる》んだのを見て、口を開いた。「お訊きしたいことがあるんですが」

「もう、いい加減にして下さいよ」熊川から視線を逸らしながら、宮脇は続けた。「イベント始まってるでしょ？　ターニング・ポイントなんですよ、この催しは。少しは、空気読んで下さいよ」

「他に、読むべきものがあるんでね」来栖が前に出た。「尾崎陽一という会員は、どこに？」

「何ですか、それ？」宮脇が眉を寄せた。

「北朝鮮の工作員である疑いがあります」

「はあ？」驚いたか／馬鹿にしたか。「何言ってんだ、あんた？　うちの会員に、そんな輩が紛れ込んでるとでも？　尾崎くんは日本人だ。それも愛国者の。あんたなんかより、よっぽど模範的な国民だよ」

「模範的でも、優秀でも何でもいい」来栖は吐き捨てた。「とっとと、そいつをここに連れて来い」

「ふざけんなよ、あんた。公安のデカだからって、何でも通ると……」

宮脇が一歩踏み出した。来栖から遮るように、熊川が身体を割り込ませる。

「何です、騒々しい」背後から、声がした。

三〇代後半、中肉中背の男が近付いていた。スーツ姿で、これと言って特徴はない。髪は、短く刈り込んでいる。《日金会》主宰――君ノ宮隼人だった。

「ああ、主宰」宮脇が振り返る。「お騒がせしてすみません。この刑事が……」

「この間の、刑事さんだよね」遮るように、君ノ宮が続けた。「公安の。デモでお見掛けした。で、今日は、どのような御用件ですかな？」

「尾崎陽一という会員に会いたい」

「ほう」鷹揚《おうよう》な態度は崩さない。「それはまた、どうして？」

宮脇が、傍から囁く。「……北朝鮮の工作員だと言うのです」

「北の？」少し目を丸くした。「僕の組織に？　面白い冗談だ。ウチは愛国者団体ですよ」

君ノ宮は鼻を鳴らした。来栖も引き下がらなかった。「いい隠れ蓑ですよね」

「敵国のスパイに気付かないほど」君ノ宮は、北朝鮮を敵国と呼んだ。「我々が間抜けだ、と？」

「その工作員は、流暢な日本語を駆使しているでしょう。日本人も顔負けの。偽装身分《カヴァー》もニセ経歴《レジエンド》も完璧。素人に分かる訳がない。公安のプロでも怪しいモンだ」

「プロでも怪しい？」君ノ宮が口元を歪めた。「尚《なお》のこと会わせられませんね。そんなあやふやな話で。大切な仲間に、疑いの目を向けさせる訳にはいきませんよ」

「なら、こっちで勝手に捜しますよ。それなら構わないでしょう？　写真を提供して下さい」

「どうぞ、御自由に。本当は止めたいところだが、《転び公妨》なんかで、大事な会員をパクられたら困るんでね。ほら、昔からよく公安がやるでしょ？　自分で転んどいて、相手を公務執行妨害で現行犯逮捕するってヤツ。写真も、勝手に探して下さい。ホーム・ページに出てますから。差し上げるまでもない」

背中を突かれ、振り返る。熊川が、開いたノートPCを掲げた。ディスプレイを見せる。人物の顔写真が並ぶ。見覚えのある顔があった。

来栖も、面識力には自信がある。一度見た顔は忘れない。先日のデモに参加していた長身の男。会員と、一悶着起こすきっかけになった奴だ。顔写真の下には、〝尾崎陽一〟と記されている。

「その写真を、おれと成海の携帯に送ってくれ」熊川に命じ、向き直った。「北の工作員は、大規模なテロを企んでる。馬鹿騒ぎは、とっとと切り上げた方がいい」

「テロ？」君ノ宮は、鼻を鳴らした。「ウチが、その標的に？　光栄だね。敵国が、そこまで我が《日金会》を警戒してるとは。御忠告は、ありがたく頂戴いたしますよ」

「行きましょう」熊川が、声を掛けてきた。「相手するだけ、時間の無駄ですよ」

懐で、スマホが短く震えた。メール着信。尾崎陽一の顔写真——北朝鮮工作員らしき人物。

宗秀は、《横浜赤レンガ倉庫》二号館に入った。三階まで階段で上がり、レストランに入る。ここからなら、イベントを無料で拝める。それを防ぐため、席を《日金会》が押さえてあった。会員も張り付き、近付く客を追っ払っている。

「あれ、尾崎。どうした?」顔見知りの会員が、声を掛けてきた。同年配の小太りな男だった。

「ちょっと休憩」尾崎／宗秀は答えた。「コーヒー飲みたいんだ。どこか、座らせてくれよ」

「ああ。どこでも好きなトコ座りなよ」

「あそこがいいな」窓際の目立たない席だった。

「窓際に座ると、サボってンのバレるぞ」会員が、口元を緩めた。親しげな笑み。「ステージや、本部席から丸見えじゃない?」

「だって、見えないとつまンないだろ?」宗秀も笑った――愛想笑い。いつしか得意になった。「大丈夫。外からは、分かりにくいんだよココ」

煉瓦積みの倉庫だ。窓も小さく、外部から判別し辛い。反対側なら、バルコニー席がある。眺望が良く、《みなとみらい》や横浜港を眺めながら食事ができる。

「なるほどね。まあ、ごゆっくり」

微笑んだまま、会員は立ち去った。店員に、コーヒーを注文した。不機嫌そうに、オーダーを復唱する。客を追い払われるのが気に入らないのか／《ネット右翼》が嫌いなのか。バック・パックを下ろし、席に座った。黄色い派手なスタッフ・ジャンパーを脱ぎ、隣の座席に置いた。

　バック・パックは今朝、会場の傍で白竜海から渡された。必要な物が一式入っている。ノート・パソコンを取り出した。日本製の最新型――最も薄く軽量なモデル。テーブルに置き、起ち上げる。

　中には、ペン型のレーザー・ポインタも入っていた。鎌倉の廃モーテルでも見せられた。外観は、普通の文具だ。最後部から、五〇センチ程度のUSBケーブルが伸びている。PCが起動したところで、コネクタに差し込んだ。即座に、ディスプレイ上へ反応が現れた。

　会場から、拍手が沸き起こった。堅牢《けんろう》な《赤レンガ倉庫》が、震えそうだ。観衆のボルテージは、最高潮。海江田教授が片手を挙げながら、檀上を降りて行く。基調講演が終了したようだ。

　もう少しだ――十数分で、全ての片が付く。

　基調講演が終了し、一〇分間の休憩となった。ステージ上では《日金会》会員によって、パネル・ディスカッションの準備が進められていく。

「何か、変わったことは?」来栖は、成海に近付いて行った。「接近した人間は、いなかったか？　先刻、メールで工作員らしき人物の写真を送ったが」

「見ました」成海は答えた。「尾崎陽一。彼が工作員ですか？」

そうだ、と来栖は答えた。㊉——黒井凜子。席に着くでもなく、手持ち無沙汰の感があった。無表情で、少し虚《うつ》ろでもある。興味がないのか、視線をステージとは違う方向に向けていた。その先には、同年配の少女。顔は確認できない。同じ方角を見ている——倉庫の二号館。

「変わったことは何も。近付いて来た人間もいませんし」

「㊉へ接触した人間は、いなかったのか？」

「私が、信用できないとでも？」成海の表情が険しくなった。視線が絡み合った。

「お待たせしました、皆様」司会の女子アナが、ステージ上から声を張り上げた。「ただ今から、パネル・ディスカッションを始めたいと思います」

観衆から、割れんばかりの拍手が起こった。女子アナが、紹介し始める。まずは、基調講演を行った海江田嗣夫教授。コーディネーターを務めると言う。手を挙げて、群衆に応える。

パネラーへと移る。最初に現れたのは、《日金会》主宰——君ノ宮だった。恭しく、観客へ一礼する。

続いて、禿頭で大柄な男が登壇した。海江田よりは幾分若く見える。目力が強いためだ。田子浜義巳。元アナウンサーで、評論家。にこやかに席に着く。

次は、有村幸正。今、日本で最も有名な人気作家だ。四〇代だろうか。背が低く痩せて、貧相な印象。手一つ振るでもなく、無愛想に腰を落とした。

「……そして、最後にスペシャルゲストの登場です」一拍置いた。「……大きな拍手で、お迎え下さい。仲田弘泰防衛大臣と、高原鉄三郎横浜市長です！」

二人の男が、同時に現れた。長身で肩幅が広いのが、仲田大臣。中背で白髪が、高原市長。市長はスーツ姿だったが、大臣はいつも通りポロシャツにスラックス。何を思ったか、互いに手を繋いでの登場だった。万雷の拍手に、両手を挙げて応える。

同時に、プロジェクターの電源が入った。高高度二万メートル地点に待機する無人偵察機。《RQ－4グローバル・ホーク》。最新技術で捉えられた鮮明な画像が、巨大スクリーンに映し出され――はしなかった。代わりに現れたのは、輪郭のはっきりしないぼやけた映像だった。現代美術か、印象派の絵画のようだ。観客の間から拍手が止み、困惑したようなどよめきが起こり始めた。

異変に気付いたか、大臣と市長がスクリーンを振り返った。他のパネラー達も同様だ。君ノ宮が、会員を呼び付けていた。何事か怒鳴っている。その男も、首を傾げるばかりだった。

「あれは、何でしょう？」

成海が訊いてきた。スクリーンに視線を戻す。一瞬、鮮明な画像が映る。精巧な港のパノラマ――横浜港。無人機《ドローン》は、間違いなく頭上に居る。

「急降下してるんじゃないですかね？」

熊川が、背後に立っていた。映像は、再び不鮮明になった。

「《グローバル・ホーク》は、本部席の後ろで操作してるんだったな？」

来栖は駆け出した。熊川が追い越し、先導する。成海も背後から、ついて来た。

《日金会》本部席のテント。壇上同様、会員達が右往左往する。背後に同じようなテント。長机が並べられ、ＰＣ始め大小様々な機器が置かれていた。操縦桿《かん》らしきスティックや、床に置かれたペダルも見える。その奥で、三人の男が何事か議論している。全員、険しい表情だった。

「そっちは、どうだ？」一人が叫ぶように問う。

「駄目だ。完全に不能状態だ」もう一人が吐き捨てる。

三人とも屈強な体格で、背も高い。年齢も、三〇代半ばと近かった。制服ではなく作業着姿だ。首には、写真入りの名札がぶら下げられていた。名札を確認した――防衛省職員。大原《おおはら》／馬場《ばば》／新垣《あらがき》。

新垣を選んで、問い掛ける。「何が、起こってる？」

「あんたは？」新垣が、怪訝な顔を向けてきた。

「神奈川県警外事課」来栖は、身分証を提示した。

「公安の刑事さん？」新垣が、眉を寄せた。「駄目だよ。ここは、部外者立入禁止」

「《グローバル・ホーク》は、どうなってる？」

「だから、機密……」来栖から視線を外した。声を荒らげる。「……何、勝手に入ってンの？」

熊川が、操作機器側に回り込んでいた。「ここで、無人機を操作してんスか？」

「ちょっと、あんた困るよ……」

「……いいんだ、この人は」熊川を止めに入った新垣を、大原が制止した。「熊川さんですよね？」

「熊川？」新垣の表情が変わった。「あのハッカーの？」

「そう。攻撃型では、日本一の腕利きだ」大原の表情も輝いている。「天才的ハッカーだよ」

「こんなトコから操作しなくても」褒め言葉に対しても熊川は、特に反応を示さなかった。「三沢から動かせばいいのに。アメリカ本国じゃあ、国内から地球の裏側を爆撃してるンでしょ」

「仲田大臣の意向です」顔を輝かせたまま、大原が答えた。「操作しているところを国民に見ていただいて、導入に対する理解を深めていただこうと……」

「で、わざわざこんな即席操作台を？」熊川が目を丸くした。「面倒臭えなあ。第一、アメリカとの契約で、操作系は保秘が絶対なんじゃないの？」

新垣の表情が歪んだ。察した大原が、素早く制する。「苦労したんですよ。機密部分は残して最小限の操作系のみを、ここに移設しまして」

「ここまで、コンパクトにまとめられたのは島三佐のお陰ですよ」新垣は、どこか誇らし気だ。

「おい、お前等。喋ってないで、復旧に戻れ」作業を続けていた馬場が、声を上げた。その間も、モニターから視線を逸らさない。傍らに、熊川が近付いて行く。「ちょっと、見ていいかな？」

困惑したように、大原を見た。頷く。馬場は黙って、熊川に席を譲った。

「どうも」軽く頭を下げ、熊川は席に着いた。机上のノートPCを、操作し始める。

「どうだ？」来栖は、その背後に近付いて行った。誰も制止しては来なかった。

「《マルウェア》を仕込まれてますね」

平然と、熊川は答えた。薄笑いさえ浮かべている。

「そんな馬鹿な！」声を張り上げたのは、新垣だった。「操作系は独立している。ネット等には繋がっていない。完全なスタンド・アローンだ。ウイルス類が、入り込む余地はないはずだ！」

「どういう種類の《マルウェア》なんですか？」馬場が訊いた。中では、一番落ち着いて見える。

「そんなに複雑じゃない。まず、こちらからのコントロールを完全にシャット・アウト」熊川は、モニターに目を据えたままだった。細かな文字が、次々と流れて行く。

「後は、墜落させるだけです」

大原が目を瞠った。「《グローバル・ホーク》を墜《お》とすのが、目的だと？」

「単に、墜とすことだけじゃないでしょうね」熊川は、淡々と続けた。「墜落には、一定の方向性を持たせてあるみたいだ。どこか、狙った場所があるようです」

「一体、どこに？」新垣の声が高くなる。

「そりゃ……」熊川は、自分の足元を指差した。「ここじゃないですかね」

「どうやって、《マルウェア》が入り込んだって言うんだ？」新垣の声は、叫びに近かった。

「USBコネクタくらいあるでしょ？　市販のメモリ一個で充分ですよ。この程度のプログラムなら」

新垣は口を噤《つぐ》み、大原が言った。「……一体、誰が、そんな真似を」

「最近、責任者の方が亡くなりましたよね。鎌倉の方で」

熊川は、無神経なほど平然としている。馬場が、大原と顔を見合わせる。

新垣の目尻が吊り上がった。「島三佐が、こんな真似したって言うのか！」

相変わらずのマイ・ペースで、熊川は続ける。「だから、一つの可能性……」

詰め寄った新垣が、襟首を摑もうとした。来栖は、二人の間に割って入った。冷ややかな視線を向ける。新垣は踏み止まり、一つ深呼吸した。

来栖は、熊川に向き直った。「ウイルス仕込むのは、誰でもできるのか？」

「中学生でもできますよ」熊川は、肩を竦めた。「メモリをＵＳＢコネクタに差し込んで、中のファイルを開くだけ。今までバレなかったんだから、それ以外にも多少の操作は必要だったでしょうが。防衛省の技官、それもチームの責任者クラスとなれば簡単でしょう」

島三佐は、北朝鮮の《ハニー・トラップ》に陥ちた。実行したのは、崔国泰と新川公彦。場所は、徐大淳が経営するコリアン・パブ《ピョンヤン》。弱みを握った北サイドは、《グローバル・ホーク》操作システムへの《マルウェア》侵入を要求した。崔／新川／島──三人が既に殺害されている。口を封じるためだ。徐は、〝金蔓として、まだ利用価値有り〟と判断されたのだろう。

そして、コンピュータ・ウイルスは一人牙《きば》を剝き始めている。

来栖は訊いた。「狙いは、どこまで正確なんだ？」

「アバウトだと思いますよ。大体この辺、くらいじゃないですか」

「じゃあ、どうやって墜落場所を特定する？」

「どこか地上で操作してるンじゃないですかね？　映画とかであるじゃないですか。空中で戦闘機が発射したミサイルを、地上の兵士が標的にロック・オンするヤツ。レーザー照準器《サイト》とか使って」

「レーザー・サイト？」

「そんな感じじゃないかと思うんですよね。《マルウェア》の中身から判断して」

ウイルス感染した無人機は、一定の方向性を持って墜落している。正確な照準は、地上の工作員が担当する。来栖は、視線を振り向けた。《横浜赤レンガ倉庫》二号館。

「……猶予は？」

「数分ってところじゃないですかねえ」まだ一週間くらいあるような口振りだった。

「大変だ……」大原が、呆然と呟いた。視線は、宙を彷徨《さまよ》っている。「高度二万メートルから、《グローバル・ホーク》が墜ちて来る。……こんな場所に墜落したら、大惨事になる……」

新垣と馬場も、顔は若干蒼褪めて見えた。熊川は、再びPCの操作に戻っている。

「……だが、テポドンに核を積んで、原発にブチ込むほどじゃない……」

防衛省技官三人の目が、揃ってこちらを向いた。皆、一様に怪訝な表情をしていた。

〝大規模で派手なテロ——日本へのダメージは少なく、インパクトは強い〟。張偉龍の言葉を思い出していた。

会場には、多くの人間が集まっている。巨大無人機が墜落すれば、大惨事となる。死傷者数も、百人を軽く超えるだろう。だが、国力を削ぐほどではない。

それでも、国民に与えるインパクトは多大なものがあるはずだ。

北朝鮮によるテロとなれば、国中が怒りに震える。ヒステリックな過剰反応や、暴走する者も出て来る。一般市民に限らない。政府関係者も同様だ。日本中がパニックに陥り、北への憎悪一色に染まる。

黒幕は日本の政府高官――張は、そう言った。反北感情を煽り立て、自分の権力基盤を強化する。この国は、当該高官が望む通りの道を歩むこととなるだろう。

「これから、どうします？」背後から、成海が声を上げた。

大原は蒼褪めていた。「《グローバル・ホーク》が墜ちて来る……。発表したらパニックになる……」

「熊川、お前は操作系の復旧に集中しろ。あんた達は」来栖は、技官達に目を向けた。「《日金会》と協力して、参加者達の避難誘導に当たってくれ。おれ達の言うことは、素直に聞いてくれそうにない」

新垣は、顔を歪めた。「正直に言うと、大騒ぎになるぞ」

「火災報知器が作動したとか。何か口実を作って、参加者を避難させろ」

成海が訊いた。「私は、何を？」

「お前は、《カモメ第三ビル》の本部にバック・アップの要請。大至急だと言え。その後は、壇上の連中を避難誘導。あそこでボォーっとしてたら、格好の的になる」

「分かりました」真摯な表情で、成海は頷いた。「来栖さんは、どうされるんです？」

「……おれは」来栖は、視線を倉庫の二号館に向けた。「行くところがある」

37

《横浜赤レンガ倉庫》二号館——三階。窓は、微かに開いている。椅子に腰を下ろしたまま、呉宗秀は、右手でペン型レーザー・ポインタを構える。スウィッチはONにしていた。

先端からは、細くて淡い赤光が放射されている。一〇月の陽光に遮られて、見失いそうだ。目を凝らし、光線から視線を逸らさなかった。

端末には、特別に開発された無線LAN機能も内蔵されていた。《RQ－4グローバル・ホーク》へ、PCは指令を送り続ける。難しいものではなく、むしろ単純だ——〝レーザーの示す先に、突っ込め〟。

会場の雰囲気が、変わり始めた。異状を感じている。最悪、無人でも問題ない。

「人的被害が、ゼロでも構わない」《父上》――太道春も言っていた。微笑さえ浮かべて。「確実に《グローバル・ホーク》を叩き墜とせば、それでいいんだ」

《日出ずる黄金の国を守る会》へ入会したのも、これが目的だった。《父上》は、今回のイベントに関する情報を早期に入手していた。そうして練り上げられたのが《プランK》だ。《K》はKAMIKAZEを意味する。《神風特攻》の頭文字。

「日本人は、《神風》が大好きだからな」《父上》の笑みが大きくなった。「愛する《神風》を、頭上に墜としてやるといい。こちらは無人機。パイロットの命を無駄にすることもない。日本と違って、な」

会場に続いて、壇上の人間も立ち上がり始めた。宗秀は、レーザーの狙いを少し修正した。目的の人物が動いたからだ。当初から、同じ人間に照準を合わせていた。防衛大臣。将軍のようなものだろう。的は大きいほどいい。《父上》のリクエストでもある。

「防衛大臣の仲田弘泰」《父上》は、こうも言った。「こいつが死ねば、パーフェクトなんだがな」

宗秀は答えた。「ならば、必ず殺します」

「いやいや」太は、右手を左右に振った。「無理することあない。確実に無人機を墜とせ。それだけでいい。後は、オマケだ。《グローバル・ホーク》の墜落に失敗したら、本末転倒だからな」

本当の狙い――宗秀には、知る由もなかった。それでいい。考えるのは、自分の仕事ではない。《父上》の命令を確実に遂行すること。それが、任務だった。

防衛大臣は、壇上で右往左往している。本来、誘導するべき係員自身が同じ様だ。スーツ姿の男達も見える。警護官だろう。日本では、《SP》と呼ばれる。彼等も状況が摑めていないようだ。その姿を、宗秀は目とレーザーで追い続けた。もう少しだ。後数分で、全てが終わる。

視線を上げる。屋根の上、更に上空――辛うじて目視できるだけの小さな点。天井に遮られ、ここからは見えない。今では、倍以上の大きさに膨れ上がっているはずだ。

二号館の三階へと、来栖惟臣は階段を駆け上がった。熊川亘の説――レーザー照準器による誘導が正しいなら、工作員は少しでも高い位置に陣取るだろう。最上階から捜索し、潰していく。

三階に到着し、左右を見回した。観光客が疎らに見えるだけで、異状はない。

店舗等を注視して、歩く。来栖は、レストランに足を踏み入れた。近付く店員に身分証を示す。テーブルや椅子が、整然と並べられている。窓際に目を向けた。

あそこからなら、舞台が一望できる。来栖は、踏み出した。

《日金会》の会員だろうか。小太りの男が、険しい表情で近付いて来ようとした。無線機を耳に当て、階下へと駆け出す。避難誘導の応援要請でもあったらしい。

窓際の席――客の姿はなかった。《日金会》が借り切っているのか。この位置なら、イベントが丸見えだ。先刻の男は、ここに来る人間を追い払っていたのだろう。歩を進め、立ち止まる。

若い男が座っていた。背中を向け、顔は確認できない。テーブル席に着き、前には開かれたノートPC。窓から陽光が差し込み、ディスプレイの表示は見えなかった。小型で、ペン状のものを握って掲げている。舞台の方角に向けているようだ。先端から、仄《ほの》かに赤い光が出ている。

腰の後ろに、右手を回した。ヒップ・ホルスターに収めた拳銃のグリップを握り締める。音もなく、男の背後へと近付いて行く。こちらの存在に、気付いた様子はない。男まで、一メートルのところに近付く。来栖は三八口径を引き抜いた。両手で構え、相手の背中に銃口を向けた。トリガーに、指は掛けない。トリガー・ガードから出し、シリンダーの下部に固定している。発砲する瞬間まで、その状態を維持する。

「尾崎陽一だな？」

来栖は、落ち着いた声で話し掛けた。男の背中がコンマ数秒――数ミリだけ動いた。

「警察だ！　手を見えるところに出して立ち、ゆっくりとこちらを向け！」

38

呉宗秀は立ち上がった。レーザー・サイトは手にしたままだった。ポイントは防衛大臣から逸れたが、大体の方角はまだ合っている。

「手にしている物を、テーブルに置け」

背後で、男が言う。鋭いが、叫びではない。聞き覚えのある声だった。記憶と照合した。《日金会》のデモで会った奴だ。公安の刑事——来栖と言ったか。

レーザー・ポインタをテーブルに置く。舞台の方角に向けてはいるが、レーザー光は壁に遮られる形になった。そのまま両手を上げる。自分の偽名も知っている。丸腰ではないだろう。

宗秀は、ゆっくりと振り返った。

尾崎陽一。間違いない。《日金会》のHPで見た顔——確認するまでもなかった。

来栖惟臣は、銃口のポイントを逸らさずに言った。「北朝鮮の工作員だな？」

核心を突く問いに、尾崎は無表情のままだった。向けられた拳銃にも、注意を払う素振りさえ見せない。来栖は視線だけ動かし、頭から足のつま先まで観察した。濃紺のシャツとジーンズ――軽装だった。スタッフ・ジャンパーは、横の席に畳まれている。武装している様子はなかった。

　尾崎の身体が動き始めた。素早くもなければ、ゆっくりでもない。滑らかに身体を回転させる。声を掛ける前に、再び背を向けていた。

　来栖は、S&W・M360J《SAKURA》のハンマーをコックした。

　乾いた金属音が響く。小さいが、はっきりと耳に届いた。拳銃の撃鉄を起こした。すぐに撃つだろうか――宗秀は頭を巡らせた。刑事との距離は一メートル程度。拳銃は回転式《リヴォルバー》だった。安全装置《セイフティー》はない。

ハンマーをコックしたシングル・アクションの状態。トリガーに、軽く指を触れただけで発砲できるだろう。それだけ不安定な状態とも言える。

なら――

　宗秀は、両脚に力を込めた。

　次の言葉を発しようとして、来栖は息を呑んだ。前方を向いたままの尾崎が、急接近して来たからだ。後方にジャンプ。背中から、飛び掛かって来る格好だった。

　背中が停まり、尾崎が身を翻らせた。廻《まわ》し蹴り――気付くまでに、一瞬の間があった。両腕に衝撃が走る。同時に、乾いた炸裂音が響いた。来栖は、後方に飛んだ。体勢を立て直す。

頭を、素早く整理する。相手の右脚が、拳銃を蹴り飛ばした。空中に舞い上がった三八口径は落下し、暴発した。どこに転がって行ったかは、確認できない。来栖は、両腕を前に構えた。尾崎の目的は、拳銃を弾き飛ばすことだけだったようだ。腕にダメージはなかった。

着地し、回転を終えた尾崎も構え直した。リズムを取りながら、間合いを詰めて来る。両手／両足が交互に繰り出される。長身だ。腕も脚も長い。間隔は、充分に取ってあった。伸び切った腕と脚が、更に追い掛けて来る。後ずさるしかなかった。

ガードを固め、相手の隙を窺う。絶え間なく、打撃が襲って来る。防戦一方だった。腕／脚――繰り出しても、簡単に躱《かわ》され弾かれる。尾崎の左。両腕のガードを弾き飛ばされた。続けて右。来栖はスウェイした。顎を掠《かす》める。脳に痺れが走った。長身ではあるが、細身だ。体重《ウエイト》は大してない。ここまで重いパンチの持ち主とは思わなかった。

相手の注意を逸らせ。テーブルの上、メニューが置かれていた。摑んで投げる。尾崎は、左手で払った。来栖は下半身目掛けて、飛び掛かった。

向こうの方が素早かった。後方にステップし、躱す。掌だけが微かに触れ、両膝を床に打ち付けた。視線を上げる。尾崎は、隙のない構えでこちらを凝視していた。

頭上からの轟音《ごうおん》が大きくなる。無人偵察機《RQ－4グローバル・ホーク》のジェット・エンジン音。着実に、ここへ落下している。視線を工作員に向けたまま、立ち上がる。

時間がない――それだけは、確かだ。来栖は、左手に異状を感じた。何かが付いている。尾崎の右脇腹に触れた指先。左の目だけで確認する。指先が赤く染まっていた。

血？

人差し指と、中指の先に付着しているもの。人血にしか見えなかった。

宗秀は、右脇腹に痛みを感じていた。刑事に触れられたからではない。以前からだ。泉野由佳里に刺された傷。再び出血し始めたのも分かっている。《スキン・ステープラー》で縫合し、大型の絆創膏も貼っていた。それでも、止血できないようだ。濃紺のシャツでなければ、赤く染まっていただろう。視線は刑事に留めたまま、逸らすこともできない。

今は、自分の方が優勢だ。有効打も受けていない。少しでも油断すれば、瞬時に形勢を逆転される。相当の格闘能力を有している――《イセザキ・モール》での直感は当たっていた。

ジェット音は、徐々に大きくなっている。耳を聾《ろう》するような轟音。時間がない。

「狙ったところに墜ちるまで」白竜海は言っていた。「レーザーは逸らすなよ。どこに墜落するか分からなくなるぞ」

現在のようにコントロールを喪失したままでは、無人機はどこに向かうか分からない。ＰＣは起動したままだ。レーザーも照射し続けている。早く照準を定めなければならなかった。

それには、あの刑事を始末することだ——今すぐにでも。

宗秀は踏み出した。


無人機が発する轟音。既に、尾崎の足音を消すまでになっている。こちらに近付いて来る。来栖は構え直した。三歩踏み込まれたところで、工作員が視界から消えた。左側に飛び、蹴りを放って来た——気付くのが一瞬遅れた。避けたが、左頬を足の甲がヒットした。口の中が切れた。鉄の味が広がる。

蹴りの後は、惰性で無防備になるはず——が、尾崎は蹴りを放ったままの姿勢で静止していた。二撃目が、こめかみを襲う。頭蓋骨の中で、脳髄が激しく揺さぶられた。瞬間、意識が白濁した。

宗秀は、床へと着地した。止まることなく動く。敵の背後に回り込んだ。頭への蹴りは、功を奏した。刑事の意識は、朦朧としている。少なくとも、動きは鈍った。今しかない。

左腕を首に回し、右の肘を握る。右掌を後頭部に当てた。後は、腕に力を込めるだけだ。

来栖は、コンマ数秒で意識を取り戻した。工作員の腕が、首に巻き付いている。崔国泰／島潔史／泉野由佳里――如何にして頸骨を折られたか。尾崎の掌は、自分の後頭部に当てられている。少し力を込められれば、首の骨は簡単に折られるだろう。

超人的な殺人スキル。熊川亘の軽口を、来栖は思い出していた。

指先の人血――どこで付着したのか。考えるより先に、右肘を後方へ振るっていた。

刑事の右肘が、右脇腹を襲った。宗秀は、小さく呻《うめ》いた。由佳里に与えられた傷。本国において、特殊な訓練を長期間受けている。痛みに対する耐性もある。この程度で、獲物を取り逃がすことはない――通常の相手なら。

両腕の力が微かに緩んだことに、気付くのが一瞬だけ遅れた。

尾崎の腕から抜け出すと同時に、来栖は振り返った。間違いない。工作員は負傷している。相手の右脇腹に、ボディ・アッパーを入れた。もう一度——更に、もう一度。体勢が崩れた。顔も微かに歪んでいる。来栖は、左を相手の脇腹へと突き上げ続けた。身体を折り曲げたところで、左膝を入れた。尾崎の口から小さく声が漏れ、床に膝を突く。

頭上のジェット音。空港の滑走路へ迷い込んだかのようだ。時間がない。工作員が座っていたテーブル席へと駆け寄った。起動したままのノート型ＰＣに飛び付く。レーザー・サイト。赤い光線を発して、ＰＣに接続されている。ＵＳＢケーブルを引き抜いた。

来栖は、後ろを振り返った。尾崎が、眼前に立ちはだかっていた。

右フックを振るった。刑事の身体が、レストランの床へと転がる。宗秀は、空を振り仰いだ。天井に遮られて、巨大無人機は見えない。エンジン音だけが、耳を聾する。まだ間に合う。レーザーポインタへと手を伸ばす。同時に、体勢が崩れた。手にし掛けた物が、指先から零れていく。脚を払われたことに気付いたのは、床に倒れた瞬間だった。

右手首。目を瞠った。手錠を掛けられていた。脇腹に蹴り——息が詰まる。

工作員に手錠を掛け、テーブルの脚と繋いだ。ノートPCを払い落とす。工作員は、喘ぐように息をしていた。全身が、微かに痙攣しているようにも見える。

背後で、轟音が鳴り響いた。窓を開き、来栖は顔を突き出した。

程近い海面から、巨大な水柱が立ち上っていた。《グローバル・ホーク》が墜落したためだ――理解するのに、数瞬を要した。持ち上げられた海水が、ゲリラ豪雨のように海面と付近の船舶を叩く。水柱が治まると、白く泡立つ横浜港だけが残された。海中に没したのか、巨大無人機は浮上して来なかった。

来栖は、工作員に視線を戻した。

尾崎は、ぐったりしたまま動きを止めていた。バルコニーの床には、ディスプレイの割れたノートPCが転がっている。その傍らに、レーザー・ポインタ。既に、光は発していない。

窓から、地上の舞台を見た。檀上には、防衛大臣――仲田弘泰／横浜市長――高原鉄三郎。残され、立ち尽くしている。他のゲスト達もステージから下りてはいたが、周辺を右往左往していた。

成海果歩は何をしている？

壇上に居る人間達を、避難誘導するよう指示したはずだ。手間取るとも思えない。

階段の方角から、金属的な響きが聞こえてきた。人間が駆け上がって来る足音。来栖は、視線を向けた。レストランの入口に、成海が立っていた。両手で、《SAKURA》——三八口径を保持している。「おい、そこで何やって……」

声を掛けようとして、来栖は口を噤んだ。銃口が、自分に向けられていたからだ。

眼前の光景が、宗秀には信じられなかった。

突然現れた女が、刑事を撃った。直前の様子や口振りから判断して、二人は同僚のように見えた。警官が、警官へ発砲したことになる。

女は両手で拳銃を構え、歩き出した。銃口は、刑事に向けられたままだった。

刑事は、撃たれた衝撃で後方へと倒れた。テーブルを押し倒し、椅子と縺《もつ》れ合うように座り込んでいる。頭を垂れ、ピクリとも動かない。女は、男の傍らに屈《かが》んだ。右手で拳銃を突き付け、もう片方の手で身体を探り始める。

上着の内ポケットから、何かを取り出した。小さな黒い金属だった。指先で抓み、立ち上がる。こちらへと近付いて来た。宗秀は、女の指先にある物が手錠の鍵だと気付いた。銃を腰の後ろに仕舞い、傍らで中腰の姿勢となった。右手が摑まれる。

「動かないで！」大きくはないが、鋭い声だった。宗秀は、動きを止めた。

女は、鍵を手錠の鍵穴へと差し込んだ。「私は、成海果歩。警察庁警備局外事情報部国際テロリズム対策課の警部補」

　宗秀の手から外れた手錠は、床に当たって金属的な音を立てた。

　成海と名乗った女は、立ち上がった。「貴方の味方よ」

39

　来栖惟臣は、目を開いた。眼前に、熊川亘の顔があった。「大丈夫ですか？」

「ああ」熊川の問いに答えながら、来栖は重い身体を起こした。

《横浜赤レンガ倉庫》二号館――三階のレストラン。払い落としたノートＰＣとレーザー・ポインタがない。尾崎陽一と成海果歩の姿も。

　黒い上着は、左胸に穴が開いていた。ボタンを弾き飛ばして、開いた。下から、防弾ベストが現れた。三八口径の銃弾が食い込んでいる。ちょうど心臓の真上だった。

　立ち上がろうとすると、左脇腹に鈍い痛みが走った。呼吸も苦しい。「……肋骨《ろっこつ》がイッてるな」

「折れてるんですか？」

「罅《ひび》ぐらいだろう」

「撃たれた衝撃で？」

「いや」痛みを堪えて立つ。「位置が違う。転んだとき、テーブルか椅子にでもぶつけたんだ」

後頭部にも痛みがある。同じく、どこかに打ち付けた——意識が途切れた理由。

「これ、来栖さんのでしょう？　そこの隅に転がってましたよ」見覚えのある拳銃。S&W・M360J《SAKURA》。熊川が、指で抓んで翳している。

「助かったよ。失くしたら、また何言われるか」ヒップ・ホルスターに収めた。

「無人機《ドローン》の操作系に仕込まれた《マルウェア》はどうなった？　駆除したのか？」

「勿論」得意気に、熊川は答える。「さすがに完全復旧は無理でしたが、針路を海の方へ変えてやりましたよ。お陰で、横浜港にドボンです」

無人偵察機《RQ－4グローバル・ホーク》。海面に墜落するところは視認していた。熊川の言う通りなら、尾崎陽一との格闘は無駄だったことになる。「……成海は、どこだ？」

「彼女に撃たれたんでしょう？」事もなげに、熊川は言った。

タブレットを見せる。淡く粗い画像が映っている。防犯カメラだろう。二人の男女が、行き過ぎようとしている。男は、濃紺のシャツとジーンズ。女は黒いパンツ・スーツ。手にはPCらしき物。

「ここの一階に、設置されたカメラからの映像です」タブレットに映る二人を指差す。

「男は尾崎陽一ですよね。北朝鮮の工作員。で、女は成海警部補。尾崎は一応、カメラから顔を伏せていますが、成海警部補は隠すつもりもないようです」

　尾崎は頭しか映っていないが、成海は顔まで確認できた。

「来栖さんが生きてたんじゃあ、カメラを避けるだけ時間の無駄ですからね。工作員の逃亡を手助けしてる感じですよね、これ？」熊川の笑みが大きくなった。「どうして、頭を狙わなかったんでしょうね？」

「？」来栖は、熊川を見た。「どういう意味だ？」

「防弾ベストを着ていることは、知っていたはずです」面白がっているようにさえ見える。「最初《ハナ》から殺す気なら、頭を狙うんじゃないですか？」

「単に、デカい方の的を狙っただけだろ。下手に頭なんか狙うと、外す恐れもあるからな。防弾ベストの件は、忘れてたんじゃないか。それか、慌ててたか。分かんねえよ、ンなこと」

「殺したくなかったんじゃないですかね？」笑みが、更に大きくなる。「来栖さんのことを」

「見てみろよ」上着の裾を開いた。「弾《たま》は、心臓の真上だ。それより、連中は確保できたのか？」

「下は大混乱です」笑みを浮かべたまま、熊川は答えた。「避難する人々でね。あの中に紛れ込まれたら、簡単には捜し出せませんよ。もう、この施設の敷地内には居ないでしょう」

「本部からのバック・アップは？」

「今、到着したところです。お願いされてましたよね、本部への応援要請。成海警部補が……」

「呼び捨てでいい」

　軽く面食らったように、熊川は目を瞠った。すぐ元通りの笑みを浮かべると、続けた。「……成海が、本部に応援要請なんかしていたと思いますか？　《グローバル・ホーク》が片付いてから、僕が連絡したんです。本部は、何も知りませんでしたよ」

「緊急配備《キンパイ》は？」

「《赤レンガ倉庫》周辺から関内を中心に、市内全域へ」熊川は、少しだけ首を左右に振った。「ですが、これも手配したばかりですから。準備中の地点もあります。まだ穴だらけってコトですよ。あの女が工作員を手引きすれば、あっさりと擦り抜けられるでしょうね」

　息を吐き、天を仰ぎ見た。首を上げるだけでも、後頭部と脇腹に痛みが走る。

「万事休す、ですかね？」

熊川の問いに、直截には答えなかった。「……黒井凜子は、どうした?」

「この混雑ですから」他人事《ひと》のように、首を傾げる。「もう移動してるんじゃないでしょうか」

「あの女も手配しろ」来栖は、鋭く命じた。「他には伏せて。訊きたいことがある」

了解しました、と熊川は応じた。「……一つ分からないことがあるんですが」

「何だ?」

「どうして、成海は裏切ったんでしょうか?」

熊川の顔から、笑みが消えた。一瞬、沈黙が降りた。足音——制服警官が集結しつつある。

来栖は、首を左右に振った。後頭部が痛む。「さあな。訊きたいのは、おれの方さ」

40

「どうぞ、入って」

女——成海果歩に促されるまま、呉宗秀は室内に入った。

市内西区にあるマンションの一室。一〇階建ての六階——角部屋だった。横浜駅から相鉄線で一駅。平沼橋駅のすぐ傍だ。室内に、生活感は感じられなかった。1LD

Kのフローリング。家具類も限られていた。簡易ベッドに、ガラス・テーブル一脚。TVさえない。少し埃臭かった。普段は、使われていないようだ。一番奥の窓に、カーテンだけはある。閉じられていて、室内は薄暗い。

「そこのベッドに腰掛けてて」成海は、ドアを施錠した。「右の脇腹。怪我してるんでしょう？　歩き方が、おかしかったから。応急措置ぐらいしかできないけど。放っておくよりはマシね」

言われるまま、ベッドに座った。女の後ろ姿を眺めた。キッチンの棚を探っている。

成海果歩／警察庁警備局外事情報部国際テロリズム対策課警部補／自分の味方。

《父上》——太道春の命令を思い出す。敵国である日本とアメリカ——腐った資本主義帝国。その権威と信用を失墜させ、民衆を震え上がらせる。

何故、日本人の警官が手助けする？　仲間であるはずの刑事に発砲までして？

救急箱を手に、成海が戻って来た。「服を脱いで」

何事もないように言った。手当てするつもりらしい。宗秀は、黙って従った。相手の狙いが分からない以上、今は言われた通りにする他ない。それに——

殺そうと思えば、いつでもできる。

射撃の腕は見事だった。身体も、女としては鍛えられている。相当の訓練を積んでいるだろう。検問や官憲にも掛からず、ここまで辿り着いた。

それでも、自分の敵ではない。

女は、途中で何者かにバッグを手渡した。見覚えのない男。中には、《横浜赤レンガ倉庫》から持ち出したPCとレーザー・ポインタが入っていた。

手早くシャツを脱ぎ捨てる。濃紺の生地だから分かり難いが、血を吸って重い。右脇腹の大型絆創膏は、隅まで赤く染まっている。出血量が多かった。痛みも、徐々に増す。来栖という刑事と格闘していたときから、鎮痛剤の効果は切れていた。

鍛え抜かれた自分の身体を見ても、女は眉一つ動かさなかった。

「これ、《スキン・ステープラー》で？」絆創膏を剝いだ後の傷口に、興味を抱いたようだ。右脇腹に、顔を近付けてくる。「誰が、縫合したの？」

「自分で」宗秀は吐き捨てた。

「そう。器用ね」成海は、救急箱を開いた。「傷口は綺麗だから、縫い直す必要はないでしょう。針の位置だけ直しておくから。後、消毒はしないと。ちょっと、沁みるかも知れないけど」

細い指先が、縫合針の位置を修正していく。脱脂綿で血を拭い、新しいものに消毒液を浸み込ませ傷口を撫でた。宗秀は、反射的に顔を顰めた。

「我慢しなさい」成海が薄く微笑った。消毒しながら続けた。「これは、誰に刺されたの？」

「………」少し考えた。「あんたには関係ない」

「そいつは、始末した？」

一瞬、間を置いて頷いた。そう、とだけ成海は呟いた。血に濡《ぬ》れた脱脂綿を、空のレジ袋に捨てる。新しい絆創膏を貼った。前の物より、大振りで厚い。

「はい、ＯＫ。服を着替えたら完璧。そこのバッグに着替えが入ってるから。これ、痛み止め」

錠剤の小瓶／水を入れたコップ。救急箱の上に置かれた。宗秀は手を出さなかった。

「大丈夫よ」成海は、小さく鼻を鳴らした。「毒なんかじゃないから」

宗秀は一錠、口に放り入れた。毒物ならば口内に入れた途端、刺激で分かる。異状は感じなかった。馴染みのある鎮痛剤の味。コップを手に取り、錠剤を流し込んだ。

大きく一つ頷いて、成海は立ち上がった。そのまま、キッチンへと向かう。

バッグのファスナーを、宗秀は引き開けた。中には赤青チェック柄のシャツと、濃いブラウンのチノパンがあった。どちらも新品のようだ。

革ベルトに、手を掛けた。腰の周辺が、赤黒く染まっている。血は、ジーンズにまで垂れていた。

「済んだ？」着終わると、キッチンから声がした。「悪いんだけど。カーテン開けてくれない？」

立ち上がり、窓へと向かった。隙間から差し込む光は、夕暮れのものに変わっている。カーテンに手を掛けたところで、動きを止めた。背後——入口辺りに、人が立つ気配。微かに、硝煙の匂いが鼻を衝く。発射直後なら、数メートル後方でも嗅ぎ分けられる。先刻の拳銃。取り入り／油断させ／背後に回る——陳腐な手だ。

カーテンを開き、身を躍らせた。薄暗かった室内へ、外光が一気に雪崩《なだ》れ込む。銃声——部屋が張り裂けるほど響いた。ガラスの砕ける音。姿勢を低くしたまま、振り返った。

女——成海が、両手で拳銃を構えていた。輪胴《シリンダー》の形状から判断して、装弾数は五発。《横浜赤レンガ倉庫》で一発。ここで一発。残りは、三発のはずだ。宗秀は、ベッドの方へと飛んだ。

更に一発。銃弾は、フローリングの床へとめり込んだ。ベッドを蹴り、成海の方へ飛ぶ。撃たれる前に、左を鳩尾《みぞおち》に入れる。発砲——天井目掛けて。反射的に、トリガーを引いたようだ。壁紙やコンクリートの欠片が、舞い落ちて来る。短く呻き、女の身体がくの字に曲がる。

「何が、味方だ」宗秀は、女の手から拳銃を捥《も》ぎ取った。「日本の警察は、回りくどい手を使うんだな。こんな真似をしなくても、あのまま連行すれば良かっただろう」

「……味方よ」吐き出すように、成海は言った。呼吸するのも困難なようだ。「……

だから、狙った」

「？」足を払った。成海の身体が、仰向けに床へと転がった。宗秀は訊いた。「どういうことだ？」

「まだ、気付いてないんだ？」嘲笑うように、成海が小さく鼻を鳴らした。「貴方。今度の件が済んだら、無事に国へ帰れるとでも思ってた？」

銃口を向け、撃鉄《ハンマー》を起こす。見込みが正しければ、後一発残っている。

「今度のテロは……」成海が続けた。息が荒い。「日本のある高官と、あんたの国の偉い人が組んで企んだことなの。中国の仲介でね。そんなこと、どちらの国の民衆にもバレたら困るでしょう？」

日本人と手を組んだ？《父上》が？「どうして、日本人が自分の国に戦闘行為を？」

「ホント、馬鹿ね」女の表情は、微笑っていた。相手を虚仮《こけ》にする顔。「北が日本でテロを起こせば、国内世論は発狂する。〝北朝鮮、憎し〟でね。誰も、冷静ではいられなくなる。後は簡単。再軍備も右傾化も、権力者の思うがまま。ただし……」

一瞬、顔が歪んだ。鳩尾への一撃が効いているようだ。「……日本いえ世界中が北の仕業と疑いながらも、北朝鮮に反論の余地が残っている状態。それが、ベスト。全て曖昧なまま、日本は北を非難し、北朝鮮は犯行を否定する。互いの民衆は、相手に対する憎しみだけを増幅させていく。権力者達から、いいように操られているとも気付かないままでね。そのためには、実行者が捕まっては駄目なのよ。北の犯行だと、決定付けられる証拠が出ては」

「……つまり、おれが生きた証拠か？」

「やっと、理解できたようね」成海は、嘲笑を浮かべたままだった。「貴方に生きてられると、マズい理由が分かったでしょう？　勿論、貴方の仲間も同じ。テロに関わった北朝鮮工作員を、全て始末する。それが、与えられた任務。貴方の味方である我々に、ね」

銃口を上げ、成海の頭部に照準を合わせた。女が、再び鼻を鳴らした。「……私を殺しても無駄よ。味方はいくらでもいる。彼等は追跡を止めない。対象を全員始末するまで。貴方の居場所は、もう世界中どこにもないのよ」

成海の顔を凝視した。こいつが裏切ったのは、自分の祖国か／自分自身か。ただ、一つだけ言えることがあった。女の顔は、自分の母親に似ていた。

「撃つの？」裏切者が、口を開く。「心配要らないわ。この部屋は、完全防音だから」

女は、くくっと小さく嗤った。その声は徐々に大きくなり、最後には哄笑となった。時々咳き込みながら、それでも止めようとはしない。

宗秀は、何度も瞬きした。女は、母親にしか見えなかった。自分のために、我が子を売り渡した裏切者。忘れたはずだった。顔は、似ても似つかない。齢も違う。だが、面影が重なる。トリガーに指を掛けた。三八口径のような拳銃弾では、頭蓋骨内に残留することもある。角度を計算する。顔面を粉砕できる入射角を。

発砲——側頭部に、小さな穴が穿《うが》たれる。同時に、前頭部を銃弾が貫通した。血と脳漿《のうしょう》が、フローリングの床に飛び散る。成海の顔は、原形を留めないほどに破壊された。女の嘲笑／母親《オモニ》の面影。

宗秀は、窓に視線を向けた。拳銃を、床に放り投げる。夕暮れの時刻。秋の空が、赤く染まっている。

貴方の居場所は、もう世界中どこにもないのよ——茜《あかね》色の空を、見るともなく眺め続けた。

それは、血の色に似ていた。

41

成海果歩の死体が発見されたのは、午後九時一〇分前だった。来栖惟臣に伝えられたのは、更に三〇分が過ぎた頃だ。

北朝鮮工作員の逃亡を、成海が幇助《ほうじょ》している——来栖と熊川亘の報告を受け、公安当局は即座に動いた。警察庁を始め神奈川県警、警視庁まで合流した。組織を挙げて、彼女の身辺を洗い上げた。普段の行動／勤務態度／交友関係／貯蓄状況及び金の流れ等々。

横浜市西区、相鉄線平沼橋駅傍にあるマンションを借りている。判明は早かった。神奈川県警との合同捜査中、成海はホテル暮らし。当該ワン・ルームは使用していない。現場に急行した捜査員達が発見したのは、成海の射殺体だけだった。尾崎陽一の姿はなかった。

痕跡は、そのまま残されていた。着替えた服／バッグ類／成海以外に、もう一名の指紋。立ち回り先から採取された物と、照合中だ。サンプルが多過ぎ、時間が掛かっていた。

工作員については、拠点としていたアパートも捜索された。アジトと呼ぶには、痕跡が希薄だった。衣服と、最小限の家具類のみ。北との連絡器具等、繋がりを示す物もない。典型的な、貧しい日本の若者が住む部屋。

捜索は、現在も徹底して継続中。血痕／毛髪／衣服の繊維。血痕は成海のマンションや、来栖の指先から採取された物と一致した。毛髪や繊維は、保土ケ谷署管内で発見された死体の物と見られている。泉野由佳里。同室内で彼女を殺害し、自分も傷を負った——本部は、そう筋読みしていた。包丁から、血液反応も出ている。彼女が付けた傷のお陰で、助かったことになる。

拠点のアパート／バイトしていた居酒屋／《ネット右翼》団体本部その他。判明した関係箇所が多過ぎた。人手が、いくらあっても足りない。故に、工作員の行方は不明のままだった。

当該事案における一般人の死者数はゼロ。負傷者は若干名出ていたが、転んで擦り剝いた程度だった。被害は、最新鋭の無人偵察機一機のみ。金額的には、百数十億円の損害となる。

来栖は、《カモメ第三ビル》最上階の廊下に佇んでいた。工作員捜索からは、外されている。

警察庁／警視庁／神奈川県警間では、熾烈な主導権争いが繰り広げられていた。警視庁と神奈川県警では、外事セクションでも秘匿捜査能力や人員に大きな差がある。各都道府県警の中で唯一、公安部を名乗る警視庁。微妙なパワー・バランスの合同《ジョイント・》捜査《プロジェクト》。工作員の特定／テロの阻止／違法捜査／取引ｅｔｃ．張本人が割って入れば、洗濯機を逆に掻き回すようなことになる。現場は混乱するだろう。

外は、完全に暮れていた。港の夜景が一望できる。既に病院へ行き、肋骨の罅にはコルセットを嵌められている。左胸の痣《あざ》は、どうしようもないと言われた。後頭部の痛みは治まった。頬を始め、全身にも痣——格闘の形跡が現れ始めていた。

黒井凜子——彼女を見つけるのが先決だ。他に、手は残っていない。

懐で、スマート・フォンが震えた。今田宏——外事課長代理。

「どこに、いるのかね？」小心者らしい苛立った声音で、今田は訊いた。

「本部前の廊下で、大人しくしてますよ」

「君は、そういう口の利き方を……あ、ちょっと」

「……厚川だけどよ」厚川聡史——県警警備部長に替わった。今田から、携帯を取り上げたようだ。「そこの窓から、下の道路を見てくれねえか？ 偉そうな車が駐まってンだろ？」

来栖は、窓から下の道路に目を向けた。黒塗りの《レクサス》が見えた。知る限りでは、最高級クラス。路肩に駐車し、傍らにはスーツ姿の男が立っている。「見えますけど……」

「ある方が、お前さんを待ってる。会いに行ってくれ」

「誰なんです？」

「警察庁《サッチョウ》の警備《ビ》局長さ」

電話を切り、短く息を吐き出した。「……やれやれ、だな」

エレベータで一階に降り、《カモメ第三ビル》の玄関から外に出た。最高級の《レクサス》以外には、通行人も駐車している車も見当たらなかった。来栖は、黒い国産高級車へと近付いて行った。

傍らに立つ濃紺のスーツを着た男が、視線を向けてきた。端正な顔立ちをしていた。長身で鍛えられてもいるが、現場の警官ではない。雰囲気が、キャリア官僚のものだった。自分より年齢は若いが、階級は上だろう。「来栖警部補ですね？……中で、局長がお待ちです」

秘書兼ボディ・ガードか。恭しく、後部ドアを開ける。慇懃《いんぎん》無礼を絵にしたような態度だった。どうも、と乗り込んだ。ドアが閉じられる。濃紺スーツは、運転席へと回り込む。

「お前が、神奈川の来栖か？」

奥から声。低く、地の底から響くようだ。視線を向けた。

後部座席に座っている男は、想像以上に小さかった。屈強ではあるが、上背がない。キャリア官僚としても、小柄な方だろう。だが、威圧感があった。内面から発するものだ。それが、実際の体格以上に大きく見せている。

光井賢治——警察庁警備局長。日本公安警察におけるトップ。

視線が向けられた。顔も小さく、その割に彫が深い。五〇歳は超えているはずだが、三〇代でも通用する雰囲気だった。髪には、白髪一本ない。整髪料で、綺麗に後ろへと撫で付けられていた。光沢を放つオール・バックは、甲虫の翅《はね》を思わせた。硬質で、黒く輝いている。

「《クルス機関》と呼ばれてるそうだな」続けて、口を開く。「随分と無茶をやってくれた。覚醒剤の囮捜査を始め、色々と。《マトリ》や公調から、正式にクレームが来てる。握り潰してはおいたが」

「お礼に、直立不動で敬礼でもしましょうか？」

「来栖警部補！」

　運転席へ入って来た濃紺スーツの顔が、強張った。光井の表情は変わらない。

「身内に撃たれた」無視して、続けた。「警察庁《そちら》が送り込んできた女の捜査員に、です。心臓の真上には大痣ができて、肋骨には罅も入ってる。面《ツラ》も、明日には倍に腫れ上がってるでしょう。とても、お行儀よく振る舞う気にはなれませんね。いくら、雲の上の上司に対してでも」

「……貴様」吐き捨てて、濃紺スーツが首を回す。今にも、飛び掛かって来そうな勢いだった。

「まあ、いい」光井が右手を上げて、制した。「これくらいの方が、単刀直入に進められる。時間がない。今回のテロについて、どの程度まで把握してる。表向きではなく、裏のカラクリについて」

来栖は、答えなかった。濃紺スーツに目を向ける。向こうは、怪訝な顔をした。

「こんな所じゃ、目立ってしょうがないか」光井は察したようだ。「相沢《あいざわ》君、車を出してくれ」

「かしこまりました」濃紺スーツ——相沢は、畏まって答えた。

最高ランクの《レクサス》は、アスファルトの上を滑るように発進した。

「全ては、日本の政府高官が描いた絵です」来栖は、口を開いた。「日本の世論を操作し、自分の権力基盤を盤石にするため。恐らくは、相当右寄りの政治家でしょう。中国《太子党》の何者かを経由して、北の高官に渡りを付けた。国交正常化後の利権を餌にして」

「その情報は、どこから？」

張偉龍の顔が浮かんだ。「中国筋です。確度は、相当に高いと思われます」

「どうして、そう言える？」

「優秀な奴は分かります」来栖は、薄く嗤った。「友人とは呼べない間柄でも」

「〝敵ながら天晴れ〟か」同じように嗤う。「私も、ほぼ同意見だ。同様の情報も入手している。なら、その黒幕は？　簡単さ。捜査のイロハだよ。よく言うだろ？　〝一番、得する奴を疑え〟」

《レクサス》は、左へと曲がった。相沢は、関内辺りを流すつもりのようだ。光井が続ける。「防衛大臣の仲田弘泰と横浜市長の高原鉄三郎。連中は、もう終わりさ。鳴り物入りで導入させた《グローバル・ホーク》が、あのザマじゃあな。次期総裁選で、仲田の目はもうないだろう。命こそ助かったが、完全な死に体さ。じゃあ、今回のテロ事案で一番得をした政府高官は誰だ?」

「関本光照」来栖は呟いた。「内閣官房長官兼国家安全保障相」

「今回テロ事案の最高責任者」光井は、ニヤリとした。「なかなかやってくれるじゃねえか。《タカの真似をするセキセイ・インコ》も」

「我々は汗水垂らして得た情報を、せっせと敵の親玉に報告してたって訳ですか」

「そういうことになるな」光井は、平然と答えた。

「分かってたんなら、何か手が打てたんじゃないですか。警察庁《サッチョウ》の警備《ビ》局長。公安のトップなら」

「証拠がない」やはり、平然と言う。「奴だけ潰しても、意味がないしな」

「関本は、どうしてこんな面倒な真似を? 北や中国まで巻き込んで。たかが総裁選に勝つ程度のことなら、子飼いのマスコミにネガティブ・キャンペーンでも打たせればいいだけでしょう」

「政治家にとって一番の敵は、反対意見の持ち主じゃない。同じ意見の、自分より優秀な奴だ。関本も仲田も、右寄りのタカ派という点では共通してる。こいつを潰すのは、中々骨が折れるんだよ」

「なら、殺《バラ》しちまえばいい」来栖は、吐き捨てた。「《セキセイ・インコ》でも、旧華族で明治時代から続く政治家一族の出身。その程度の人脈はあったはずです」

「物騒なこと言うなよ」目だけが笑っていなかった。「関本には、もう一つ心配事があったのさ」

「日本の右傾化ですか？」

「日本の再軍備と核武装。関本が、政治生命を懸けてるテーマだ。同意見の仲田は、次期総裁選のライバル。表面上は手を結んでいるように見えても、内心は違う」

「一石二鳥を狙った、と？」

「二鳥も三鳥もさ。仲田の顔を潰し、あわよくば命《タマ》まで奪《と》る。それが、北朝鮮によるテロとなれば尚更だ。拉致に核開発、評判最悪の国だからな。悪役には打って付けさ。国内世論は、一気に右寄りへと傾く。再軍備も核武装も思いのままだ」

「そう上手くいくでしょうか？」

「いくさ」光井は、鼻で嗤った。「実際、そういう動きも出てる」

夕方のニュースから、北朝鮮の仕業と匂わせる報道がなされていた。それに対する怒りの声も上がっている。何の証拠もなく。

ネット上では、更に敏感だった。北朝鮮に報復しろ／戦争だ——大騒ぎしている。

「北朝鮮の犯行だという報道は、どこから?」

「当然、関本サイドがリークしたんだろう」光井は、肩を竦めて見せた。「そんな警察発表は、した覚えがない。当の本人が言うんだから間違いないさ」

「関本は、《グローバル・ホーク》の導入も邪魔したかったんでしょうか?」

「いや、むしろ歓迎していたはずだ。一機ぐらい北朝鮮に墜とされたからって、導入計画が暗礁に乗り上げることはないからな。今度の件には、アメリカの軍産複合体も関わってる。百億単位のビジネスだ。何が何でも、売り付けてくるさ。それも、計算の内だろう」

《レクサス》が停まった。音一つしない。赤信号だった。フロント・ガラスの向こうには、巨大な交差点がある。無数の人間が行き交っていた。横浜——関内の夜は、始まったばかりだ。

「先刻、関本だけ潰しても意味がないと仰ってましたが、どういう意味ですか?」

「北の偵察総局に、太道春という高官がいる。こいつが、北側の首謀者だと睨んでいる。中々の山師でな。腹に一物ある男だそうだ。〝委員長、何する者ぞ〟って勢いとの情報もある」

「その太が、あの工作員を送り込んだんですか? 関本の依頼を受けて?」

「そう。中国《太子党》の高官経由で。だが、関本だけにできると思うか? あんな政治家一族のボンボンが一人。海千山千の中国や、北朝鮮向こうに回して。そんな真似が可能だ、と？」

「誰か、他に協力した奴がいる？」

「日本の政官財界に、我が国の右傾化を急速に推進しようとする集団が形成されつつある。既に、秘密結社化しているとの噂も摑んでいる。特に公安警察内部において、その動きが顕著だ。私だって、本庁の小部屋で踏ん反り返ってるだけじゃない。情報収集活動なら、お前にだって負けん。もっとも自分で動く訳じゃないが。ルートも人員も、それなりに確保はしているさ」

「公安内部の急進右派が、今回のテロを裏から支えた？」

「そうだ」光井の顔から、表情が消えた。今日、一番真剣な顔付きかも知れなかった。

「秘密結社の話をしたが、公安内部では組織化もかなり進んでいるようだ」

「そいつ等の目的は、何なんです？　日本を警察国家にするつもりとか？」

「そんな生易しいモンじゃないさ。連中の狙いは、日本の完全なる軍国主義化。それと、特高警察の復活だよ。だが、単なる戦前への回帰ではない。奴等に言わせると、旧帝国は全てにおいて生温かったんだそうだ。だから、敗戦し滅んだ。自分達なら、もっと徹底してやれる。連中は、自分達を《インフィニティ》と呼んでいる」光井は一瞬、言葉を切った。「《ゼロ》の逆だよ」

《ゼロ》。公安警察の非公然部隊。協力者の運営・獲得を専門とする《作業員》を擁している。

それに対して、公安内部に日本の軍国化を進めようとする集団が存在する。警官でありながらテロも辞さず、国内外の政治家等の橋渡しも行う。《インフィニティ》——無限大。《ゼロ》の反対を意図した名前。「成海も、《インフィニティ》の一員とお考えですか？」

「工作員を連れ出したこと等、一連の行動から判断して間違いない」

「あの女は、どうして？」

「極端に、右寄りの思想だったとは摑んでいない。ただ、上昇志向は強かったようだ。その辺りが、《インフィニティ》との接点になったのかも知れん」

成海の言葉——〝組織内でも上手く立ち回って、上へと昇っていきます。下働きのままで、終わるつもりはありません。絶対に〟。「以前から疑ってたんですか？　だから、私に近付けた」

「疑惑はあった」光井は、平然と答えた。「濃厚だったと言っていい。お前に接触させたのは、成海が何らかの反応を示すと思ってのことだ。案の定だったよ」

「吐き気がしますね」高級車の中でなかったら、床に唾を吐いていたかも知れない。

「まあ、そう言うな」警備局長の顔が、微かに綻んだ。「《インフィニティ》は全貌どころか、輪郭さえ掴めていない。断片的な情報があるだけだ。何らかの端緒とするには、仕方なかったのさ」

「成海は、《コリアン・マフィア》のボスである徐大淳の娘、梨花を協力者としていました」

「気付いてたか」光井は、薄く嗤った。「それも、あの女を疑った一因さ」

「どういうことです？」

「すぐに分かる。それに、誰が《インフィニティ》で、誰が違うのか。そいつの頭を叩き割って、脳味噌《みそ》を引き摺り出しても判断など付かん」

「今回の事案に関する情報を直で上げさせたのも、そのためですか？《ゼロ》の理事官であるキャップを飛ばさせたのも？彼等のことも疑ってたんですか？」

「誰も信じるな。それだけだ」

「《インフィニティ》を炙《あぶ》り出して、局長はどうするおつもりなんです？」

「潰す」光井の口調は、淡々としていた。「職員が何を考え、どう思っているか。プライバシーに踏み込むつもりはないが、こんな真似されたんでは話が違ってくる。野放しにはできん」

「思想信条から普段の行動まで、全ての警察官が視察対象だと思ってましたが」

「いつの時代の話をしてる？　共産化の波が押し寄せてた頃じゃないんだぞ。それに左翼思想ならともかく、右傾化となると勝手が違ってくる。上層部にも政界にも、奴等を擁護しようとする者が出て来るだろう。単純な魔女狩りとはいかん」

「アメリカは、どこまで把握していたんでしょう?」

「全部知っていたと見て、間違いない」光井は、答えた。「連中は、同盟国の高官まで盗聴している。《エシュロン》さ。関本の動向も把握していただろう。我々以上に、《インフィニティ》の実態に迫っているかも知れん。ネクラーソフを使って、お前にテロ情報を流させたのもアメリカだ」

「それでも、静観はしなかった。土壇場で黒井凛子、安全器《カットアウト》と思われる人物ですが、その情報を伝えて来ましたからね。アメリカの狙いは、何だったんでしょう?」

「漁夫の利を狙っていたのは、勿論だが。それ以上に、東アジア情勢を自分達のコントロール下に置きたいんだろう。日中朝の関係が混迷するのは歓迎だが、テロは困る。北朝鮮が日本にテロを仕掛けたとなれば、黙ってる訳にはいかなくなる。軍隊を出しての仲裁は、金も掛かるしな」

「ギリギリまで様子を見て、テロだけは阻止させた。我々を使って」

「あの《ビル爺》だけは、煮ても焼いても食えんよ」光井が苦笑した。「私も、若い頃から何度も煮え湯を飲まされてきた。全く、ふざけた年寄りさ」

《ビル爺》。当該事案においては、奴に振り回された感があるのは否めない。来栖も苦笑した。

しばし、沈黙が続いた。破ったのは、光井の方だった。「……君は、成海とは……」

「成海は、射殺体で発見されたんでしたね？」相手の言葉に被せるように、来栖は言った。何を訊きたいのかは、分かっている。「どういう状態だったんです？」

「工作員を始末しようとして、返り討ちにあった。そう推察されると、報告を受けている」

「逃走を幇助した工作員を、自らの手で葬ろうとした。矛盾していませんか？」

「逃げる手助けをしたのではなく、殺すために連れ出したと見る方が正解だろうな」

「どうして、そんな真似を？《インフィニティ》にとって、北の工作員は同じ側の人間でしょう？」

「北に、言い訳する余地を与えるためさ。日本国内では、今回のテロは北の仕業だと誰もが考えているが、断定されてしまえば、北朝鮮は世界中から袋叩きにされる。日本も、相応の報復を検討しなければならん。アメリカもな。下手をすれば、北は世界地図から消される可能性だってある」

「関本からすれば、恩人だ。そんな恩を仇で返すような真似はできない。だから、工作員の口を封じようとした。我々が確保して、喋らせる前に」

「関本が裏切れば北内部、特に太がカラクリをばらす恐れが出て来る。そうなれば大事になる。証拠は、完璧に抹消されねばならん。工作員一人だけじゃない。サポートした連中。それも、全員消されているだろう。崔や新川同様。だが、肝心の工作員。奴だけが生き残った」

光井の眼光が、鋭くなった。「こんな騒ぎを起こした連中を、ただで済ますつもりはない。《セキセイ・インコ》にも、相応の責任は取って貰う。他の関係者も同様だ。二度と、陽の当たる所に出られないようにしてやるさ。それには、その工作員が必要になる」

「生かしたまま確保しろ、と？」

「話せる状態でなければ、意味がない」端正な顔立ち。黒い光沢を放つオール・バックまでが、威圧感を放っている。「関本を始め、日本、北、中国。今回の件に連座した連中を追い込むには、当該工作員の証言が絶対に必要だ。生存している本人の口から出たものが。分かるな、来栖？」

《レクサス》が戻るまで、車内は無言だった。

《カモメ第三ビル》のエントランス前で、車が停まった。来栖は自分でドアを開け、歩道へと降り立った。挨拶もせずに歩き出そうとして、足を止めた。背後から、光井の声が追い掛けて来たからだ。

「お前は、予想以上の成果を上げた。厚川くんから聞いて、何らかの情報は上げてくると思ったが。結局、工作員を特定しテロまで阻止した。及第点は超えているが、まだ完璧じゃない」

「………」

「どんな手を使ってもいい。手段は選ばん。何としてでも、その北朝鮮工作員を拘束しろ。息をした状態で。違法捜査に関する処分については、それから検討する」

来栖は、車内を覗き込んだ。光井は前を向き、もうこちらを見てはいなかった。静かにドアを閉めた。軽やかな音だけが、夜の車道に響いた。

《レクサス》は発進した。外からでも、アスファルトの上を滑っているように見えた。

「探しましたよ」エントランスから、熊川の声が響いた。大男が巨軀を弾ませながら、小走りに近付いて来る。「どこ行ってたんです？　警察庁《サッチョウ》の警備《ビ》局長に呼ばれたって聞きましたけど」

「活を入れられてた」来栖は、口元を歪めた。「おっかねえ親分から、直々にな。で、何だ？」

天才的ハッカーは大きな身体を折り曲げて、呼吸を整えていた。「ビッグ・ニュースです……」

「おお、来栖くん。帰って来たか」

掻き消すように、エントランスから甲高い声。課長代理の今田だ。貧相な身体付き。上に載った顔には、満面の笑み。「いやあ、今日は御苦労だったねえ」

「はあ……」来栖は、投げ遣りに呟いた。「どうも」

「テロを阻止できたのは、君のお陰だよ。今までは色々と誤解もあったようだが、これからは協力し合って行こうじゃないか。これでも、射撃には自信があるんだよ。若い頃は、厳しい訓練に耐えたモンさ。勿論、今も鈍っちゃいない。じゃ、本部に待機してるから。いつでも、声を掛けてくれたまえ」

それだけ言うと、今田はいそいそとビルの中に帰って行った。

「何ですか、あれ？」熊川が、目を丸くしていた。「来栖さんのこと、散々目の仇にしてたのに」

さあな、と来栖は首を傾げた。消えていく貧相な背中を、目で追う。

「警備《ビ》局長にお目通りがかなうような人には、憎たらしい部下であっても媚を売っとこうってことですかね。ゴマ擂り野郎の考えることは、理解できませんよ」

「それより、何だ？　ビッグ・ニュースって？」

「そうそう」姿勢を正す。街灯に照らされた顔は、真剣だった。「黒井凛子を確保しました」

42

エレベータに乗り、《カモメ第三ビル》の一〇階へと上がった。廊下を突き当たった小会議室に、黒井凛子を入れていると言う。

「どこで、確保したんだ?」来栖惟臣は訊いた。エレベータの液晶画面は、五階を示している。

「《イセザキ・モール》近くのネット・カフェです。GPSは追跡してましたから。店に入ろうとするところを、近くの交番に勤務する巡査部長に確保させたんですよ。そいつ、おれの同期で友達《ダチ》なんです。しかも、刑事《ジ》部に恨み持ってる。元々刑事志望で、捜査一課《ソウイチ》に居たこともあるんですよ。それが、ドジった先輩の責任押し付けられちゃって。で、交番勤務に降格と」

「それで刑事《ジ》部を無視して、公安《こっち》に協力したって訳か」

「そいつ、内藤《ないとう》って言うんですけど。見張りも、そいつにさせてます。今じゃあ、すっかり公安志望になってますから。《クルス機関》にも入りたいって言ってましたよ」

「……何か、勘違いしてるな……」

一〇階に、エレベータが着いた。扉が開き、熊川が〝開〟ボタンを押さえる。降りながら、来栖は訝った。熊川の表情がおかしい。

廊下の端に、制服警官が直立不動で立っていた。敬礼――内藤巡査部長だろう。「来栖警部補」内藤が口を開いた。やけに気合の入った口調だ。「お待ちしておりました」

「お疲れさん」来栖は、素っ気なく答えた。「黒井凜子は中？」

「は！」内藤は敬礼を崩さない。

「中に居るんですけどね……」

面白がっているような／何か隠しているような。他愛ない悪戯を目論む小学生の顔。

「どうした？」

「実は……」熊川が、ドアを開いた。「顔が違うんですよ」

室内は、六畳ほどの広さしかない。真ん中にスチール製のデスク。向かい合う形で、椅子が置かれている。取調室と同じ体裁――この部屋も、県警公安専用だ。

少女は、奥の椅子に座っていた。細い体軀／黒シャツにブラック・ジーンズ。黒ずくめのせいか、色の白さが際立って見えた。昼間と同じ服装だった。

熊川の言う通りだ――顔だけが違う。「……徐梨花……」

黒井凜子／徐梨花が視線を上げた。怪訝な顔をしている。「……あんた、誰？」

「おれの名は来栖」向かい合う形で、椅子に腰を下ろした。「徐大淳の娘だな」

徐大淳は、身柄を県警本部に移した。警備部長の命で、警官も張り付けてある。

梨花は答えない。来栖は続けた。「黒井凜子は、学校の友人だよな。今日も一緒に《赤レンガ倉庫》へ行ってたろ？　見掛けたよ。少し離れて立ってたな。二人で、倉庫の二号館を見てた」

成海果歩が視察していたのは、本物の黒井凜子だった。その向こうに立っていたのが、梨花だ。

警備局長が言っていたのは、これだ。成海は全てを知った上で、謀《たばか》り続けていたことになる。

梨花は、無言を貫いている。「友人名義で携帯を作り、《北朝鮮ハイジャック・チーム》リーダーの新川公彦に接触した。ついでに、警察庁の協力者にもなった訳だ。成海果歩。知ってるだろ？」

返事なし。「完黙もいいが。父親は、このことを知ってるのか？《補助工作員》になったり、公安と接触したりしてることを？　まあいい。訊きたいことがある。尾崎陽一は、どこだ？」

単刀直入の質問に、熊川の驚きが伝わってきた。徐梨花も、少しだけ目を瞠った。

「惚けたければ、惚けてろ。今、日本の半分が尾崎陽一を追ってる」来栖の口元が歪んでいく。「その内九割は、奴が死んでもいいと思ってる。更に、その半分は積極的に殺そうとしてる。ちなみに、成海果歩は死んだ。尾崎陽一が殺害したようだ」

徐梨花の目が泳いだ。必死に、表情だけは変えまいとしている。「……果歩さん、死んだの？」

　ああ、と来栖は答えた。梨花が続ける。「その尾崎って人、警察が追ってるんでしょ？　何で殺すとか、そういう話になる訳？」

「警察だからさ」

「？」徐梨花は、眉を寄せた。「……いや、言ってる意味分かンない。どういうこと？」

「説明すると長くなる」来栖は姿勢を正し、北朝鮮工作員の安全器《カットアウト》である女子高生に向き直った。「そんな時間はない。だが、これだけは言える。警察の中で、今でも尾崎陽一を生かしたまま確保しようとしてるのは、おれ達ぐらいだってコトさ。後は皆、死体にしようと躍起になってる」

　徐梨花は口を開き掛けたが、言葉は出て来なかった。

「日本だけじゃない」来栖は続けた。「中国や北朝鮮も、だ。奴の祖国でさえ、血眼になってあいつを捜してる。始末するためにな。国外逃亡しても無駄だ。尾崎の居場所は、世界中どこを探してもない。おれ達にパクられる以外には。それが、奴が生き残るための唯一の道だ」

「……仲間が居るんじゃないの、この近くに？」

「居るだろうな」来栖は鼻を鳴らした。「正確には居た、だ。もう全員、処理されてるさ。死体も上がらないだろう。連中がお前まで、どうするつもりかは知らん。さすがに、子供には手を出さないか。それとも、あっさり消しに掛かるか。神のみぞ知るってところだな。だが、ここに居る限り、お前だけは安全だ。神も仏も悪魔でも、誰にも手は出させない。それだけは保証する」

「……神頼みなんかする気ないよ」徐梨花が呟いた。細い色白の顔が、青く見える。切れ長の目は、眼光が鋭かった。「……どうすればいいの？　どうしたら、あいつを助けてくれる？」

落ちた。自分の身が、危険に晒されているからではない。徐梨花は、自分よりも尾崎陽一――工作員を気遣っている。「居場所を教えろ。尾崎は、どこに居る？」

「……知らないよ。知ってるのは、あいつのアパートくらい……」

「そこは、もう調べた。立ち寄った形跡はない。他に、立ち回りそうな場所は？」

「だから、知らないンだって」

声のトーンを落とした。「何か、方法はないのか？　誰も知らないような連絡方法とか？」

「連絡方法……」徐梨花は、少し躊躇《ためら》った。が、椅子の背に掛けたショルダー・バッグに手を伸ばした。小さな袋だった。何かを取り出し、こちらに翳して見せる。旧式の携帯電話だった。

「そのガラケーが、工作員との連絡用？」

熊川が、背後から口を挟んだ。

「先刻から掛けてるンだけど」徐梨花が頷いた。「全然出ないの。電源が入ってないみたいで」

「そりゃ、そうだろうね」熊川が、一人納得する。「携帯の電源が入っていれば、GPSで居所がバレる」

尾崎陽一は、黒井凜子／徐梨花が当局に捕獲されることも計算に入れているはずだ。

「二人だけの取り決めみたいなものは？」来栖は訊いた。「お前と、尾崎しか知らない方法」

「……メールなら」数瞬置いて、徐梨花は答えた。「簡単な暗号って言うか……」

「そのガラケーで、か？」

「そう」微かに頷く。「向こうも、同じ物持ってるから」

「呼び出せ」低いが、鋭い声で命じた。「今すぐだ」

「ちょっと、待って下さいよ。来栖さん」熊川の声が、上擦っている。「彼女を囮に使う気ですか？　まだ、未成年の女子高校生ですよ。しかも、徐大淳の娘です。奴に、家族の保護を約束したんでしょう？　何かあったら、今度こそタダじゃ済みませんよ」

「手段は、選ばなくていいと言われてる」熊川を見ずに、答えた。「早く連絡しろ」

「……それは、いいけど」躊躇うように、視線を泳がせる。「いつ、どこに呼び出せばいいの？」

「奴が安心する場所は？　お前に呼び出されて、尾崎陽一が不審に思わないところ」

少し考えた。「……山下公園。時間は？」

「こちらが、手配する都合もあります」熊川が、背後から言った。「早くても、午前一〇時ってトコじゃないでしょうか？」

「山下公園、午前一〇時」再び、命じる。「こちらに、文面が見えるようにして打て」

徐梨花は、大袈裟に息を吐いた。携帯の画面を、来栖等にも見える角度に調節する。

「……どうして《補助工作員》なんかになった？　その上、公安の協力者にまで」

「……え？」唐突な質問に、戸惑っているように見えた。達川梨花／徐梨花。徐大淳の娘。在日コリアンであることを、学校で告白。《補助工作員》となり、尾崎陽一に接触した。併せて、成海果歩の協力者となった。成海——《インフィニティ》の一員。承知の上で、徐の娘に近付いた。

「工作員の名前は？　尾崎陽一なんて日本人の偽装身分《カヴァー》じゃなく、本名だ」

「……ジョンス」少し間を置いて、徐梨花は答えた。「……呉宗秀」

〝オ・ジョンス〟と口の中で、来栖は繰り返した。

「いい名前だな」

徐梨花は答えなかった。メールを打ち終えたようだ。「……送信する？」

画面には、短い文面だけがあった。数個のアルファベットと数字——〝ysk e1000〟。

第八章　一〇月一九日——月曜日

43

一〇月一九日。月曜日。午前九時三五分。雲一つなく、快晴と言っていい。暖かい日だった。初夏に近い気温になると、天気予報は告げていた。

来栖惟臣は、山下公園に居た。ユーリ・ネクラーソフ――元・ロシア人スパイと会ってから、一週間が経過した。全ては、あの日から始まった。

黒井凛子／徐梨花のメールにより、北朝鮮工作員――呉宗秀を誘《おび》き出す。計画は、《カモメ第三ビル》一二階の本部へと報告された。異を唱える者はいなかった。厚川聡史――神奈川県警警備部長も、今田宏――同部外事課長代理も頷いただけだった。

計画は、更に光井賢治――警察庁警備局長へと伝えられた。返答は、〝自分が陣頭指揮を執る〟。

当該事案が、関本光照――内閣官房長官兼国家安全保障相まで上がることはない。最高責任者に全てを伏せたまま、事は進行する。関本を、単なる被疑者へと転落させるために。

準備は、夜を徹して行われた。光井の指示により、山下公園の張り込みには大量の動員がなされた。

《インフィニティ》は警察庁だけでなく、警視庁から神奈川にまで浸透している。誰が敵で、誰が味方か。全く読めない状況で、少数精鋭は却って危険だ。裏切者が紛れ込めば、妨害工作を阻止できない。侵食が進んでいると言っても、まだ一般警官の方が多いはずだ。抑えは利く。人員の組み合わせも、違う組織／顔見知りでない者同士となった。来栖の隣に居るのは、警視庁公安部の捜査員だった。

神奈川は、他部にも動員を掛けている。昨日のテロ事案における、参考人確保のためとしか告げていない。真相は、ごく一部の者しか知らなかった。

公園傍の道路脇には、数台のバンが駐まっている。窓は黒く保護され、内部は窺えない。全て、警察の指揮車だ。光井局長／厚川部長も乗り込み、様子を窺いながら指揮を執っている。

来栖は、海へと目を転じた。無人偵察機《RQ－4グローバル・ホーク》の引き揚げ作業が、朝から始まっている。何隻ものサルベージ船が出張っているが、作業は難航しているようだ。無人機《ドローン》とは言え、航空機ほどの大きさだ。海中に墜落した機体を浮上させるのは、並大抵ではない。

中ほどのベンチに、徐梨花は腰掛けていた。来栖と同じく、無人機のサルベージ作業を見つめている。

昨晩、彼女は言った。「ここなら、あいつにすぐ分かるから」

徐梨花は、身動き一つしていない。服装も、昨日と同じだ。捜査員は本部ビルに泊まり込んだが、彼女も同様だった。身辺の保護が半分、身柄の確保が半分だ。

「帰らなくて、親御さん心配しない？」熊川亘が訊いた。

「別に。慣れてるから」

徐梨花の回答。それ以上は訊かなかった。

徐大淳には知らせていない。娘を囮に使う――知ったら卒倒するだろう。

呉宗秀は、徐梨花からのメールを見ているだろうか。彼女が告げた携帯番号を、熊川は追った。難航したためか、呟いた。「携帯のGPS改造《いじ》ってますね。電源入っても、反応出るかな……」

一瞬だけ、反応があった。横浜市西区内。それ以上の特定はできなかった。

工作員は、必ず現れる――賭けるしかない。

――〝G一。こちら異状なし〟

耳に差したコードレスの小型受令機――状況報告。マイクは、上着の袖口。

――〝D三。了解。こちらも異状なし〟

隣で、警視庁の捜査員がマイクに吹き込む。香山《かやま》という名で、二〇代に見えた。張り込みに充てられた捜査員。二人一組、アルファベットと数字で示した地点に張り付いている。熊川と今田も、だ。課長代理は、自分から志願したそうだ。他部の職員と組んでいた。

山下公園は、月曜の朝とは思えないほどの人出だった。子供連れの主婦／サラリーマン／フリーターかニートのような若者ｅｔｃ．学校をさぼったのか、学生風の者も見受けられた。

捜査員は、各自様々な格好をしていた。スーツ姿／カジュアル・スタイル。ホームレス風までいた。全ての捜査員が徐梨花から一定の距離を置き、走れば数秒で辿り着ける位置だ。左の袖口を上げ、来栖は腕時計を確認した。日本製の安物――時間が狂うことだけはない。

午前九時四五分――後、一五分だ。


警官だらけだな――呉宗秀は苦笑した。

確認できただけで、五〇人は下らない。下手な仮装行列。スーツ／カジュアル／ホームレスｅｔｃ．バラエティに富んでいるが、滲み出るオーラは隠せていない。体格のカバーさえ覚束ない者も居る。宗秀は、《ベイスターズ》のキャップを目深に被った。

職務質問される恐れはないだろう。

昨晩、午前二時に一度だけ携帯をチェックした。凜子と共有のガラケー。何故か、これだけは持って出た。メールが一件――〝ｙｓｋｅ１０００〟。一瞬戸惑い、あいつが提案した暗号だと思い出した。山下公園——午前一〇時。自分の身を案じての連絡ではない。警察か追手——女刑事の仲間。どちらかの手に落ちた。何が、誰が待ち受けているのか——罠だ。

なら、どうして自分はここまで来たのか。白竜海とは連絡が取れなくなっていた。緊急時の連絡方法を全て試したが、音沙汰がなかった。白だけではない。関わった工作員も全員、同様だ。死体まで、完璧に消去されたはずだ。〝貴方の居場所は、もう世界中どこにもないのよ〟——成海という女刑事は言った。裏切者——故に、その言葉には信憑性があった。

自分には行く場所も、帰る所もない。《父上》——太道春は、自分を見捨てたのだろうか？

疑問が、頭の中で堂々巡りをしていた。様々な考えが浮かび、結論だけが出て来なかった。徹夜で歩き続けた。その間も、カメラその他痕跡を残す箇所は避けた——身体が自然に動いていた。

思考が途切れると、歌の一節が浮かんだ。《寿ライフ・サポート》——本物の尾崎陽一が持っていた紙片に書かれていた。泉野由佳里と共に歌った。『故郷』というタイトルだった。

〝こころざしを果して　いつの日にか帰らん〟

尾崎陽一は、故郷に帰ることはない。泉野由佳里も。この手で、命を奪ったからだ。そして、自分も。二度と、祖国の地を踏むことはないだろう。

公園内へと視線を向けた。凜子が、ベンチに腰を下ろしている。初めて会った場所。周りには、無数の刑事。距離を置いて、取り巻いている。まともな警察か／あの女の仲間か。前者なら、少なくとも彼女を始末したりはしないだろう。宗秀は、踵を返しかけた。

だが、あの女の仲間だったら？　あの中に、裏切者達が紛れ込んでいるとしたら？

前を、男が横切った。若く長身で、染めた金髪を逆立てている。濃いサングラスを掛け、ガムを噛んでいた。この陽気に、黒の革ジャンと革パンツ。背中には、ケースに入ったギターかベース。

宗秀は、男に近付いて行った。


――〝こちらC四。㊟に、男が近付いています〟

――〝こちらE九。男が、話し掛け始めました〟

来栖は、黒井凜子／徐梨花のベンチへと視線を向けた。視察対象者の前に、男が一人立っていた。逆立った金髪／黒い革の上下。背中には、楽器ケースらしき物。

――〝こちらC四。男を確保します〟

「こちらD三。待て。あの男は、外見が違う」来栖は、マイクに吹き込んだ。

――〝こちらE九。変装じゃないですか？〟

違う。来栖は、単眼のオペラ・グラスを取り出した。革ジャン男の全身をチェックする。顔立ちも、体格も異なっている。間近で二度も会っている。奴は別人だ。

――〝C四。男の確保に向かいます〟

「待て！　動くな！」

来栖は、袖口のマイクに叫んだ。

既に、四人の捜査員が革ジャン男を両脇から挟み込んでいた。スーツ二人に、ジーンズが二人。身分証を提示し、相手を連行しようとしている。革ジャン男が、大きく身体を捻った。掴まれた腕を振り解こうとした。身柄確保に対して、抵抗を始めたようだ。

来栖は駆け出した――本物の工作員に気付かれる。

――〝抵抗するな〟

――〝大人しくしろ。公務執行妨害で緊急逮捕するぞ〟

受令機から、次々と音声が飛び込んでくる。革ジャン男のものらしい声も聞こえる。

――〝おれは、この娘のメアド訊いてきてくれって頼まれただけだよ。一万円やるからって〟

――〝頼まれた？　誰に？〟

　来栖は、徐梨花のベンチへと視線を転じた。背後に、男が一人立っていた。赤青チェック柄のシャツと、濃いブラウンのチノパン。《ベイスターズ》のキャップを、目深に被っている。走りながら、袖口のマイクに叫んだ。「㊎の背後。《ベイスターズ》のキャップ。奴だ！」

　四人の捜査員が、一斉に視線を向けた。次の瞬間、《ベイスターズ》のキャップが宙に舞った。同時に、男の身体が一回転する。何が起こったのか。呉宗秀の頭部から、血が噴き上がっていた。

　狙撃されている。

「宗秀！」徐梨花が叫ぶ。来栖は地面に押し倒した。覆い被さるようにして保護する。呉宗秀は、地面に俯《うつぶ》せで倒れていた。ピクリとも動かなかった。左側頭部が砕け、周囲には血と脳漿が飛び散っている。

「宗秀！　宗秀！」

　暴れる徐梨花を、抑え付けた。折れそうなほど、華奢な体軀だった。

　ベンチの背凭《もた》れが、音もなく弾け飛んだ。銃声がしない。一発目から気付いていた。銃に、何らかの仕掛けが施されている。来栖は、マイクに告げた。「熊川、どこだ？」返事がない――来栖は繰り返した。「熊川、応答しろ」

やはり応答はなかった。次の銃弾が、頭上の空気を切り裂いた。「熊川！」

携帯が震えた。徐梨花を抑えたまま、取り出す。熊川だ。「何やってる？」

「来栖さん、大丈夫ですか？」

「今、どこに居る？」

「ホテルニューグランドの屋上です」

ニューグランド——来栖達の位置から、道路を挟んで真正面だ。高級な名物老舗ホテルが、聳《そび》え立っている。「どうして、そこに？」

「今田課長代理を追って来たんですよ」

今田——〝射撃は得意だ〟と言っていた。「狙撃手《スナイパー》は、今田か？」

「はい。持ち場を離れて、ホテルに入って行ったんで怪しいと思って。後を尾けたんです」

「ニューグランド屋上にも、捜査員が配置されていたはずだ」

「二人とも血を流して、倒れています。今田に刺されたようですね」

マイクを使う限り、こちらの動きは狙撃手にも筒抜けだ。《ベイスターズ》のキャップ——呉宗秀の所在を、自ら知らせたことになる。「熊川、今田を確保しろ」

「……え？　いや、相手はライフル持ってますけど……」

「早くしろ！」吐き捨てて、来栖は携帯を切った。

受令機に、熊川の声が飛び込む。

——〝動くな！　殺人容疑で、身柄を確保する！〟

——〝……熊川くん？　違う、違う！　警備課の松沢くんだよ！〟

松沢吾朗——神奈川県警警備部警備課巡査部長。《イセザキ・モール》でのイザコザを密告した男。射撃の五輪候補だったと言う。来栖は、視線を上げた。

ホテルニューグランドの前、松沢が歩き去ろうとしている。左手は徐梨花を抑え、右手で拳銃——S&W・M360J《SAKURA》を引き抜く。「松沢！」

振り向きざま、松沢が腰に手を当てる。素早く、拳銃を抜く。狙い——自分ではない。徐梨花。来栖は、銃口をポイントした。

発砲——ヘッド・ショット。松沢が、背中から倒れ込む。

「動くな！　銃を捨てて、両手を上げて下さい」

後方から声。コンビを組んでいた警視庁の香山。横目で確認する。拳銃が向けられていた。

「無線を聞いてなかったのか？　松沢が、参考人を狙撃した男だ」

来栖は動かなかった。香山が近付こうとする。

遮る者がいた。「こいつの身柄は、おれが預かる」

屈強な男が立ち塞がっている。福居健史——神奈川県警薬物銃器対策課警部補。マル暴にも動員は掛かっていた。

福居に立たされ、後ろ手に手錠を掛けられる。

「……宗秀？」

徐梨花が立ち上がった。声が場違いに甲高い。力が入らないのか、前のベンチを摑む。這いずるように、身体を持ち上げた。呉宗秀の方へ、走って行こうとした。

「その娘を、近付けるな！」来栖は一喝した。

女性捜査員二人が、両脇から制止した。呉宗秀にも、三名の捜査員が駆け寄っていた。首筋に手を当てる。捜査員は、顔を左右に振った。左側頭部の銃創から判断して、即死だろう。

「嫌アアァ！」

半狂乱になって、徐梨花が叫ぶ。両脇を抑えている者を振り解こうとする。華奢な体軀が屈強な女性捜査員に挟まれて、奇妙なダンスを踊る。引き摺られるように、現場から連れ出されて行く。徐梨花は、叫び声を上げ続けていた。

来栖は、福居に目を向けた。「正当防衛だ。松沢は、あの娘を狙ってた」

「おれが、そんな間抜けに見えるか？」福居が耳元で囁く。「いいか。県警内に、お前を潰そうとしてる奴はゴマンといるんだぞ。囮捜査といい、今度の発砲といい、お前は格好のネタをばら撒《ま》いてるんだ。くだらん連中は極力遠ざけてやるが、どこまでできるか分からん」

　公園傍の覆面パトカーに、連れて行かれた。後部座席に押し込まれる。

　運転席には若い刑事。何を思ったか、カー・ラジオを点けている。ニュースのようだ。関本光照――内閣官房長官兼国家安全保障相の声明。

「……昨日の《横浜赤レンガ倉庫》における《グローバル・ホーク》墜落につきましては、北朝鮮による破壊工作である疑いが濃厚でありまして、確固たる証拠が挙がり次第、我が国といたしましても断固たる制裁措置を、国際社会と協調しながら国連安保理に諮《はか》りたいと……」

　若い刑事の目は泳いでいる。銃撃戦に怖気づいたか／自分の手錠姿に戸惑ったか。

　関本の声明は続く。

「……政府といたしましても、今後こうした事態が起こらぬよう、法整備も含めまして、新たな国防のあり方を検討して参りたいと……」

「ラジオを消せ」福居が鋭く言った。若い刑事が、慌ててＯＦＦにする。「早く、車を出せ」

　ゆっくりと、覆面ＰＣが動き始めた。来栖は、車窓に目を向けた。山下公園の一角。数人の刑事達が取り囲んでいた。その中央には、呉宗秀――一週間追い続けた北朝鮮工作員。唯一の証人が、死体となって転がっている。

覆面ＰＣの後部座席。後ろ手に手錠を掛けられたまま、来栖は静かに目を閉じた。

参考文献

『中央公論』平成24年4月号別冊「北朝鮮の真相」（中央公論新社）
チョ・ユニョン『北朝鮮のリアル』（東洋経済新報社）
バーバラ・デミック『密閉国家に生きる――私たちが愛して憎んだ北朝鮮』（中央公論新社）
西村金一『詳解　北朝鮮の実態　金正恩体制下の軍事戦略と国家のゆくえ』（原書房）
礒野正勝著／上野勝監修『北朝鮮秘密工作部隊の真実』（オークラ出版）
ブレイン・ハーデン『北朝鮮　14号管理所からの脱出』（白水社）
デビッド・ホーク＋北朝鮮人権アメリカ委員会『北朝鮮　隠された強制収容所　亡命者・脱北者24人の証言』（草思社）
五味洋治『父・金正日と私　金正男独占告白』（文藝春秋）
蓮池薫『拉致と決断』（新潮社）
福岡安則『在日韓国・朝鮮人』（中央公論新社）
朴一『「在日コリアン」ってなんでんねん？』（講談社）
前川惠司『夢見た祖国（北朝鮮）は地獄だった』（高木書房）
島袋修『新装版　公安警察スパイ養成所』（宝島社）
青木理『日本の公安警察』（講談社）
竹内明『ドキュメント秘匿捜査　警視庁公安部スパイハンターの３４４日』（講談社）
竹内明『時効捜査　警察庁長官狙撃事件の深層』（講談社）

大島真生『公安は誰をマークしているか』（新潮社）
鈴木邦男『公安化するニッポン　実はあなたも狙われている！』（WAVE出版）
泉修三『スパイと公安警察　実録・ある公安警部の30年』（バジリコ）
鈴木邦男『公安警察の手口』（筑摩書房）
鹿島圭介『警察庁長官を撃った男』（新潮社）
小野義雄『公安を敗北させた男　国松長官狙撃事件』（産経新聞出版）
門田隆将『狼の牙を折れ　史上最大の爆破テロに挑んだ警視庁公安部』（小学館）
鈴木邦男／北芝健『右翼の掟　公安警察の真実』（日本文芸社）
野田敬生『公安調査庁の深層』（筑摩書房）
今井良『警視庁科学捜査最前線』（新潮社）
髙濱良次『麻取や、ガサじゃ！麻薬Gメン最前線の記録』（清流出版）
小林潔『白い粉の誘惑～麻薬Gメン捕物帖～』（宝島社）
毛利元貞『図解　スパイ戦争――諜報工作の極秘テクニック――』（並木書房）
バリー・デイヴィス『実戦スパイ技術ハンドブック』（原書房）
ウォルフガング・ロッツ『スパイのためのハンドブック』（早川書房）
野口東秀『中国　真の権力エリート　軍、諜報・治安機関』（新潮社）
H・キース・メルトン／ロバート・ウォレス『CIA極秘マニュアル　日本人だけが知らないスパイの技術』（創元社）

鳴霞／千代田情報研究会『あなたのすぐ隣にいる中国のスパイ』（飛鳥新社）
グレン・グリーンウォルド『暴露　スノーデンが私に託したファイル』（新潮社）
ルーク・ハーディング『スノーデンファイル　地球上で最も追われている男の真実』（日経BP社）
安田浩一『ネットと愛国　在特会の「闇」を追いかけて』（講談社）
安田浩一　岩田温　古谷経衡　森鷹久『ヘイトスピーチとネット右翼　先鋭化する在特会』（オークラ出版）
古谷経衡『若者は本当に右傾化しているのか』（アスペクト）
立花隆『中核VS革マル（上）・（下）』（講談社）
塩見孝也『赤軍派始末記・改訂版――元議長が語る40年』（彩流社）
和光晴生『日本赤軍とは何だったのか――その草創期をめぐって』（彩流社）
植垣康博『兵士たちの連合赤軍（新装版）』（彩流社）
塩見孝也　重信房子　和光晴生　足立正生　若松孝二　聞き手小嵐九八郎『日本赤軍！　世界を疾走した群像　シリーズ／六〇年代・七〇年代を検証する（2）』（図書新聞）
山平重樹『連合赤軍物語　紅炎』（徳間書店）
よど号グループ『「拉致疑惑」と帰国　ハイジャックから帰国へ』（河出書房新社）
共同通信社社会部『沈黙のファイル――「瀬島龍三」とは何だったのか――』（新潮社）
大久保義信・坂本明・白石光『最強！世界の未来兵器』（学研パブリッシング）

歴史群像シリーズ『〔完全版〕図説・世界の銃パーフェクトバイブル』（学研パブリッシング）
丸山佑介『図解　裏社会のカラクリ』（彩図社）
ホミサイド・ラボ『人の殺され方』（データハウス）
マスター・ヘイ・ロン／ブラッドリー・J・シュタイナー『新装版　ザ・必殺術』（第三書館）
ケビン・ポールセン『アイスマン　史上最大のサイバー犯罪はいかに行なわれたか』（祥伝社）
ジョセフ・メン『サイバー・クライム』（講談社）
『日本の特別地域　特別編集　これでいいのか神奈川県横浜市』（マイクロマガジン社）
『日本の特別地域　特別編集　これでいいのか神奈川県横浜市2』（マイクロマガジン社）
大沢敏郎『生きなおす、ことば　書くことのちから――横浜寿町から』（太郎次郎社エディタス）
山本薫子『横浜・寿町と外国人――グローバル化する大都市インナーエリア』（福村出版）
金園社企画編集部編『なつかしの童謡・唱歌集』（金園社）

※その他、新聞記事やネットの記述を参考とした。

刊行にあたり、第15回『このミステリーがすごい！』大賞優秀賞受賞作品「クルス機関」を改題し、加筆修正しました。

この物語はフィクションです。作中に同一の名称があった場合でも、実在する人物・団体等とは一切関係ありません。

第15回『このミステリーがすごい！』大賞（二〇一六年八月三十日）

本大賞は、ミステリー＆エンターテインメント作家の発掘・育成をめざすインターネット・ノベルズ・コンテストです。ベストセラーである『このミステリーがすごい！』を発行する宝島社が、新しい才能を発掘すべく企画しました。

【大賞】
救済のネオプラズム　岩木一麻
※『がん消滅の罠　完全寛解の謎』として発刊

【優秀賞】
縁見屋の娘　三好昌子
※『京の縁結び　縁見屋の娘』として発刊

【優秀賞】
クルス機関　森岡伸介
※『県警外事課　クルス機関』（筆名／柏木伸介）として発刊

第15回の大賞・優秀賞は右記に決定しました。大賞賞金は一二〇〇万円、優秀賞は二〇〇万円をそれぞれ均等に分配します。

●最終候補作品
「縁見屋の娘」三好昌子
「沙漠の薔薇」薗田幸朗
「パスワード」志駕晃
「変死区域」田内杏典
「クルス機関」森岡伸介
「救済のネオプラズム」岩木一麻
「小さいそれがたくさんいるところ」綾見洋介

〈解説〉
日本の危い現状を突きつける新たな公安警察もの

香山二三郎（コラムニスト）

二〇一六年、第一五回『このミステリーがすごい！』大賞の最終選考は実質、一騎打ちとなった。結果、岩木《いわき》一麻《かずま》『がん消滅の罠　完全寛解の謎』（応募時タイトル『救済のネオプラズム』）が大賞を受賞したが、敗《やぶ》れたとはいえ、岩木作品に劣らぬ高評を得たのが優秀賞を受賞した本書、柏木伸介『県警外事課　クルス機関』（応募時タイトル『クルス機関』）である。

筆者もその選考に携わったひとり。選評では「公安警察版の『新宿鮫』、それもシリーズの中でも傑作の呼び声高い『毒猿』を髣髴《ほうふつ》させる捜査活劇」と記したが、他の選考委員も次のような賛辞を寄せた。「エンタメ的に上々の仕上がり」（大森望《おおもりのぞみ》）、「骨太なプロットはヒネリも利いていて、ラストまでぐいぐい読ませる」（茶木《ちゃき》則雄《のりお》）、「前半から、ジャンルのお約束をふまえた、きわめてオーソドックスな公安警察スパイ小説のシーンがちりばめられているな、と思っていたら、突然、大胆なフィクションが導入されているではないか。そこに物語を面白く読ませる力が発揮されている」（吉野《よしの》仁《じん》）。

ちなみに筆者の挙げた『新宿鮫』とはもちろん大沢在昌《おおさわありまさ》の代表作たる警察小説シリーズであり、『毒猿』はその第二長篇《ちょうへん》に当たる。台湾の凄腕《すごうで》の殺し屋が自分を裏切った台湾マフィアのボスに復讐を図る。彼、毒猿は密入国後新宿に潜入し、ボスをかくまう暴力団・石和《いしわ》組の組員たちを次々に血祭りに上げていく。新宿署の鮫島《さめじま》は台湾の刑事・郭《グオ》とともに毒猿を追うが……というのが大筋だが、いっぽう本書の主要舞台は表題通り、神奈川県横浜市。

神奈川県警警備部外事課の警部補・来栖《くるす》惟臣《これおみ》は半年前、自分がアメリカに亡命させたロシア人スパイ・ネクラーソフに呼び出される。ネクラーソフは借りを返すといい、日本に潜伏する北朝鮮工作員が大規模なテロを画策しているらしいことを教える。大がかりなものであるというほか、内容はいっさい不明。実行までの猶予《ゆうよ》は一週間だという。来栖は直ちに情報収集を始めるが、その頃当のテロリスト、尾崎陽一《おざきよういち》こと朝鮮人民軍総参謀部偵察総局工作員の呉宗秀《オ・ジョンス》は居酒屋で働きながら指令を着々と実行に移していた。彼はネット右翼の同僚に取り入るいっぽうで、崔国泰《チェ・グクテ》という同志を暗殺するが……。

『毒猿』は復讐劇だったが、本書はテロの防止劇。しかしテロの中身は不明で、来栖はまずそこから探り出さなければならない。テーマ的には国際諜略小説のパイオニア、フレデリック・フォーサイス『ジャッカルの日』を髣髴させる。追う側と追われる側を交互に描いていく構成も、タイムリミット・サスペンス仕立てのところも『ジャッカルの日』的であるが、こちらは手段も標的も定かでないぶん、謎仕掛けは手が込んでいる。しかし、そこは〝クルス機関〟の異名を取る来栖、旧知の情報屋を始め自前のネットワークを通じて情報をたぐり寄せていく。

本書の読みどころも、まずはクルス機関と呉宗秀の対決劇の行方にある。戦前の特務機関のように、手段を選ばず単独行動でどんな情報でも集めてしまう〝歩く一人諜報組織〟の一匹狼《おおかみ》ぶりは新宿鮫に優るとも劣らない。公安捜査官ゆえ、見た目にこれといった特徴はなさそうだが、眼差《まなざ》しは鋭く、高身長で鍛《きた》え抜かれた身体《からだ》の持ち主。上司にも平然と口答えする唯我独尊ぶりで、各国の諜報員とも渡り合っていく。刑事ヒーローとしては典型的な硬派系というべきか。

ただ硬派系が読者にモテるとは限らない。その点、来栖をもしのぐ魅力を発揮するのが呉宗秀だ。二三歳、こちらも一八〇センチ超えの高身長だが、一見どこにでもいそうな痩身のイケメン青年だ。しかし、ジャニーズ系の見かけ（!?）とは裏腹に、その実体は老若男女を問わず平然と息の根を止めてしまう冷酷な殺人マシンで、着々と指令をこなしていく。

いや、それだけなら、彼のことを魅力的などとはいいません。ポイントは、そんな凄腕工作員であるにもかかわらず、まともな青春時代を送らぬまま大人になったため、男女関係に疎いところがあって、何と待ち伏せしていた「補助工作員」の女子高生につきまとわれる羽目になるのである。ＪＫだけではない。生活保護施設の女性ボランティアにも迫られるありさまで、女性相手となると途端に対処が鈍り、それが深刻な事態を招くことになるのだった。そういえば『ジャッカルの日』の主人公も隠蔽《いんぺい》工作に女を利用して危く足がつきそうになったっけ。凄腕の暗殺者や工作員には女難の相があるということか。

それはさておき、この呉宗秀という男、殺しの技術には長《た》けていても、自分の正体を秘匿することにおいても穴だらけで、そのアンバランスぶりが何とも人間臭く、魅力的なのである。まあ、女性がひとたび目をつけた男をロックオンすれば、諜報世界の秘匿工作などいともたやすく突破してしまうということなのかもしれないけど。

読みどころの第二は、主役のみならず、脇役にも逸材《いつざい》が揃《そろ》っていること。クルス機関も一目置いているアメリカCIAのベテラン工作員「ビル爺《じい》」ことウィリアム・クルーニー（外見はケンタッキーフライドチキンでお馴染《なじ》みカーネル・サンダース！）を始め、韓国、中国の諜報員や在日のコリアン・マフィア等、硬派ナンパのクセモノたちが続々と登場する。

敵方だけではない。神奈川県警の他の部署の強面《こわもて》捜査官たちや、他の国家組織に所属する面々も捜査に絡んでくる。その多くはチョイ役なのだが、彼らを主人公にスピンオフのドラマも作ってほしいといいたくなるような濃いキャラばかりなのだ。むろん女性陣も、前述のJKやボランティアはもとより、途中から来栖の相棒となる警察庁警備局外事情報部国際テロリズム対策課、通称「国テロ」所属の成海果歩《なるみかほ》等、個性派を揃えていて抜かりはない。敵味方、これだけ多彩な顔が集まった警察小説は少ないのではなかろうか。

考えてみれば、ひと昔前まで、公安ものは警察小説の中でも未開のジャンルであった。原因はその秘匿体質にあり、とにかく組織の内情を外からうかがい知ることが出来なかったわけだ。その殻を最初に打ち破ったのは、『裏切りの日日』から始まる逢坂剛《おうさかごう》の「公安」シリーズであった。逢坂自身、それまでの警察小説はだいたいが捜査もので、しかも刑事警察オンリーだったことから、公安ものにチャレンジしたと述べている。ただし正面から警察に当たっても情報を引っ張り出すのはやはり難しかったようで、警察取材の代わりに文献資料を求めて神田神保町の古書店街を渉猟したという。当時はまだ警察の内幕をとらえた本は出回っていなかったが、マイナーな出版社や左翼系の出版社の本の中に秘密情報を記したものがあって、それが参考になった。

ひるがえって本書『県警外事課　クルス機関』の巻末をご覧いただくと、著者が膨大な資料を参考にしていることがわかる。逢坂と同様、著者もまた警察取材より文献資料をベースにこの物語を構築したのではないかと思われるが、その数量は昔とは比べようがないほど増えていよう。資料の多さだけではない。最後には二転三転のヒネリも利いていて、謎解き趣向においても逢坂顔負けの業師《わざし》ぶりが発揮されている。「公安」シリーズが本格的にスタートしてから三〇年余、公安警察ものも格段に進化しているのである。

恐らくそうと指摘しなければ、本書の著者は警察関係者だと思い込む読者は少なくないのではないか。キャラクター造形もさることながら、警察の内部事情から国際諜報の現状、日本社会の閉塞的な状況まで、それだけ細部が活き活きととらえられているということである。そう、呉宗秀は危険なテロリストであると同時に、読者に日本の危い現状を突きつける写し鏡そのものなのだ。そうした情報小説としての新しさもまた、読みどころのひとつというべきだろう。著者には、クルス機関さながらの情報収集能力を今後も最大限に活かしてこのジャンルに新機軸を切り開いていっていただきたい。

　最後に著者のプロフィール。柏木伸介は愛媛県松山市出身。松山東高、横浜国立大学教育学部を卒業後、愛媛県庁に勤務。小説を書き始めたきっかけは、大学生協でレイモンド・チャンドラーの文庫を手にして以来、ハードボイルド、冒険小説、スパイ小説等に触れ、「自分も、いつかは」と思うようになったことだという。学生時代から一〇〇枚程度の短篇を書いては応募を繰り返していたが芽は出ず、四〇代に入り資料の読み込み等を以前より入念に行うようになって、ようやく長篇も書き上げることが出来るようになった。本書は書き始めてから『このミス』大賞に応募するまで二年近くかかっている。

　本格ミステリーも好きだけど、ハードボイルドや冒険小説にもっと盛り上がってほしいと思っていて、自分が少しでもその力になれたら、というのが当面の目標。ちなみに、趣味は読書と映画鑑賞で、読書は下調べに追われ小説の読書量が激減してしまったが、映画は映画館で年間一〇〇本以上見ている。休日も時間があれば映画館に通っているとのこと。今後も「腰は低く、目標は高く」を座右の銘に精進する所存、とは著者の弁である。

二〇一七年一月

宝島社
文庫

県警外事課　クルス機関
（けんけいがいじか　くるすきかん）

2017年3月18日　第1刷発行

著　者　柏木伸介
発行人　蓮見清一
発行所　株式会社 宝島社
〒102-8388　東京都千代田区一番町25番地
電話：営業 03(3234)4621／編集 03(3239)0599
http://tkj.jp
印刷・製本　中央精版印刷株式会社

ISBN 978-4-8002-6737-5